THE PRINCESS OF BOOKS AWAKENS

〈本の姫〉は謳《うた》う

4

Ray Tasaki
多崎礼

講談社

目次

第十一章 7
第十二章 137
第十三章 273
終　章 299

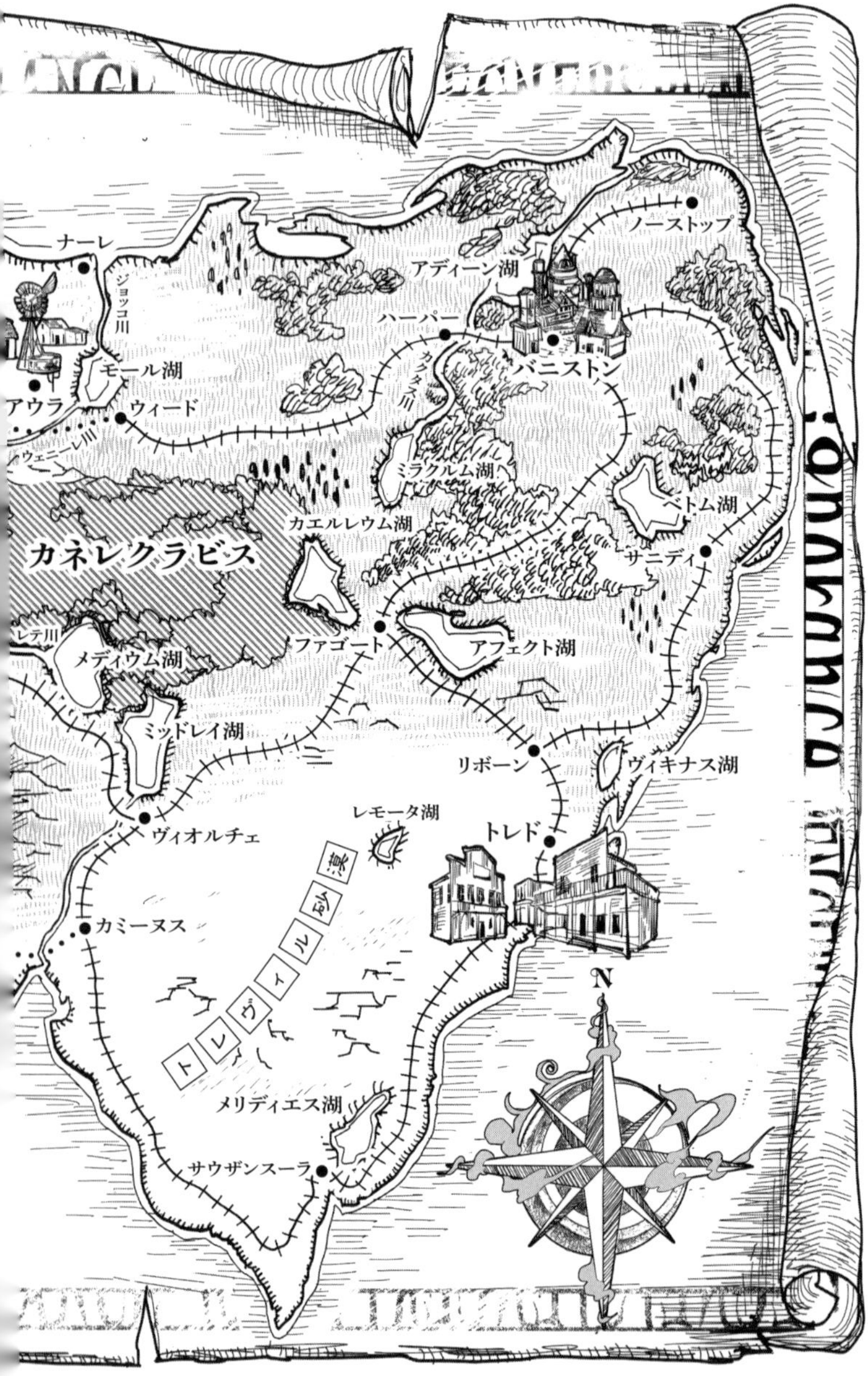
ナーレ
ジョッコ川
モール湖
アウラ
ウィード
ウェニーレ川
カネレクラビス
レテ川
メディウム湖
ミッドレイ湖
ヴィオルチェ
カミーヌス
トレヴィル砂漠
メリディエス湖
サウザンスーラ
ハーパー
カクタス川
ミラクルム湖
カエルレウム湖
ファゴート
アフェクト湖
アディーン湖
バニストン
ノーストップ
ベトム湖
サニディ
リボーン
ヴィキナス湖
レモータ湖
トレド
N

カルボー
オルトゥス砂漠
リーウス
ミニョル湖
ラテル
ワイト
エクセリク湖
スペクルム湖
プラトゥム
ウォラーレ湖
クロリーン山
フロリーン山
ブローミン山
アルンド
アンスタビリス山脈
ベリディス湖
イオディーン山
ブロムベース
イニティウム
フリークスクリフ
フォンス
サール
カクメン
ミースエスト
ビビタス湖
カトゥス
モルスラズリ
プルンブム
ヘルム
シルールス
アケルウス
サブルム湖
テルグム砂漠
SPENCER'S MAP SHOP
ソリディアス大陸

これは二つにして一つの物語。

謎多くして、いずれすべてが繋がり明かされる物語。

アンガス・ケネス――〈本の姫〉と旅をする青年。「聖域」時代の記憶をもつ。

〈俺〉――刻印暦一六六六年生まれ。第十三聖域『理性《リーズン》』で育つ。

〈本の姫〉は謳う　4

装幀　鈴木久美
装画　緒賀岳志
地図画　芦刈将

第十一章

1

空は青く、晴れ渡っていた。

「では、行ってきます！」

セラとエヴァグリンに別れを告げ、アンガスは回転翼機《ジャイロ》に乗り込んだ。

操縦席のピット・ケレットが動力を入れると、エンジンが回り出す。二人を乗せた回転翼機《ジャイロ》は、平原の一本道をゆっくりと動き出した。頭上で羽根が風を切る。ヒュンヒュンという音が徐々に勢いを増してくる。回転翼機《ジャイロ》がどんどんスピードを上げていく。

車輪から伝わる振動が消えた。機体が浮き上がるのを感じる。腹の底がむずがゆくなるような不快感。風圧で機体が軋《きし》む。アンガスは喉《のど》の奥で悲鳴を押し殺した。

上空の空気は冷たく、刺すような強風が前方からびゅうびゅう吹きつけてくる。ゴーグルで目を保護し、スカーフで顔の下半分を覆《おお》ってもなお、頬《ほお》がピリピリと痛い。

「どうだい、アンガス。空を飛んだ感想は？」

ピットの声が操縦席から流れてくる。

「感想――？　感想ですか！」

唸《うな》りをあげるエンジン音に負けないよう、アンガスは声を張りあげた。

「むっちゃくちゃ怖いですッ！」

ピットは上機嫌で笑い飛ばした。

「信用しろ、落ちやしねぇって！」

彼の言葉通り、回転翼機《ジャイロ》は順調な飛行を続けた。みるみるうちに丘が後方へと消え去り、増水したカクタス川を難なく越える。その先には広葉樹の林が広がっていた。緑を貫《つらぬ》く銀の帯は鋼鉄道路《レイルウェイ》だ。

離陸して小一時間、ピットが眼下を指さした。

「見えたぜ。あれが秘密の抜け穴だろ？」

アンガスは下方に目を向けた。牧羊地らしき緑の丘に、赤土が露出している箇所がある。丘を切り崩した跡のようだ。赤茶色の土で出来た崖《がけ》、その中央には小さなトンネルが口を開いている。

「あの付近に降りられます？」

アンガスの問いかけに、ピットは親指を立ててみせた。牧羊地の中にある細い道に向かい、回転翼機《ジャイロ》は高度を下げていく。

車輪が大地を捉《とら》えた。バンプに乗り上げ、機体が弾む。アンガスは胸に『本』を抱《かか》え、舌を嚙《か》まないよう歯を喰《く》いしばった。ビリビリと激しい振動が機体を震わせる。回転翼機《ジャイロ》はバウンドを繰り返しながら徐々に速度を落とし――やがて停止した。

「着いたぞ。生きてるか？」

「うう……なんとか」

アンガスは転がり落ちるように回転翼機《ジャイロ》を降りた。ピットの手を借りて、積んでいた荷物を降ろす。食料や寝袋。坑道を行くのに必要なカーバイドランプもある。

作業を終えると、ピットは再び回転翼機《ジャイロ》に乗り込んだ。話し合いの末、バニストンに向かうのは四人と決まっていた。アンガスとジョニーとアーク、それにテイラー連盟保安官《リーグ・マーシャル》だ。アークは自前の翼を使って最後の便と一緒に飛んでくることになっているが、それでもあと二往復はして貰《もら》わなければならない。

「じゃ、オレは戻るぜ」

「はい……」青い顔をしたまま、アンガスは操縦席を見上げた。「どうかお気をつけて」

アンガスが片手を上げて挨拶《あいさつ》すると、ピットは回転翼機《ジャイロ》のエンジンを始動させた。

デコボコ道にもかかわらず、回転翼機《ジャイロ》は再び空へと舞い上がった。一、二回、機体を左右に振ってから、南西の空へと飛び去っていく。

一人残されたアンガスは、降ろした荷物をトンネル口まで運んだ。一度には持ちきれないので、何回か往復する。運び終えるまでに結構時間がかかったが、まだ回転翼機《ジャイロ》は戻ってこない。先に行くわけにもいかないし、特にやることもない。アンガスは丸めた寝袋の上に腰を下ろし、『本』を開いた。

「――つまらん」

姫は周囲を眺め、不満そうに唇を尖《とが》らせた。

「上空からの眺めを楽しみにしていたのに、なんで開いてくれなかったんだ？」

「風に煽《あお》られて、『本』を開くどころじゃありませんでしたよ」

ウンザリとした顔で、アンガスはため息をついた。

「初めて自走車《オートムーヴ》に乗った時、『こんな悪魔の乗り物、二度と乗るものか！』と思いましたが、上には上があるもんですね。出来ればもう二度と、あんなモノには乗りたくありま――」

「アンガス」

姫の声がアンガスの台詞《せりふ》を遮《さえぎ》った。彼女は険《けわ》しい眼差《まなざ》しで燃石坑《バニストン》のトンネルを睨《にら》んでいる。

ただならぬものを感じ、アンガスは立ち上がった。

「どうかしましたか？」

「文字《スペル》の気配がする」

「文字《スペル》の――？」アンガスはゴクリと唾《つば》を飲み込んだ。「もしかして、例の『欺瞞《ぎまん》』と『荒廃』？」

「いや……おそらく違うと思う」

姫は目を閉じ、何かを感じ取ろうとするようにゆっくりと深呼吸をした。ややあってから目を開き、確信の眼差しでアンガスを見上げる。

「この気配、前にも感じたことがある。あの偽りの楽園――第十七聖域でだ」

それの意味することは、たった一つ。

「レッドが……近くにいる」

アンガスは『本』を寝袋の上に置き、荷物からカーバイドランプを引っ張り出した。真鍮《しんちゅう》の容器にカーバイドペレットを投げ込み、その上のタンクに水を入れる。コックを開くと水が滴《したた》り、アセチレンガスの臭《にお》いが漂ってきた。アンガスはマッチを擦《す》り、ランプに火を灯《とも》してから、風よけのフードを下ろした。それを右手に、『本』を左手に持って立ち上がる。

トンネルの奥は真っ暗だった。ランプで足下を照らし、アンガスは燃石坑《バニストン》へと足を踏み入れる。

「アンガス――一人では危険だぞ？」

「もし僕を殺すつもりなら、歓喜の園で対峙《たいじ》した時に殺しているはずです」

歩きながら、早口にアンガスは答えた。

「大丈夫。話をするだけです。無茶はしません」

姫は納得していないようだったが、彼を止めようとはしなかった。ただ一言、押し殺した声で言った。

「何があっても『本』は閉じるなよ」

アンガスは無言で頷《うなず》き、さらに足を進めた。

坑内は暗く、空気はひんやりと湿っていた。燃石《バニストン》を運搬しやすくするためか、地面には木の板が敷いてある。腐りかけた板を軋ませて、アンガスは緩《ゆる》やかな坂を下っていった。

出入り口の光が背後に遠ざかり、小さな点になる。地面に敷き詰められていた木板が途切れ、黒々とした岩盤が現れる。

そこに、何かが転がっていた。

近づくにつれ、その正体が見えてくる。

人だ。人が倒れているのだ。それも一人や二人ではない。目につくだけで五人はいる。火薬と血の臭いが鼻につく。倒れた男達——その傍《そば》には六連発拳銃《けんじゅう》が落ちていた。どうやらここで撃ち合いがあったらしい。

濡《ぬ》れた岩盤に足を取られないよう用心しながら、アンガスは一番近く、仰向けに倒れている男の傍にかがみ込む。

ランプを地面に置き、空いた手で男の肩を揺さぶった。反応はない。その喉元に触れてみる。脈はない。肌もすでに冷たくなっていた。胸に残る赤黒い染《し》み。服に残る黒色火薬の焼け焦げ。間違いない、これは銃創だ。

その時、背後から光が差した。

「おやおや、誰かと思ったら——」

人を小馬鹿《こばか》にしたような口調。聞き覚えのある声。

アンガスは立ち上がると同時に振り返った。

地面に置かれたランプの後ろ、古びた木の箱に一人の男が腰掛けている。ゆらゆら揺れるランプの明かり。それに照らし出されたのは、端整な顔立ちと長い黒髪。そして右手に握られた黒い六連発だった。

「レッド――！」

アンガスは『本』をかまえた。間髪入れず、姫が呪歌《じゅか》の詠唱に入ろうとする。


ガァァ……ン！


坑内に銃声が響き渡った。音が幾重にも反響する。脆《もろ》くなった岩天井から、ぱらぱらと石の破片が降ってくる。

「銃声ひとつでこの始末だ。呪歌なんか歌ったら、ひとたまりもなく崩れてくるぜ？」

レッドは肩をすくめて見せた。

「ここを抜けてバニストンに入るつもりなんだろう？　抜け道を崩しちまったら、困ったことになるんじゃないのか？」

答える代わりに、アンガスは問い返した。

「なぜ、外したんですか？」

『本』をかまえたまま、彼は一歩踏み出す。

「なぜ今の一撃で僕を殺さなかったんです？」

「お前、そんなに死にたいのか？」

「――いいえ」

低い声で答え、アンガスはさらに一歩、レッドに近づく。

「それ以上、近寄るな」

レッドの声から揶揄《やゆ》が消えた。冷え冷えとした声には殺気が漂う。

アンガスは足を止めた。

「ここで何をしてるんですか？」

レッドは答えなかった。彼はアンガスに銃口を向けたまま、落ち着き払った様子で木箱に腰掛けている。襲ってくる気配もなければ、逃げ出そうとする気配もない。

足下に転がる男達の死体。それを見下ろし、アンガスは考えた。彼らを殺したのはレッドだ。理由はわからないけれど、ここで撃ち合いになったのだ。だとしたら、レッドもまた、無事ではすまなかったのではないだろうか。彼は動かないのではなく、動けないのではないだろうか。

「もしかして、怪我《けが》してるんですか？」

「だったらどうだっていうんだ？『手当てする』なんてボケたこと抜かしやがったら、お前の眉間《みけん》を撃ち抜くぞ」

レッドの薄い唇が笑みの形に歪《ゆが》む。

「お前はオレの切り札だ。こんなつまらない所で殺したくねぇ」

「……切り札？」意味がわからず、アンガスは眉《まゆ》を寄せる。「どういう意味です？」

「真実を明かすのはオレの仕事じゃない……が、ここで会ったのも何かの縁だ。一つ、とっておきの情報を教えてやるよ」

レッドはわずかに銃を振った。

「無事にバニストンまで辿《たど》り着くことが出来たら、『ムーンサルーン』に行くといい。きっと懐かしい顔が見られるはずだ」

アンガスは目を眇《すが》め、彼を睨んだ。

「それは罠《わな》……ですか？」

「かもしれないな」レッドは喉の奥でくっくっと笑った。「もっとも罠を仕掛けるくらいなら、今ここで撃ち殺した方が早いと思うが？」

レッドを睨んだまま、アンガスは考え込んだ。

『お前はオレの切り札』とレッドは言った。彼が僕に何をさせたいのかはわからない。しかしこの先どんなことがあろうと、僕が彼の側に立つことなどありはしない。僕は世界の破滅に手を貸したりしない。彼の切り札にはなり得ない。

僕と姫は文字《スペル》を回収し、レッドの計画を邪魔してきた。もし彼が本当に世界を破滅させるつもりなら、僕らは邪魔者でしかないはず。殺す理由は数あれど、生かしておく理由は何一つない。

なのに彼は狙《ねら》いを外した。早撃ちの名手である彼が、この近距離で撃ち損じるはずがない。

「前から訊きたかったんですけど——」

ゆっくりと、アンガスは口を開いた。

「どうして貴方《あなた》は世界の滅亡を望むのですか？」

レッドはわざとらしいため息をついた。

「そんなこと、とっくにお見通しだと思っていたんだが——お前を買いかぶりすぎたかな？」

「貴方が求めてやまなかった天賦《てんぷ》の才能を持ちながら、それを浪費することしかしなかった兄への復《ふく》讐《しゅう》——ですか？」

「惜しいな、少し違う」

ふ……とレッドは笑った。

皮肉っぽく歪んだ唇。揶揄するように眇めた右目。なのに今にも泣き出しそうに見える。心の奥に潜む孤独を否応《いやおう》なしに揺さぶられて、アンガスはぎゅっと下唇を噛んだ。

「命懸けで、何かを求めたことはあるか？　胸が焼け焦げるほどそれを欲し、喉が張り裂けるほど慟《どう》哭《こく》したことはあるか？」

薄暗がりにレッドの声が響く。

「それを手に入れるためなら、どんな犠牲も厭《いと》わなかった。なのにそれは、嘲笑《あざわら》うかのように、指の間をすり抜けていった」

暗闇《くらやみ》を映すレッドの瞳《ひとみ》。それはまるで底の見えない深淵《しんえん》、虚無そのものだった。深淵を覗《のぞ》き込んではいけない。わかっている。わかっているのに、彼の瞳から目が離せない。

「それでも諦《あきら》められなかった。出来ることはなんでもやった。心も、体も、時間も、人生も、すべて捧《ささ》げた。いつか必ず、それが自分のものになると信じて――それだけを信じて、来る日も来る日も、昼も夜も、寝ても覚めても、ひたすらそれを追いかけてきた」

レッドの顔に、別の顔がダブって見えた。その目に虚無を宿し、兄ケヴィンは言った。

月だ、水に映った月。目の前にあるのに――手が届かない。

「永遠に明けることのない夜を放浪し、どこまでも続く泥沼を彷徨《さまよ》い、あがいて、あがいて、極限まであがき続けて……ようやく気づいた。この世にはどんなに望んでも、決して、決して手に入らないものがあるんだということに」

穏《おだ》やかな口調。怒りも悲しみも感じられない。その唇に刻まれる自嘲《じちょう》の微笑《ほほえ》み。

「それを悟ってしまった時、人はどんな気分になるか――お前ならわかるだろう？」

彼の言葉に、思わず頷きそうになる。

「すべてを壊してしまいたくなるんだよ」

どんなに求めても、得られなかった大切なもの。強い心と体。父の期待に応《こた》え、愛される息子。理想そのものだったケヴィン。

僕が……彼を壊した。

「だからオレは復讐する。どんなに求めても得ることが出来ないものを創《つく》り出した、この世界に復讐する」

わかっただろう、というように彼はわずかに首を傾《かし》げた。

「わ……わかりません」

必死の思いで、アンガスは首を横に振った。

「それじゃ、たとえ世界を壊しても、貴方は救われないじゃないですか。そんな復讐には意味がない。憎み、傷つけることでは、心の傷は癒《い》やせない」

遠くから回転翼機《ジャイロ》のローター音が聞こえてくる。もうすぐ仲間が来てくれる。二人がかりでならレッドを捕らえることも可能なはずだ。それを心の支えにして、アンガスはさらに呼びかけた。

「心の底では、貴方も救いを求めているはず。今からでも遅くない。やり直せる場所はきっとあります。それを一緒に探しま――」

くくく……とレッドが笑い出した。抑えた笑い声が堰《せき》を切り、爆笑に変わる。坑内に響き渡る笑い声。ひとしきり笑った後、彼は喘《あえ》ぎながら脇腹《わきばら》を押さえた。

「救いを求める？　このオレが？」

笑いすぎて涙が出たらしい。目尻《めじり》を拭《ぬぐ》い、彼はアンガスを見上げる。

「気の毒に。人を信じることで世界が救えると、お前は本当に信じているんだな」

「――いけませんか？」

「いけなかないさ。何を信じようとお前の勝手だ」

彼は銃口を下げた。右腕を庇《かば》うようにして立ち上がる。

「おかげでいい暇潰《ひまつぶ》しになった。つき合ってくれたことには礼を言う。なかなか楽しかった」

その瞬間、アンガスは気づいた。

レッドが見ているのは自分ではない。自分の背後にいる誰かだ。

振り返ろうとした。が、遅かった。頭に衝撃を覚え、一瞬、意識が飛んだ。手から『本』が落ちる。立っていられなくなって、アンガスは膝《ひざ》をついた。

暗くなっていく視界に一人の女性の姿が映る。黒い髪、褐色の肌。冷静な黒い瞳。ドーンコーラス。レッドに協力する、コル族の歌姫。

「お前は後悔するよ。たとえトンネルを潰してでも、ここでオレを殺しておくべきだったとな」

遠くからレッドの声が聞こえる。

「オレを殺す覚悟が出来たら第七聖域まで来い。オレはあそこにいる。逃げも隠れもしない」

言い返したかったが、もう口が動かなかった。

「死ぬなよ、『希望《ホープ》』。お前と対決出来る日を、楽しみに待っている」

後頭部が疼《うず》くように痛み、アンガスはそのまま意識を失った。

2

その銀の杖《つえ》は誰によって作られたのか。

いつ杖に『理性』が刻まれたのか。記録には残っていない。

残っているのは伝承だけだ。

ある予言者が杖を作り、それを荒野に突き立てた。その瞬間、枯れた大地に水が湧《わ》き出した。泉の周囲には植物が育ち、動物が集まり、人が集落を造った。集落はやがて町となり、都市へと成長していった。

都市を取り囲むようにして畑が作られ、その外側には羊や牛の牧草地が広がった。刻印がもたらした豊饒《ほうじょう》なる土地。それを守るため、壁が築かれた。市街と畑と丘をぐるりと囲む城壁。このようにして第十三都市『理性《リーズン》』は誕生した。


私の両親は羊飼いだった。階級は下級中位の大天使《アークエンジェルス》、下から二番目だ。お世辞にも優れた血統とはいえなかったが、私は生まれつき、とても勘が良かった。

その噂《うわさ》を聞きつけた上級中位の男——後に十二代目のウリエルとなる男が、私を養子に迎えたいと言ってきた。下級天使が上級天使の家に迎え入れられる機会など滅多《めった》にない。それに私を引き取る際、その男は幾ばくかの仕度金を用意した。貧しい下級天使の家にとってはかなりの大金だった。

父は一も二もなく申し出を受けた。母は私を胸に抱きしめて、一晩中泣き続けた。けれどその母も、私を引き止めてはくれなかった。私は男に連れられて都市に向かい、二度と生家には戻らなかった。

私が三歳の時の話だ。

もう父の顔も、母の顔も覚えていない。

私が送られたのは レミエルの養育施設だった。そこには優れた感応能力を持つ子供達が、大勢集められていた。上級天使の子供ばかりだった。私のような下級天使出身の子供は一人もいなかった。彼らは私を蔑視《べっし》し、疎外した。除け者《の》にされても私はかまわなかった。彼らは友人でも仲間でもない。蹴落《けお》とさなければならない競争相手だ。彼らが揶揄する通り、私は親に売り飛ばされたのだ。彼らには帰るべき家がある。が、私にはそれがない。ここ以外に、私を受け入れてくれる場所などないのだ。

負けるわけにはいかなかった。

養育施設では、まず理性的であることを求められる。大声で泣いたり、怒ったり、笑ったりすることは野蛮な行為だと教えられた。私は勘が良かったので、大人達が何を望んでいるかをすぐに理解した。私は泣くことも、怒ることもない、命令に従順な子供になろうと努力した。

成長するにつれ、笑いたいと思うことも、泣きたいと思うこともなくなっていった。嬉《うれ》しさも悲しさも感じなくなった。感情を持たない人形になれば、誰の怒りも買わず、誰も傷つけずに生きていける。十歳を待たずして、私はそれを悟っていた。

その甲斐《かい》あってか、私は十五歳という破格の早さで十三代目の記憶と記録《ツアドキエル》の管理者に任命された。十大天使となった私の最初の任務は、派遣隊の一員として城壁の外に出ることだった。

城壁の外——刻印の力が及ばない不毛の土地。そこでは都市を追放された人々の末裔《まつえい》が、細々と暮らしていた。

彼らの祖先は天使府の社会理念に反旗を翻《ひるがえ》し、それにより都市から放逐された。しかしその子孫である彼らに罪はない。彼らを啓蒙《けいもう》し、精神文明社会の一員として都市に迎え入れる。それが派遣隊に課せられた任務だった。

これが建て前であることは最初からわかっていた。派遣隊の真の目的は別にある。都市のヒエラルキーを維持するため、天使府は安価な労働力を欲していた。天使府は彼らを懐柔し、上級天使の生活を維持するための労働力として、都市に取り込もうと目論んでいたのだ。

そう悟ってもなお、私は何も感じなかった。それが正しいことなのか、間違ったことなのか。自らの心に問いかけることさえしなかった。

派遣隊を率いていたのは『理性』を統率する四大天使の一人、ミカエルだった。老境にさしかかった熾天使《セラフィム》は、この任務に乗り気ではないように見えた。彼は何か言いたげな視線を送ってきたが、私は取り合わなかった。

天使府の命令に従う。

私が考えていたのはそれだけだった。


派遣隊が目指したのは、草木もまばらな荒野だった。どこまでも広がる赤茶けた大地。ぞっとするほど青い空。初めて見る荒野の風景。

胸の奥が疼くのを感じた。久しく感じたことのない心の揺らぎだった。なぜだかは、わからなかった。もしかしたら、この荒野が私の生まれた場所に少し似ていたからかもしれない。

昼は灼熱《しゃくねつ》、夜は極寒、刻印の恩恵が至らない土地で、私は大地の人と出会った。浅黒い肌と好奇心に輝く黒い瞳。大地の人は私達を受け入れ、歓待してくれた。ミカエルを始めとする派遣隊員達は、さっそく彼らに天使府の理想を説き始めた。

私は口下手だったので、説教には不向きだった。そんな私に与えられた仕事。それは自走車《オートムーヴ》の運転と派遣隊員達の管理。つまり雑用係だった。

私は大地の人と一緒に水汲《みずく》みに行き、食事を用意した。住居の整頓《せいとん》や派遣隊員達の身の回りの世話なども、一通りこなさねばならなかった。慣れない仕事に苦戦する私に同情したのか、大地の人はこっそりと私を手伝い、煮炊《にた》きや洗濯のコツを教えてくれた。

働きながら、大地の人はいろんな歌を歌った。自分達は歌から生まれたと、彼らは信じていた。その言葉通り、彼らの歌は素晴らしいものだった。素朴で粗削《あらけず》りだったが、生命力と躍動感に満ちていた。私は彼らの歌声に心を奪われ、ともすると洗濯の手を止めてその歌に聴き入っていた。

中でも『歌姫』と呼ばれる少女の歌声は、特別な何かを持っていた。彼女の声を聴いていると、胸の奥から熱いものが込み上げてきた。

不覚にも、泣きそうになった。

懐かしいと思った。私を優しく受け止めてくれる場所へ、帰りたいと思った。そんな場所などどこにもないのに、そう願わずにはいられなかった。

そんな私に、歌姫の少女が問いかけてきた。

「どうして貴方の髪は白いの？」

「刻印は思考原野に開いた窓なのだ。長い間その影響を受けていると、無意識のエネルギーに灼かれて、色素が抜けてしまうといわれている」

「どうして白い人は世界の魂の欠片《かけら》を壁で囲うの？」

「刻印は人々に恩恵を与える。刻印がなければ精神文明社会は維持出来ない。高度な都市生活を維持するため、天使府には刻印を守る義務があるのだ」

少女は不思議そうな顔をした。

「世界の魂の欠片は、精神文明社会や都市を維持するためにあるんじゃないわ。人々を幸せにするためにあるのよ？」

「都市を維持することが人々の幸せなのだ」

「都市に住んでなくても、私は幸せよ？」

「お前は知らないのだ。都市では飢えることもなく、暑さや寒さに苦しめられることもない。それこそが真の幸福なのだ」

少女は大きな目を見開いて、私の顔をしげしげと眺めた。

「でも貴方は、幸せそうに見えないわ」

私は言葉に詰まった。こんな無知な娘に言い返せないでいる、自分自身に驚いていた。

黙り込んだ私の手に、彼女は自分の手を重ねた。温かい掌《てのひら》から、温かな心が染み込んでくる。

「貴方もここで暮らしたら？」

戸惑いがちな言葉には、かすかな思慕の念が含まれていた。

「ここで暮らせば、貴方もきっと笑えるようになるわ。泣くことも、怒ることも、ここでは自由なの」

自由——その言葉の意味を、私は知らなかった。

私は命令に従うだけの人形だった。自分の意志を持たず、自分の頭で考えることもしなかった。だからこの時の私には、彼女の言葉になぜ心が揺らぐのか、まだ理解出来なかった。


食べ物にも事欠くような過酷な暮らしの中にも、大地の人は生の喜びを見出《みいだ》していた。刻印の恩恵が及ばない土地に住んでいても、世界への感謝の気持ちを忘れなかった。

そんな彼らに、嘘偽《うそいつわ》りで固めた天使府の社会理念が受け入れられるはずがなかった。都市に入れば飢えることもなく、他部族の襲撃に怯《おび》えることもない。幾度そう説得しても、彼らはこの土地を離れようとはしなかった。

大地の人の集落に到着してから一ヵ月あまりが経過したある夜、ミカエルは派遣隊員達に言った。

「心縛《しんばく》を使うしかないかもしれん」

心縛とは他人の意思を乗っ取り、その体を操る術だ。彼らに暗示をかけ、意識を支配し、都市に連れていくしかない。そうミカエルは言っているのだ。

「天使府のヒエラルキーを維持するためには、下級天使達の数を増やす必要がある。この任務をし損じれば、我らは責めを負うことになる。何者も引き連れず、手ぶらで都市に帰るわけにはいかないのだ」

彼の言葉に派遣隊員達は首肯した。

そんな中、私だけがミカエルの真意を感じ取っていた。彼は大地の人を心縛し、拘束することを潔しとしていなかった。ミカエルは、心中の声で私に呼びかけた。

『すべての責任は自分が負う。降格処分も甘んじて受ける。だから今夜のうちに、彼らを逃がしてやってくれ。彼らと親しいお前の言葉なら、彼らも信じるだろう』

それまでの私なら、彼の言葉を無視していただろう。逆にミカエルを思想犯罪者として告発していたかもしれない。

けれど私は逡巡《しゅんじゅん》した。生まれて初めて、葛藤《かっとう》というものを味わった。命令に従うべきだという声と、彼らから自由を奪ってはいけないという声が、私の中で対立した。

明日には都市に引き上げるという我々のために、大地の人は別れの宴《うたげ》を開いてくれた。そこで歌姫の少女は、私達に別れの歌を歌ってくれた。

彼女は野に咲く花のように可憐《かれん》で、その歌声は湧き水のように清らかだった。都市で耳にするどんな歌声よりも生き生きとして、とても美しかった。

大地の人の歌や踊りには、世界への感謝が満ち溢《あふ》れていた。彼らの生活は祈りそのものだった。刻印は世界の慈愛。それは野に放たれてこそ美しい。

大地に暮らす人々のように。

この歌姫のように。

彼女を心縛してしまったら、もう二度と彼女の歌声を聴くことは出来なくなってしまう。それは私にとって、耐えがたいことだった。

私は生まれて初めて、天使府の命令に逆らうことを決意した。宴の最中、私は歌姫の少女を摑《つか》まえて、こう警告した。

「明日、天使達はお前達に心縛をかけ、無理やり都市に連れ帰るつもりだ。そうなる前に逃げるのだ」

少女は驚いたように私を見上げた。

そして、真顔で頷いた。


翌日。準備を整えた天使達は、大地の人の集落に乗り込んだ。

彼らの家――地面に穴を掘り、その上に木組みの屋根を載せただけの粗末な住居は、すでにもぬけの殻だった。彼らは昨夜のうちに村を逃げ出していたのだ。

天使達は大地の人の後を追ったが、土地に不慣れな私達が、彼らに追いつけるはずもなかった。

派遣隊員達は悔《くや》しがった。私は天使府を裏切ってしまったことを後ろめたく思いながらも、表面上は口惜《くちお》しいという顔を装った。

派遣隊員達は追跡を諦め、撤収作業に取りかかった。

そんな中、歌姫の少女が住んでいた半地下の住居で、私は小さな鉢植えを見つけた。細い支柱に巻きつく蔓《つる》。尖った緑の葉。白く平たい花弁と紫色の綿毛のような花弁をあわせ持つ、奇妙な形の花が咲いていた。

それは歌姫の少女が『恋歌草《れんかそう》』と呼んで、大切に育てていた花だった。その花の香りを嗅《か》ぐと、脳裏に彼女の声が響いた。

『ありがとう。この恩は忘れない』

彼女の声は言った。

『貴方のことを忘れない』

それを聞いて、胸が熱くなるのを感じた。喜びが腹の底から湧き上がってきた。彼女が無事に逃げおおせたことも嬉しかったが、彼女が私の言葉を信じてくれたことが、何よりも嬉しかった。

私は恋歌草の鉢植えを荷物の中に紛《まぎ》れ込ませ、大切に都市へと持ち帰った。


任務失敗の責任を問われ、ミカエルは天使府を去った。彼は最後まで何も言わなかったが、私と目が合うとかすかに微笑んだ。

ありがとう、というように。

ミカエルがすべてを負ってくれたおかげで、まだ役職に就いたばかりだった私は追及を免れた。

私は自室に戻り、日当たりのいい窓辺に恋歌草の鉢植えを置いた。そして時折その香りを嗅ぎ、歌姫の少女を思い出した。

刻印の恩恵を受けて、鉢にはいくつもの花が咲き、多くの種を残した。私は郊外にある薬草園で恋歌草の栽培を始めた。ぐるりと周囲を取り巻く平たい花弁。その内側には綿毛のような紫の花弁。中心には三つ叉《また》に分かれた磔《はりつけ》台《だい》のような雌蕊《めしべ》。まるで時計のようだった。そこで私はこの花を『恋歌草』という面映《おもは》ゆい名前ではなく、『トケイソウ』と呼ぶことにした。

それから二年。私はトケイソウから感応物質を抽出することに成功した。歌姫の少女の名にちなんで、私はそれを『セラニウム』と名づけた。

稀釈《きしゃく》したセラニウムを紙に塗布し、人の思念を焼きつけて『保魂《ホコン》』に成功するまでには、さらに一年の月日を要した。束《たば》ねた感応紙に革の装幀《そうてい》を施したそれを、私は『本』と名づけた。

天使府は本の発明を歓迎した。彼らは本に社会理念を刷り込み、子供達の教育や人々の啓蒙に、それを役立てるようになった。

3

「起きろ〜!」

耳元で誰かが叫んだ。

アンガスは飛び起きた。目の前に男が立っている。

「レッド——?」

思わず身がまえたアンガスの頭を、男は軽く平手で叩《たた》く。

「阿呆《あほう》、寝ぼけんな」

「——ジョニー?」

「まったく待ち時間にお昼寝たぁ、イイご身分じゃねぇか」

アンガスは慌てて周囲を見回した。トンネルの出入り口に戻っている。運んだ荷物もそのままだ。落としたはずの『本』も手の中にある。

「夢——？」

呟《つぶや》きながら立ち上がる。途端、ズキンと頭が痛んだ。手を当てると、後頭部にコブが出来ていた。

「……夢じゃない」

アンガスは立ち上がると同時に走り出した。

「おい、どこ行くんだ！」

ジョニーの声を無視して、真っ暗なトンネルに飛び込む。板が軋むのもかまわず、坂を駆け下りる。

前方にかすかな明かりが見えた。カーバイドランプだった。その周辺には五人の遺体が転がっている。が——レッドの姿はどこにもない。

トンネル内の惨状を見て、ジョニーが悲鳴をあげた。「どういうことだ、アンガス。説明しろよ！」

「げ、なんだこりゃ！」

「レッドに会ったんだ」

彼が腰掛けていた古い木箱。そこに残る真新しい血の染み。

「彼とここで話をした。でもその途中、ドーンコーラスに殴られて……」

「じゃ、これはデイヴの仕業ってわけか」

ジョニーはぞっとしたように周囲を見回した。

「お前、よく殺されなかったな？」

「僕は彼の切り札なんだって、だから殺さないって言ってた。どういう意味なのかは、よくわからないけど――」

「それで、デイヴはどこ行ったんだ?」

「『オレを殺す覚悟が出来たら第七聖域まで来い』って言ってた」

「第七聖域?」

「きっとラティオ島のことだと思う。残っている聖域は、あそこだけだから」

「だけどどうやって島に? アークみたいに空を飛べるわけじゃねぇのに?」

アンガスは力なく首を横に振った。

「気を失う前に回転翼機《ジャイロ》のローター音を聞いた気がする。もしかしたら、彼も回転翼機《ジャイロ》を所有しているのかもしれない」

「あんなもん。そうそうあってたまるもんかよ」

「でも第十七聖域――歓喜の園には残っていたかもしれないよ。あのツアドキエルがレッドにそれを与えていたのだとしたら、レッドが第十七聖域に突然現れたことにも、洞窟《どうくつ》を通らずに姿を消したことにも説明がつく」

「ま、そりゃそうだが……」ジョニーはガリガリと頭を掻《か》いた。「だとしたら、もうとっくに遠くに行っちまってるってことだな」

アンガスは無言で頷いた。

後悔の念が湧き上がってくる。レッドを説得するどころか、彼の言葉に翻弄《ほんろう》され、その術中に陥《おちい》ってしまった。それが悔《く》やまれてならない。

「だったら、待っていてもしゃーねぇな」

ジョニーは遺体を引き起こした。その両脇に手を回し、出入り口に向かって引きずっていく。

「何してるんですか？」

「何って……このまま放置しておくわけにゃいかねぇだろ？」

その通りだった。アンガスは『本』を布袋に入れると、ジョニーのやり方を見習って遺体を運び始めた。

五人の遺体を外へと運び出し、トンネルの出入り口近くに穴を掘っていると、回転翼機《ジャイロ》のローター音が聞こえてきた。一瞬、レッドが戻ってきたのかと思ったが、違った。回転翼機《ジャイロ》のすぐ傍には銀色の翼を広げた自動人形《ドール》――アークが付き添っている。

降りてきたテイラー連盟保安官《リーグ・マーシャル》とピットとアークの三人に、アンガスは状況を説明した。話を聞き終えた後、テイラーは素早く遺体を検分する。

「全員、心臓を一発で撃ち抜かれている。レッド・デッドショットは噂通り、たいした腕の持ち主のようだな」

「感心してる場合じゃねぇだろが」

ぼそりとジョニーが文句を言う。それを一瞥《いちべつ》してから、テイラーはアンガスに向き直る。

「この五人はいずれも賞金首だ。以前に私が聞いた報告では、レッドと徒党を組んでいるという話だった。この五人はレッドに協力し、なんらかの作業を行っていた。そしてその後、口封じのために殺されたと見るべきだろう」

アンガスは頷いた。

「レッドは罠を張り終えたということですね」

「そうだ」

レッドが何を仕掛けたのか、バニストンで何が起ころうとしているのか、今はまだ何もわからない。わかっているのはただ一つ。そこに危険が待っているということだけだった。

「それでも僕らはバニストンに行かなければなりません」

「無論だ」無表情にテイラーは応えた。「危険は承知の上だ。レッドの罠が待ちかまえていることもな」

彼は横たわる賞金首達を見回し、続けた。

「埋葬をすませよう。じき日が暮れる。急いだ方がいいだろう」


アンガス達は手分けして墓穴を掘り、五人の埋葬をすませた。テイラーが簡単な追悼の言葉を述べ、アークが鎮魂歌を歌った。

「それじゃ……くれぐれも気をつけてな」

ピットは一人一人と握手し、最後にアンガスの手を握った。

「無事に戻ってこいよ？」

「はい」アンガスは彼の手をぐっと握りしめた。「ジミーによろしく伝えてください。それとセラに——心配しないで待っていてって」

「ああ、伝えるよ」

ピットは何度も振り返りながら回転翼機《ジャイロ》に乗り込んだ。ローターが回転を始める。空気を切り裂く鋭い音。機体がゆっくりと動き始める。

手を振るアンガスに、ピットは敬礼を返した。回転翼機《ジャイロ》は丘の野道を疾走し、ふわりと浮き上がる。彼らの頭上を名残惜《なごりお》しそうに旋回した後、夕焼け空へと消えていく。

「さて、行こうか」

テイラーの言葉に、アンガス達はそれぞれの荷物を担ぎ上げた。カーバイドランプに火を入れ、トンネルに足を踏み入れる。

先頭を歩くのはアークだった。その背に翼はなく、代わりにひときわ大きな荷物を背負っている。彼の目は暗闇でも見通せるらしく、足取りに不安はない。

「足跡が残っていますね」

アークの言う通り、埃《ほこり》の積もったトンネルには複数の足跡が残っていた。

「これを辿《たど》っていけば、バニストンに着けるんじゃないでしょうか?」

「そうだな」とテイラーが答えた。「その点だけはレッドに感謝すべきかもしれない。彼らに通り抜けられたのであれば、その逆を辿ることも可能だろうからな」

テイラーはアークの正体を知っても驚かなかった。自動人形《ドール》を仲間と呼ぶアンガス達を奇異の目で見ることもなかった。常に冷静な彼の態度は頼もしかったが、少々近寄りがたくもあった。

「それに、レッドはカーバイドランプを使っていました」

テイラーの後ろを歩きながら、アンガスは言った。

「ということは、燃石《バニストン》坑にありがちな有毒ガスや引火性ガスの心配もしなくていいってことです」

「そうやって、オレ達を油断させようとしているのかもしんないぜぇ?」

しんがりを歩くジョニーはビクビクしながら周囲を見回している。罠を恐れるというより、暗闇が怖いらしい。

「ったく、これも罠じゃなきゃいいんだけどな」

「罠とは考えにくい」テイラーが律儀に答える。「状況から考えて、レッドとアンガスが遭遇したのは単なる偶然だ。レッドが何かしらの罠を仕掛けていることは疑いようもないが、この坑道にではないだろう」

「んなことはわかってるよ」ジョニーは小声で悪態をつく。「それにしても、どうしてこう暗闇ばっか歩くことになんのかねぇ。辛気くせぇったらありゃしねぇ」

彼らは黙々と歩き続けた。

暗闇と沈黙に耐えかねたのか、ジョニーが鼻歌を歌い始める。どうやら『真ラジエルの書』に登場する歌曲のようだ。切々と愛を歌い上げるアリアのはずだが、あまりに調子っぱずれで笑いを誘う。

「耳が腐りそうだ」

『本』から、姫のぼやく声が聞こえる。

アンガスは苦笑した。

「でも気が紛れますよ」

「確かに、どんな悪霊も逃げ出していきそうではあるがな」

「ご主人様、歌をご所望ですか?」アークが嬉々《きき》とした声で問う。「でしたら私、喜んで歌わせていただきます!」

「とんでもねぇ~自分の声量わかってる~?」

歌にのせてジョニーが反論する。「お前がまともに歌ったら、トンネル崩壊しちまうよ~」

「何をおっしゃる、この通り~」

アークも負けじと歌で答える。「小声で美声を披露します~。子守歌に小夜曲《さよきょく》~どんな歌でもお手のもの~」

「あ、子守歌はやめて。眠くなるから」

「ああ、なんてつれないご主人様~」

「この歌劇はいつまで続くんだ？」テイラーが尋ねた。「君らはいつもこうなのか？」

アンガスは照れ隠しに頭を掻いた。

「ええと、まあ……おおむね、こんな感じです」

「アンガスと愉快な仲間達は～」ジョニーが歌い、アークがハーモニーを重ねる。「いつでもこんな感じです～」

「なるほど」

何に納得したのか、テイラーは頷いた。

「では私も参加してみようか」

「ええっ？」

アンガスは驚いて立ち止まった。その背にジョニーがぶつかる。彼はアンガスの背中を押しやって、大仰な節回しで歌う。

「それはそれは大歓迎。それでは道化は大人しく、鳴りを潜めて拝聴しましょう」

まさかと思っていたのに、テイラーは本当に歌い出した。

それは西部に伝わる古い歌物語だった。

昔々、まだ空に島が浮いていた時代。浮き島に住む天使の青年が、地上に住む人の娘と恋に落ちた。

それは許されぬ恋だった。自分らは引き裂かれる運命にある。それを知っていた天使の青年は、人の娘に言った。

『たとえ魂だけになろうとも、私は必ず、貴方の傍に戻ってきましょう』

それに、人の娘は答えた。

『たとえ魂だけになっても、私は必ず、貴方を捜し出しましょう』

二人の仲を知った天使達は怒り狂い、青年から翼を奪い、浮き島から追放してしまった。それを知った人の娘は、彼を捜す旅に出た。何年も何年も彼女は大地を彷徨った。しかし求める者は見つからず、いつしかその腰は曲がり、黒かった髪も白く色を変えた。

長い長い放浪のはて、ついに彼女は愛する者を見つけ出した。平和の眠る丘の上、死して横たわる冷たい骸《むくろ》。物言わぬ恋人との再会に、彼女は正気を失い、泣き叫んだ。

その耳に、彼の声がささやいた。

『たとえ魂だけになろうとも、私は必ず、貴方の傍に戻ってきましょう』

彼の胸には彼女の名前が刻まれていた。

それを見て、彼女は答えた。

『たとえ魂だけになっても、私は必ず、貴方を捜し出しましょう』

二人の魂は固く結ばれた。彼らの魂はこの地を離れ、大いなる意志の下へと旅立っていった。

眠るように死んだ人の娘を、平和の丘に埋葬し――

テイラーは静かに口を閉じた。

訪れた静けさに、もの悲しい余韻が漂う。

「う〜」ジョニーが唸った。「意外とやるじゃん?」

「私――今ほど左手がほしいと思ったことはございません！」アークは感動に声を詰まらせる。「両手が揃《そろ》っていましたら、この感動を拍手で伝えられますのに……残念です」

すっかり聴き入ってしまったアンガスは、感嘆のため息をついた。

「すごい――感動しました」

「ありがとう」

テイラーは少しだけ微笑んだ。普段は無表情で、冷たい印象を与える彼だが、その微笑みは驚くほど優しい。

「私の母方の祖母は西部出身でな。幼《おさな》い私に、いくつもの歌物語を聴かせてくれた」

「素敵なおばあさまですね」

「ああ、だが残念なことに私が九歳の時に亡くなってしまった。東部の血統を重んじる家系の中で、ずいぶんと苦労したようだった」

無表情に戻った彼は、独《ひと》り言《ごと》のように呟いた。

「肌や髪の色の違いなど、人を語る上では些細《ささい》なものなのにな」

その通りだと思った。けれどすべての人間がそう考えてはいないことを、アンガスは身をもって経験している。色素の薄い人間を『天使還《がえ》り』と呼んで迫害した故郷の人々。肌の色が濃い西部の人間を『田舎者《いなかもの》』と揶揄する東部の人々。誰かを貶《おとし》めることで、自分が優れた存在であることを誇示しようとする心理。誰の心にもある暗闇。

普段は眠っているそれに文字《スペル》が火をつけ、煽り、数々の事件を引き起こした。憎しみは連鎖する。復讐は新たな悲劇を招き、多くの嘆きと憎悪を生み出す。諍《いさか》いは火事と同じだ。一度燃え広がってしまったら、鎮静化するのは容易ではない。大火事になる前に、一刻も早く火を消さなければならない。

彼らは歩き続けた。地下では時間の経過が摑みにくい。そろそろバニストンに到着してもいいんじゃないかとアンガスが思い始めた頃、視界が開け、広い空間に出た。燃石坑夫達《バニストン》が休憩所として使っていた場所らしい。火を焚《た》く設備こそないが、隅《すみ》の方には寝藁《ねわら》が敷かれている。

「歩いていた時間から計算して、三分の一というところだな」

テイラーが懐中時計の針を読んだ。止まってしまったあの時計ではない。別の新しい時計だ。

「まだ三分の一？」

「ああ、だが時刻はそろそろ真夜中になる」

懐中時計の蓋《ふた》を閉じ、テイラーは言った。

「今日はここで休もう」

反対する者はいなかった。アークが簡単な食事を用意する間、他の三人は寝床を整える。寝藁は湿り気を帯びて腐り、使えそうになかった。彼らは寝藁をどけ、その代わりに寝袋を広げた。

乾燥肉とビスケットで簡単な夕食をすませた後、アークに見張りを任せてアンガス達は横になった。外で寝るよりは暖かい。岩盤は硬く湿っていたが、思ったほど底冷えはしなかった。

自覚していたよりも疲れていたらしく、アンガスは目を閉じると同時に眠りに落ちていた。


翌日、アンガスはアークに起こされた。地下には昼も夜もない。でもアークはもう昼前だと言う。

昨夜と同じ乾燥肉とビスケットを食べ、彼らは荷物をまとめた。そして地面に残されている足跡を逆に辿り、バニストンを目指して歩き出した。

途中何度か休憩を挟み、彼らは黙々と歩き続けた。道はいつしか緩やかな上りに転じ、目的地が近いことを感じさせた。

突然、先頭を行くアークが立ち止まった。振り返り、唇に人差し指を当てる。相変わらず調子っぱずれな歌を歌っていたジョニーが怪訝《けげん》そうに首を傾げる。

「なんだよ？」

「光が見えます」

　ささやくような声でアークは言った。

「前方に大きな鉄の扉があります。そこから光が漏れてきます」

「君達はここで待て」テイラーはアークの横をすり抜けた。「様子を見てくる」

　有無を言わせない素早い行動だった。ランプの明かりの輪から外れると、彼の姿は見えなくなってしまった。ただ足音だけが遠ざかっていく。

　やがて前方に、細長い光の筋が現れた。テイラーが鉄の扉を薄く開いたのだ。しばらく外の様子をうかがった後、彼は扉を閉めた。あたりは再び闇に沈む。

　足音が近づいてくる。ランプの明かりの中に、壁伝いに戻ってくるテイラーの姿が現れた。

「バニストン北駅舎の車両倉庫に出るようだ。車両が一台も戻ってきていないので見通しがいい。出るのは夜になってからにしよう」

「でも……」

「長銃を携帯した市保安官《シティ・マーシャル》が巡回している。見つかって捕らえられたら、今までの苦労が無駄になる」

　正論だった。アンガス達はトンネルを戻り、扉から充分離れた場所に腰を落ち着けた。

　そこで彼らは、街に潜伏してからの行動を話し合った。

「ヴィッカーズ本屋、デイリースタンプ新見聞社《ニュースペーパー》、スペンサー地図店、アンガスが真っ先に訪れそうな場所は、すべて監視されていると思った方がいいだろうな」

　テイラーの言葉に、アンガスは頷いた。

「どこに行っても危険なら、いっそレッドの言葉に従ってみようと思います」

「おいおい、そいつはヤバすぎるだろ？」

「わかってる。でもこれは彼からの挑戦なんだよ。『オレが仕組んだ罠を回避してみせろ』ってい
う、レッドの宣戦布告なんだ」

「売られた喧嘩《けんか》は買う」姫が宣言した。「それが私の流儀だ」

「私ももうしばらく君らと行動をともにさせて貰おう」

そう言って、テイラーはかすかに眉をひそめた。

「命令違反を犯した私がこの状況下でロックウェル氏に面会を求めても、おそらく会っては貰えない
だろうからな」

「ご一緒いただけるなら、とても心強いです」

アンガスの応えにテイラーは黙礼する。

「では今のうちに体を休めておこう」

彼の言葉に従い、アンガスは岩壁に背を預けて目を閉じた。

バニストンを目の前にしているせいか、神経が高ぶり、なかなか寝つくことが出来なかった。文字《スペル》
のことも、レッドの罠のことも気になったが、それ以上に友人達のことが心配だった。

エイドリアンはどこに行ったのだろう。ウォルターは無事だろうか。トムは、アイヴィは、アンデ
ィやデイリースタンプ新見聞社《ニュースペーパー》の職人達は今頃どうしているだろうか。

夜になるのを待って、アンガス達は再び動き出した。不要な荷物はトンネル内に置いていくことに
した。色の薄い髪は目立つので、アンガスとアーク、それにテイラーは、頭から砂避《すなよ》けのフードを被《かぶ》
った。

夜目の利くアークが扉を薄く開き、外の様子をうかがう。人の気配がないのを確かめ、彼らは素早く外に滑《すべ》り出た。

乾いた空気が鼻孔をくすぐる。かすかに馬糞《ばふん》の臭いがしたが、長らく地下の旅をしてきた身にとっては、それさえも新鮮に感じられた。

建物の陰を縫うようにして、四人は少しずつ移動していった。

駅舎の前には歩哨《ほしょう》が立っていた。市保安官《シティ・マーシャル》のバッジをつけた若い男。長い間、留守にしていたからかもしれないが、見たことのない顔だった。彼は長銃を肩にかけ、眠そうに欠伸《あくび》を嚙み殺している。

彼が反対側を向いた隙《すき》に、アンガス達は駅前広場を横切った。裏通りに転がり込み、あたりの様子をうかがう。まだ人通りの絶える時間帯ではない。なのにメインストリートには人影一つ見えない。時々、知らない顔の市保安官《シティ・マーシャル》が馬に乗って巡回していくだけだ。

「街中が息を潜めているみたいだ」

アンガスの呟きに、テイラーも同意する。

「まったく、バニストンらしくないな」

彼は周囲を見回し、無人であることを確認すると、後続の三人に手を振った。

「行くぞ」

彼らは街の南側、新市街にある『ムーンサルーン』を目指した。街の中央を流れるソイ川。川辺に立っている市保安官《シティ・マーシャル》達の監視をかいくぐり、イーストブリッジを渡り、人気のない裏通りを駆け抜けた。新市街の家には明かりが灯っていたが、街は息を押し殺したように静まりかえっている。赤ん坊の泣き声も、酔っぱらいの歌声も聞こえない。

真夜中近くになって、ようやく目的の店に辿り着いた。窓から中を覗く。毎晩仕事を終えた人々が集い、陽気に酒を酌《く》み交《か》わしていた酒場『ムーンサルーン』。けれど今、店内に明かりはなく、人の姿も見あたらない。話し声も聞こえない。

アンガスはスイングドアを押して店に入った。テーブルも椅子《いす》も隅に片づけられ、カウンターにも人影はない。窓から差し込む月明かりが、がらんとした店内を照らしている。

「誰かいませんか？」アンガスは小声で呼びかけた。「どなたかいらっしゃいませんか？」

カウンターの横、カーテンで仕切られた奥の個室を覗き込む。

目の前に、銃口があった。

「――ッ！」

声にならない悲鳴をあげて、アンガスは数歩退《しりぞ》いた。長銃の銃口が彼を追い、その胸にぴたりと突きつけられる。

「アンガス！」

ジョニーとテイラーが回転式六連発拳銃の銃把《グリップ》に手をかける。

「えっ？」

長銃をかまえていた男が、驚いたように声をあげた。長銃の筒先で、アンガスが被っていた砂避けフードを撥《は》ねのける。

「アンガス――君か！」

奥の部屋の暗闇から現れた男。灰色の髪に灰色の瞳――見慣れた顔に浮かんだ見慣れない険しい表情。それはデイリースタンプ新見聞社《ニュースペーパー》のアンドリュー・パーカーだった。

アンディの案内で、四人は『ムーンサルーン』の地下へと下りた。十平方トラムほどしかない地下貯蔵庫に、二十人あまりの男女が集っている。小さなランプに照らし出された警戒の表情。秘密の会合であることは一目瞭然《いちもくりょうぜん》だった。

「いらっしゃい、お客さん」

『ムーンサルーン』のオーナーであるリック・レイカーが、申し訳なさそうに言った。

「歓迎したいとこなんだが、今はご覧の有様でね。酒はやってないんだよ」

「えぇ？」

あからさまに顔をしかめるジョニー。そのつま先をアンガスはぎゅうっと踏みつける。

「イテッ！　何すんだよ！」

「そのへんに座ってくださいな」

アンディの声に人々が身を寄せ合い、場所を空けてくれる。アンガス達が空《から》の樽《たる》に座るのを待って、彼は状況を説明し始めた。

「今、街には戒厳令《マーシャル・ロー》が敷かれています。夜七時以降の外出は一切禁止。君らも見たと思うけれど、ロックウェルの私兵と化した市保安官《シティ・マーシャル》が街を巡回し、違反者を次々に逮捕しています。他にも西部出身者や、東部人でも肌の色の濃い者などが不当に連行され、勾留《こうりゅう》されています」

口調は穏やかだったが、その言葉からは怒りと憤りが感じられる。

「このような事態に陥る前に、間違いを正そうと街の有識者達が集まり、ロックウェルに面会を求めました。話し合いの後、その半数は意見を覆してロックウェル支持にまわり、残りの半数は——いまだに戻ってきません」

「もしかして、エイドリアンも？」

「はい……戻ってきませんでした」

怒っている姿を想像することさえ難しかったアンディの目に、一瞬、怒りの炎が閃《ひらめ》く。

「先日、西部から戻ってきたスペンサー地図店のオーナー、ウォルター・ヘイワード氏がここに来て、私達に告げました。『人々の洗脳に新見聞《ニュースペーパー》が利用されている』と」

アンガスは頷いた。

「僕も見ました。新見聞《ニュースペーパー》の紙に、時間をおくと文字《スペル》が現れるような細工がしてありました」

「あれは私のミスです。状況の打破に奔走し、本来の仕事から目を離してしまった、私のミスです」

いったい誰があんなことを——？

そう尋ねようとしたアンガスを制し、アンディが続ける。

「エディはロックウェルの屋敷に乗り込む前夜に、『情報を共有しておこう』と言って、私にすべてを打ち明けてくれました。文字《スペル》の呪《のろ》いのことも、姫の『本』のことも、アンガス——君の右目に宿った文字《スペル》のことも」

そこでアンディは周囲の人を見回した。

「私の口から、ここにいる全員に話しました」

その時になって初めて、アンガスは周囲の人々の視線に気づいた。畏怖《いふ》と嫌悪に強《こわ》ばった表情。すべての元凶を見るような、怒りと憎悪の目つき。

アンディはアンガスに向き直り、すまなそうな顔をした。

「ヘイワード氏の提言で、私達は新見聞《ニュースペーパー》に隠された文字《スペル》に対抗すべく、手刷りのビラを作って街中に貼《は》って回っています。もちろん見つかれば逮捕されます。しかも昼は訓練に駆り出されますので、作業は夜、こうしてひっそりと進めるしかありません」

「訓練――？」

「ええ」アンディは暗い表情で頷いた。「バニストンをネイティヴ達の侵攻から守るという名目で、ロックウェルは私兵の強化に乗り出しました。バニストンに住むすべての男達は、義勇軍の一員として、軍事訓練を強要されています」

「それだけじゃない」憤慨《ふんがい》したようにリック・レイカーが口を挟む。「ロックウェルはその財力を使って、東部各地から銃や弾薬、非常用食料なんかを大量に買い集めているんだよ。もちろんアルコールもさ。おかげでウチは出すもんがなくなって、店を閉めるしかなくなっちまった。ひい爺《じい》さんの代から、一日だって休むことなく続けてきた店なのによぉ」

悔しそうに俯《うつむ》くレイカーの肩を慰めるように軽く叩いてから、アンディは再び口を開いた。

「このままロックウェルが武力を増強していけば、周辺の都市は従わざるを得なくなる。実際、すでに協力を申し出ている都市もいくつかあると、ヘイワード氏から聞いています」

ヘイワード氏――ウォルターのことだ。しかしここに彼の姿はない。

「ウォルターはこの会合に参加していないようだけれど……彼はどこにいるんですか？」

「ヘイワード氏は昨日、訓練中に力尽きて倒れた老人を庇《かば》って、市保安官《シティ・マーシャル》達と騒ぎを起こしました」

「彼は捕らえられ、収容所に連行されました」

沈鬱《ちんうつ》な表情でアンディは告げた。

「収容所――？」聞き慣れない言葉にアンガスは眉を寄せた。「なんですか、それは？」

「ロックウェルが邸宅の庭を潰して建てた更生院のことです。今回の逮捕者は、皆そこに収容されています」

説明を聞くほどに事態の深刻さが肩にのしかかってくる。レッドの嘲笑が聞こえるようだった。この状況――お前にひっくり返せるかな？

「何か手段を講じて、ロックウェル氏に面会することは出来ないだろうか？」

そう問いかけたのはテイラーだった。彼は自分の身分を明かし、さらに続けた。

「私の知る限り、マイケル・ロックウェルは平和と秩序を愛する人格者だった。その彼がどうしてこんな愚行に走っているのか。直接彼に会い、話を聞いてみなければ、私には到底納得がいかない」

「わかるよ。オレも同じ気持ちだ」

肉付きのいい中年の男が右手を挙げた。彼の顔はアンガスも知っている。バニストンの市保安官《シティ・マーシャル》の一人、ニック・ボイルドだ。その愛嬌《あいきょう》のある丸顔は、子供達に『ボイルド・エッグ』と呼ばれ、親しまれていた。

「ロックウェルは暗殺を恐れて、誰にも会おうとはしないんだ。彼に会えるのは彼の息子だけだ」

「息子？　マイケル・ロックウェルには娘さんが一人いるだけだったはずですけど？」

マイケルの一人娘エミリー・ロックウェル。まだアンガスがエイドリアンの下で修業をしていた頃、春の到来を祝う祭りで、彼女の姿を見かけたことがある。自分と同い年のはずなのに、父親に甘える姿がずいぶん幼く見えたのでよく覚えている。

「彼女は婚約したんだ。その相手ってのが、唯一ロックウェルの言葉を伝える『息子』ってわけさ」

ボイルド・エッグは難しい顔で腕を組んだ。

「とはいえマイケル・ロックウェル本人がそう言ったわけじゃねぇ。なのにみんな、なんであんな若造の言葉を信じるんだか。オレには納得がいかねぇよ」

どうやらその人物が元凶のようだ。アンガスはボイルドに向き直った。

「その義理の息子は、もしかして長い黒髪をした、目つきの鋭い色男じゃありませんでしたか？」

「いいや、違うよ」答えたのはアンディだった。「彼のことはアンガス、君も知っている」

「僕も？」

「ああ、前に戻ってきた時に会っただろう？」

前に戻ってきた時？

アンガスの脳裏に一人の少年の顔が閃いた。

その名を思い出すまでに、数秒かかった。

「ダニー……なんですか？」

アンディは頷いた。

「ロックウェルの屋敷に、毎日新見聞《ニュースペーパー》を配達するのが彼の日課だったんだ。それでエミリーと知り合ったんだ。最初に話を聞いた時は、エディも私も祝福したよ。身分の差や肌の色なんかを軽く飛び越えてみせた若い二人に、感嘆の思いすら抱いていたんだ」

彼は深く重いため息をついた。

「それが――こんなことになるなんてね」

ダニーならば、新見聞《ニュースペーパー》に文字《スペル》を潜ませることも可能だっただろう。けれど彼は褐色の肌をしていた。どこからみても西部人だ。その彼が、なぜこんなことを――と考えて、アンガスはあっと声をあげた。

ダニーがセラに見せた親愛の情。あれは同郷の者に対する思慕の念だったのではないか。セラはメンブルム族の歌姫の顔も声も知らないと言っていたが、彼はセラのことを知っていた。カプト族の歌姫であるホーリーウィングのことを、彼は知っていたのだ。

ダニーはメンブルム族の歌姫シルバーアローだ。彼はドーンコーラスと同じく、レッドに従う道を選んでいたのだ。

レッドがバニストンを離れたのは、準備が整ったからだ。人々の心に潜む不安を煽り、自分とは異なる人種を憎ませ、武器を与え、戦い方を教え込む。あとはシルバーアローが『鍵の歌《クラヴィスカントゥス》』を歌えば、戦争が勃発《ぼっぱつ》する。事態はそこまで進行していたのだ。

「ダニーを止めなきゃ」

アンガスは呟き、立ち上がった。

「このままでは戦争になる。いまだかつてない大きな戦いが始まってしまう！」

「気持ちはわかるが、ダニーに会うのは無理だ」

アンディが冷静な声で言った。

「私だって、何度も彼に会おうとした。けれど彼は応じてくれなかった。分厚い警備に阻《はば》まれた屋敷の奥に閉じこもったまま、表に出てこないんだ」

「けど——なんとか忍び込む方法が……」

「そんなもんがあったら、とっくに忍び込んでるって」ボイルドは力なく首を振った。「収容所を含めたロックウェルの敷地は、石壁に囲まれた要塞《ようさい》と化している。私兵達が昼も夜も監視をおこたらず、近づくだけで、問答無用に射殺される。蟻《あり》の入り込む隙もない」

アンガスは唇を噛んだ。

アンディ達だって、黙ってこの状況に甘んじていたわけではない。打てる手はすべて打ったはずだ。けれど状況は変わらず、悪化の一途を辿っている。

こうなったらなんとしてでも街の外——エヴァグリンに連絡を取り、各都市に分散した騎兵隊員達を集め、橋の修復を待って、バニストンを攻め落として貰うしかない。バニストンにいるのは寄せ集めの民兵だけだ。統率された騎兵隊ならば制圧することも可能だろう。

だが、そうなれば街は破壊され、大勢の人が傷つき、死ぬだろう。親しい者の死は人の心に癒やし難い傷を残す。憎しみは暴力を生み、暴力はあらたな憎しみを生み出す。シルバーアローが歌姫の真価を発揮して『鍵の歌《クラヴィスカントゥス》』を歌ったら、人々は狂気にかられ、戦争に向かって走り出す。そうなったら、もう誰も止めることは出来ない。

アンガスは拳《こぶし》を握った。無力感が胸を締めつける。

「もう時間がない。なのに何も打つ手がないなんて、なんのために僕はここまで来たんだ！」

「落ち着け、アンガス」

『本』の上から姫が呼びかけた。

「焦って本来のお前を見失っては、相手を喜ばせるだけだぞ？」

その声に、地下室に集った一同がどよめいた。レイカーは首を縮めてあたりをうかがい、ボイルドは周囲をきょろきょろと見回す。

アンディは目を見張り、アンガスが持つ『本』を指さした。

「なんだ、今のは？　誰かの腹話術かい？」

「もしかして——今のが姫の声？」

「おや」これには姫の方が驚いたようだった。「お前達にも聞こえるのか？　私の声が？」

ボイルドが頷く。一同は互いに顔を見合わせ、うんうんと頷き合う。

「聞こえます」とアンディが答え、『本』に目をこらした。「でも姿は見えません。これはいったいどういうことなんですか？」

アンガスは考え込んだ。もしかして文字《スペル》は彼らにも触れられる場所にあるのだろうか。いいや、それは考えられない。直接文字《スペル》に触れていたら、どんなに彼らの意志が強くても、その影響を受けずにはいられないはずだ。

「声だけが聞こえ、姿は見えない。これと同じような反応を見せた人物を知ってる」

アンガスは呟いた。

「モルスラズリ……忘れ病《やまい》にかかっていた母さん。彼女には姫の姿は見えていたけど、声を聞くことは出来なかった」

「新見聞《ニュースペーパー》に隠されていた文字《スペル》に触れたせいかもしれんぞ。今回は姿が見えるのではなく、声だけが聞こえるようになったのかも？」

姫の声が聞こえる。人々に姫の歌声が届く。

目の前が開けた気がした。真っ暗だった未来に、細い希望の光が差し込む。

先程とはうって変わった明るい表情で、アンガスは顔を上げた。

「僕らの本来のやり方が使えるかもしれない」

「って、お得意の無抵抗主義？」ジョニーが嫌そうに眉を寄せた。「ここまで拗《こじ》れてんだぜ？　そう上手《うま》くいくかぁ？」

「僕に出来るのは信じることだけだ」

きっぱりとアンガスは言い切った。

「争いではなく和解を望む心を、殺し合うよりも話し合う心を、人は決して失わない。それを信じて、僕はここまで来た。だから今回もそれを信じる。人々が絶望から顔を上げ、未来を――希望を見出すことに、僕は賭《か》ける」

　アンガスは周囲を見回した。畏怖と嫌悪に満ちていた人々の顔に、微妙な変化が生じている。行き場を失い、希望を失いかけていた人々の目に、わずかな光が生まれていた。

「私達も、君に賭けよう」

　彼らを代表して、アンディが静かに口を開いた。

「話してくれるかい？　君の『本来のやり方』とやらを？」

4

　刻印からは一定のエネルギーが放出されている。それを用いて、都市は発展を続けてきた。地上に存在する二十二の都市は、刻印のエネルギーに依存することで文明を維持してきた。

『理性』の四大天使の一人、知性を司《つかさど》るウリエルは言った。刻印の恩恵を得るために歌い、そして祈れ。個人の意志よりも集団の意識を尊重しろ。意識の統合こそが、より深い恩恵を得ることに繋《つな》がるのだと。

　その言に従い、私も日に三回、刻印に『鍵《クラヴィス》の歌《カントゥス》』を捧げてきた。それが都市を維持するエネルギーを生み出すのだと信じて。

　けれど都市の規模が大きくなるにつれ、都市はエネルギー不足に悩まされるようになっていった。刻印から湧き出すエネルギーだけでは、都市機能を維持することが出来なくなってきたのだ。

　そこで天使府は、刻印にさらなるエネルギーを求めた。ある日、義理の父親であるウリエルは、私を議事堂に呼び出した。

「刻印には未曾有《みぞう》の力が秘められている。莫大《ばくだい》なエネルギーが眠っているのだ。それを引き出す方法を探せ。刻印の意志に同調するのだ。稀有《けう》な感応能力を持つお前にならば、それが出来るはずだ」

義父の命令は絶対だ。逆らうことなど出来なかった。

私は議事堂の奥にある刻印の間に向かった。

『理性』の刻印が刻まれた銀の杖。それは都市の中心にある議事堂の奥深くにしまい込まれていた。触れることが許されているのは、天使府の中でも四大天使だけだ。

私はウリエルの許可を得て、銀の杖を手に取った。目を閉じ、意識を集中させてから、右手を『理性』の刻印に押し当てる。


足下の床が抜け、闇の中に落ちていく。

何も見えない。何も聞こえない。まるですべての感覚を遮断されたかのような漆黒の空間。氷のように冷たく、一筋の光さえ差し込まない空虚な暗闇。

圧倒的な孤独を感じて、私は悟った。

ああ、ここは私の心の中だ。

親に捨てられ、帰る場所も、信じられる者もなく、私はたった一人で生きてきた。心を殺し、社会の歯車の一つになることで、自分の居場所を見つけようともがいていた。たった一言、誰かに「生きていていいんだよ」と言ってほしくて、泣くことも笑うことも諦めた。

その結果がこれだ。

私の心は虚無に喰われてしまった。もう未来を夢見ることも、希望を信じることも出来ない。私はこのまま命が尽きる瞬間まで、食物や酸素を浪費しながら、なんの意味もなく生きていくのだ。

なんて虚《むな》しいのだろう。

私はいったい、なんのために生まれてきたのだろう。

「人が生まれるのは自然の摂理だ」

暗闇の中から、声が聞こえた。

「それ以上の意味を求めるなら、自分自身を納得させるだけの努力をしろ。自らを哀《あわ》れむだけで、暗闇から立ち上がろうともせず、自らの魂を救おうともしない者に、救済など訪れるわけがなかろう」

「――誰だ？」

私は暗闇に向かって叫んだ。

「お前は……誰だ？」

暗闇の中――深い深い場所で何かが光っている。

きらきら輝く小さな星。瞬《まばた》きすれば見失ってしまいそうなほど弱々しい光。それに向かって、私は深く深く潜っていった。

虚無が私を取り囲んだ。絶望の暗闇がささやきかける。無駄だ。あがいても無駄だ。お前がそれを手にすることはない。諦めろ。何も望むな、求めるな。心を持たない人形でいれば、傷つかずにすむのだ。

「黙れ！」

私は叫んだ。

「黙れ黙れ黙れ！」

重くまとわりつく闇を振り払い、私は深淵の底を目ざした。

何かを突き抜けたような感覚があった。

不意に体が軽くなった。暖かいものが私を包み込むのを感じた。日だまりで微睡《まどろ》んでいるような心地よさ。それは忘れていた母の温《ぬく》もりを私に思い出させた。

懐かしさが胸に溢れた。

ずっとずっと還《かえ》りたいと思っていた。幼い頃、なんの憂《うれ》いもなく母の腕に身を委《ゆだ》ね、眠りについたあの頃へ――

「お前は寂《さび》しかったのだ。家族もなく、友と呼べる存在もないことに、耐え難いほどの寂しさを感じていたのだ」

女の声がした。

さっきよりもずっと近い。

「すべての命は無意識から生まれ、天寿を全《まっと》うした後、再びそこへ還っていく。すべての意識は根底で一つに繋がっている。無駄なものなどこの世にはない。だからもう嘆くのはよせ。お前の生には意味がある。お前は一人ではないのだから」

慈愛に満ちた声。すぐ近くに温かな気配を感じる。なのに、人の姿は見あたらない。

彼女に触れたい。その腕に抱きしめてほしい。堪《こら》えきれなくなって、私は叫んだ。

「貴方はどこにいるのですか？　どうか姿を見せてください」

私の目の前に一人の少女が出現した。それはあの荒野に住む大地の人の、歌姫の少女だった。

「君は――」

「この姿は仮初《かりそ》めの姿。お前が対話しやすい相手として、お前の意識が勝手に合成したものだ」

そう言って、彼女は微笑んだ。

「私はまだ人としての姿を持たない」

「ではいつか……いつか貴方も、人として生まれるのですか？」

「そうだ」彼女は鷹揚に頷いた。「孤独に疲れた人の子よ。自分の存在を否定してはならない。お前は必要とされたからこそ、この世に生まれたのだ。大地や命を愛するように、私はお前を愛している。それを疑うな」

彼女は腕を伸ばし、私を抱き寄せた。温かなうねりが私を包んだ。それは世界の意識――この世のすべてを生み出した『世界《エマ》』の記憶だった。

思考原野に『大地の歌《テッラカントゥス》』が響いた時、世界は生まれた。『世界《エマ》』は伴侶《はんりょ》を欲し、『解放の歌《リベルタカントゥス》』を歌った。すると『世界《エマ》』の意志は刻印となって、大地に刻み込まれた。刻印は次々と命を生んだ。木が生まれ、トウモロコシが生まれ、魚が生まれ、オオカミが生まれ、人が生まれた。

中でも『世界《エマ》』は人に、より深い慈愛と恩恵を与えた。自分の求めるものが人として生まれてくることを、『世界《エマ》』は知っていたからだ。それゆえに『世界《エマ》』は人を慈しみ、その成長を見守ってきた。

いつの日か、自分が人として生まれるために。

たった一人の愛《いと》しい人に巡り会うために。

『世界《エマ》』が伴侶と出会う時、その時こそ、この世は慈愛で満たされる。刻印の力が及ばない荒野にも豊かな水が溢れ、砂漠にも花が咲き、生きとし生けるもの、すべてが飢えや寒さから解放される。

その日のために『世界《エマ》』は歌い続ける。まだ見ぬ愛しい人に向けて、彼女は呼びかける。『世界《エマ》』の美しい歌声。それは温かい波動となって、大地に降りそそぐ。

この歌が届けばよいのだが
偉大なる魂の御元《みもと》に
愛する貴方の元に

この歌が届けばよいのだが

私は祈ろう
たとえ今は
触れることさえ叶《かな》わなくても
私は祈ろう
貴方の歩む　その道程が
光に溢れているように

私は祈ろう
たとえ今は
会うことさえ叶わなくても
私は祈ろう
貴方に至る　すべてのものが
正しく行われるように

私は歌おう
この歌が届くように
偉大なる魂の御元に
愛しい貴方の元に

祈りを込めて　私は歌おう

私は悟った。刻印とは『世界《エマ》』の意志。刻印が発しているエネルギーは、事象に変化を促《うなが》す意志の力だ。たった一人の伴侶のために『世界《エマ》』が歌う『解放の歌《リベルタカントゥス》』——それは思考原野の底に眠る無意識から思考エネルギーを取り出す歌だ。思考エネルギーは刻印を介して大地に溢れ、生命を進化させ、人を生み出してきた。このエネルギーは生命の流れそのもの。もしこの流れを堰《せ》き止めれば、川は淀《よど》み、水は腐ってしまう。思考エネルギーを浪費することは、自分の首を絞めるに等しい。

私は『世界《エマ》』の抱擁《ほうよう》から身を離した。

戻らなければならない。そう思うだけで、身が引き裂かれるようだった。

けれど私は行かなければならない。『世界《エマ》』の意志を歪める者達に、『世界《エマ》』の真意を伝えるために。

「——また、会えますか?」

私の問いかけに、彼女は微笑んだ。

「愚問だな。私は『世界《エマ》』——私はいつでも、どこでも、お前の周囲に溢れている」

5

話し合いが終わった頃には、午前三時を回っていた。集まっていた人々は一人ずつ店を出て、夜の闇へと消えていく。

「お気をつけて」

「うん。そっちもね」

心配そうに彼を見送るアークに、アンガスは笑いかけた。

「ジョニーのこと頼んだよ。悪さしないよう、しっかり見張っててね？」

彼ら四人はバニストンにいるはずのない人間だ。下手に動けば発見される危険を伴う。とはいえ、四人が全員『ムーンサルーン』に残るわけにもいかない。そこでアークとジョニーを店に残し、アンガスはアンディの家に、テイラーはボイルドの家に匿《かくま》って貰うことになった。

アンディの家は『ムーンサルーン』からそう遠くない、ジンストリートの十番地にあった。狭い脇道にある小さな二階建て。そこがアンディの家だった。

「どうぞ入って。今、片付けるから」

几帳面《きちょうめん》なアンディのことだから、部屋も整理整頓されているだろう。そう思っていたのだが、予想は見事に裏切られた。室内には古い新見聞《ニュースペーパー》や本の欠片、描きかけのスタンプなどが散乱して、足の踏み場もない。

「キッチンとトイレは一階の奥。寝室は二階」

新見聞《ニュースペーパー》の山を部屋の隅に押しやりながら、アンディは尋ねた。

「お腹《なか》減ってないかい？　ピーナッツバターサンドぐらいだったら作れるけど？」

「あ、大丈夫です」

アンガスは答えた。街に忍び込む前、廃坑の中でビスケットと乾燥肉を口にしただけだったが、緊張と興奮のせいか空腹を感じない。

それに、アンディに訊きたいことがあった。個人的すぎて、先程は訊けなかったことだ。

「今、デイリースタンプ新見聞《ニュースペーパー》社はどうなっているんですか？　トムやアイヴィはどうしてます？」

「新見聞社《ニュースペーパー》は閉鎖されてる。新見聞《ニュースペーパー》を刷っても、輸送する手段がないからね。でも職人達は元気だよ。私と同じように毎日訓練に駆り出されてる」

アンディは手にしていた本を部屋の隅に放った。

「だけどトムは西部出身だから、早い段階で収容所に入れられてしまって、安否はわからないんだ」

「――そうですか」

「アイヴィは相変わらず元気だよ。でもここ最近、店主不在で閉店中の店を荒らしてまわる不埒《ふらち》な輩《やから》が増えてるんだ。アイヴィにも、女性が一人で店を切り盛りするのは危ないよ、って言ったんだけどね。こんな時にこそ本が必要なんだって言い張って、今も一人で頑張ってる。集会にも参加したいと言っていたけど、私が止めたよ。彼女には監視が張りついているし、エディの愛弟子《まなでし》にこれ以上、危険な真似《まね》はしてほしくないからね」

ふう……とため息をつき、両手の埃を払う。

「腹が減ってないなら今日は休もう。君も疲れているだろうし、私も朝が早い」

そう言うなり、アンディは幅の狭い階段を先に立って上っていく。どうやら部屋の片付けは諦めたらしい。アンガスは黙って彼に続いた。

二階は寝室になっていた。一階の惨状に較《くら》べれば、まだ片付いているといえるだろう。が、床には白く埃が積もっている。

「私は床で寝るから――」替えのシーツと毛布を棚から引っぱり出し、アンディは言った。「君はベッドを使ってくれ」

「とんでもない。僕が床で寝ます！」

アンガスはアンディの手から毛布を奪おうとした。が、アンディも譲らない。

「客人を床に寝かせるわけにはいかないよ」

「大丈夫です。硬い地面で寝るのには慣れてますから」

「私は毎晩ベッドで寝てる。だから今夜は君がベッドを使え」

「僕がベッドを占領して、貴方を床に寝かせたことがエイドリアンに知れたら、僕は彼女にしばき倒されますよ！」

不意にアンディの手が緩んだ。アンガスは勢いあまってベッドの上に倒れる。ゴッッ……と硬い物が頭に当たった。

「痛《い》たた……」

頭に当たったモノを毛布の下から摑み出し、アンガスはぎょっとして目を見開いた。彼の手に握られていたのは、黒い六連発銃だった。表面についたいくつもの傷が、使い込まれてきた年月を物語っている。

「なんでこんなものが？」

「知りたいかい？」

アンガスの手から六連発を取り上げ、アンディはニヤリと笑う。「私の言う通りベッドで寝るなら話してあげるよ？」

いつも穏やかに笑っていて、怒った顔など見たことがない。そんなアンディの手に握られた、使い込まれた六連発——

結局、アンガスは好奇心に負けた。

「わかりました……お借りします」

「よろしい」

アンディはにこりと笑うと、床にシーツを広げ、ごろりと横になった。頭のすぐ横に六連発を置く。

「バニストンに来る前、私はカミーヌスという町の市保安官《シティ・マーシャル》をしていたんだ。といっても、現場に出る機会はほとんどなくて、ひたすら賞金首情報《ウォンテッド》のスタンプ描きに明け暮れていたんだけどね」

「アンディが市保安官《シティ・マーシャル》？」

「信じられない……と言いたそうだね？」

「貴方がタップを握っているところは簡単に想像出来るけど、六連発を握ってる姿はとても想像出来ません」

「だろうね」と言ってアンディは苦笑した。「私の父は腕の良いスタンプ看板職人だった。私は父の仕事を継ぐつもりだったから、幼い頃からスタンプの描き方を習ってきた。けど私が十七歳の時、両親と妹が強盗に殺されてね。その仇《かたき》を討つために、私は市保安官《シティ・マーシャル》に志願したんだよ」

アンガスは息を吞んだ。穏やかな微笑みの裏側に、そんな辛《つら》い過去があったなんて、想像もしていなかった。

ベッドに座ったまま言葉を失っているアンガスに、アンディは寝なさいというように手を振った。

アンガスは彼の顔を見つめたまま、ベッドに横になる。

「事件から三年後、私の家族を殺害した犯人は逮捕され、絞首刑になった。吊《つ》るされた奴《やつ》の姿を見て、私は愕然《がくぜん》としたよ。晴れ晴れとした気持ちになれると信じていたのに、悲しいぐらい何も感じなかったんだ。まるで胸の中央にぽっかりと穴が空いたみたいに——ただただ虚しいだけだった」

再び大きなため息をついてから、彼は続けた。

「そんな時、バニストンから来た市保安官《シティ・マーシャル》が新見聞《ニュースペーパー》を見せてくれたんだ」

アンディは頭の後ろで手を組むと、暗い天井を見上げた。暗がりの中、その口元にかすかな笑みが刻まれるのが見えた。

「初めて新見聞《ニュースペーパー》を見た時の衝撃——あれは生涯忘れられないだろうな。翌日、私は市保安官《シティ・マーシャル》を辞め、新見聞《ニュースペーパー》の考案者であるエイドリアン・ニュートンに会うために、バニストンへと向かっていた」

その気持ちはアンガスにもよくわかった。

新見聞《ニュースペーパー》は本のように感覚を共有することは出来ない。けれど新見聞《ニュースペーパー》からは、人々の生活が感じられる。同じ空気を吸い、同じ大地の上に生きている人々の存在を感じることが出来る。

子供の頃、モルスラズリが世界のすべてだったアンガスに、新見聞《ニュースペーパー》は世界の広さを教えてくれた。遠い見知らぬ土地にも、自分達と同じように人々が生きていることを教えてくれた。

「エディは言ったよ。『新見聞《ニュースペーパー》が提供する情報は人々に広い視野を与え、互いの理解を深める助けになる。銃は人を傷つけることしか出来ないけれど、新見聞《ニュースペーパー》は人に共感を与えることが出来る。だからこそ、私は世界中に新見聞《ニュースペーパー》を広めたい。それが私の夢なんだよ』と。目を輝かせる彼女を見て、それこそ私が求めていたものだと確信したよ。私はその場で協力を申し出て、エディとともにデイリースタンプ新見聞《ニュースペーパー》社を設立することになったんだ」

アンディは六連発を手に取った。仰向けのまま、それを目の前に掲げる。

「でもね、いまだにこれが手の届く場所にないと、私は安心して眠ることが出来ないんだ。それは私がまだ心のどこかで、『新見聞《ニュースペーパー》は銃より強い』ということを、疑っているからなんだと思う」

六連発を握った手を、彼は額に押し当てた。

「私は臆病者《おくびょうもの》だ。エディに何かあったらと思うだけで、不安で何も手につかなかった。新見聞《ニュースペーパー》が利用されていることにも気づくことが出来なかった。エディの夢を守らなければならなかったのに、私は怖くて目をつぶってしまった。私はエディの信頼を裏切ってしまったんだ」

彼らは愛よりも信頼を、温かな家庭よりも夢を求めた。それを守れなかった彼の失望は深い。心に潜む闇を押し殺して、文字《スペル》の魔力に立ち向かうのは並大抵のことではない。けれど今は、何を言っても慰めにはならないだろう。

「また、やり直せばいい」

そんな言葉が口をついて出た。

「生きてさえいれば何度でもやり直せる」

「…………」

「エイドリアンなら、きっとそう言うと思います。彼女は僕らなんかよりもずっとタフだから、こんなことぐらいじゃ諦めませんよ」

「――そうだね」

ささやくような声で、アンディは答えた。

「君は本当にエディに似ている。血は繋がっていなくても、本物の親子以上に、君は彼女の意志を受け継いでいるんだな」

その通りかもしれないとアンガスは思った。エイドリアンは問答無用に僕を受け入れ、協力してくれた。彼女の存在がなかったら、今の僕はいなかった。彼女が僕に人を信じることの大切さを教えてくれたのだ。

「エディは無事だろうか？」

アンディの呟き声が聞こえる。

自分に言い聞かせるように、アンガスは答えた。

「エイドリアンなら大丈夫です。きっと今頃、煙草《たばこ》が切れたとか、ジンが飲みたいとかワガママ言って、ロックウェルを困らせてますよ」

アンディはかすかに笑った。

「ただのジンじゃダメだ。最高級のジンを持ってこい、とか」

「『クールウォーター』以外の煙草は認めない、とか」

「それで酔っ払って弁舌をふるう」

「『真実は剣になり、情報は盾になる』」

「『情報は力だ』」

「『真実はお前を決して裏切らない』」

「『新見聞《ニュースペーパー》は銃より強い』」

二人は声を潜めて笑った。

「今回の作戦が上手くいったら、今度こそ、これを手放せそうな気がするよ」

そう言って、アンディは再び六連発を床に置いた。

「さて、少しお喋《しゃべ》りが過ぎたみたいだな。もう寝よう。でないと夜が明けてしまうよ」

翌日、アンディは朝早くに起き出して、訓練に出かけていった。残されたアンガスは、彼のタップを借りてスタンプの作成に取りかかった。

机の上に紙を広げ、そのすぐ横に『本』を開く。

「お前は本当に命知らずだな」

アンガスを見上げ、姫が言う。言葉のわりには面白がっているような雰囲気がある。ペンとタップを動かしながら、アンガスは笑った。

「命知らずってわけじゃないけど、僕に出来るのは信じることだけですから」

「何を誤解している？」

姫も負けずにニヤリと笑う。

「私は今回の作戦について、どうこう言っているわけではないぞ？」

「え？」

「私を描くつもりなのだろう？」

姫は左手を腰に当てると、右手の人差し指をビシリと彼に突きつける。

「下手に描いてみろ。地の果てまで吹き飛ばしてやるからな？」

アンガスは苦笑した。

「……心しておきます」

スタンプは本とは異なり、それを目にする者が実際に見たことがあるものしか喚起出来ない。姫の歌声を再現することはもちろん、あの鳥肌が立つほどの感動もスタンプにのせることは出来ない。

スタンプで表現出来るのは、歌う女性の姿だけだ。だからこそ、それを見た者すべてに「この人の歌声が聴きたい」と思わせるような、とびきり魅力的な姿でなければならない。

そんなスタンプが描けるかどうか。アンガスが提案した作戦の是非は、それにかかっていると言ってもよかった。

昼食を取るのも忘れ、アンガスはスタンプ描きに没頭した。

と、その時。窓がガタガタと鳴った。

驚いて顔を上げると、窓枠に一羽《わ》のパロットが止まっていた。その鳥は翼を広げ、ぎゃあぎゃあと鳴き、足の爪《つめ》で窓ガラスを引っ掻いた。

アンガスは急いで窓を開けた。パロットがひょこひょこと室内に入ってくる。誰にも見咎《みとが》められなかったことを確認してから、アンガスは窓を閉じた。

『あんがす！　あんがす！』

パロットは飛び上がり、アンガスの肩に止まった。嗄《しゃが》れた声で彼の名を叫び、嬉しそうに頬に頭をすり寄せる。

「よかった。お前、無事だったんだね」

アンガスが言うと、パロットはくぅ〜きゅるるる……と甘えた鳴き声をあげた。アンガスはキッチンに行って、アンディが用意しておいてくれたトウモロコシのパンを持ってきた。それをちぎって、パロットの前に差し出す。

「ほら、お食べ。お腹空いただろ？」

パロットはそれを嘴《くちばし》にくわえて床に降り、熱心についばみ始めた。アンガスもパンを齧《かじ》った。時折パロットのためにパンの欠片を床に落とした。

やがて満腹になったらしく、パロットは翼を広げ、バタバタと舞い上がった。そしてアンガスの肩に止まると、上機嫌で囀《さえず》り始める。

『俺ハ・箱ニ入ッテミル』

ギクリと、アンガスは身を強ばらせた。

『箱ノ巾ニ・希望ヲ伝エル』

『自由ヲ得ル日ガ・近イコトヲ・皆ニ知ラセル』

『オ前ニ・ドコマデ近ヅケルカ・ワカラナイケド・俺ナリニ・頑張ッテミル』

ウォルターからのメッセージだった。

アンガス達がバニストンにやってくることを知った彼は、収容所に入るためにわざと捕まったのだ。そこにいる自由を奪われた人々に、解放される日が近いことを教えるために。不安と絶望の淵《ふち》に立たされている彼らに、希望をもたらすために。

「あの優男《やさおとこ》、思い切ったことをする」

姫の声に、アンガスは頷いた。

収容所には窓がない。パロットを飛ばしても、ウォルターの元には辿り着けないだろう。もう彼と連絡は取れない。収容所内の様子はアンディ達にもわからないという。収容所から出てきた者は一人もいない。逮捕された人の数を考えれば、中は想像を絶するほど劣悪な状況だろう。

アンガスは両手をぎゅっと握りしめた。気は焦るが、今は彼らの無事を祈ることしか出来ない。アンガスは再び椅子に座り、タップとペンを手に取った。姫の姿を再現しようと奮闘しながら、彼は心の中で繰り返し呟いた。

もう少し……もう少しだけ耐えてくれ。

必ず、そこから救い出してみせるから——

アンガスが描いたスタンプに、アンディが修整を加え、スタンプの原版が出来上がった。あとはこれからネガを起こし、刷版《さっぱん》を作成し、輪転機で印刷すればいい。しかし今、デイリースタンプ新見聞《ニュースペーパー》社は閉鎖され、印刷所にも鍵がかけられてしまっている。製版機も印刷機も使えない。

となれば、あとは手作業で進めるしかない。

アンガスは一つ一つ準備を整えていった。

まずはアンディが用意してきてくれたアルミ板の表面を砂で擦る。目の粗い砂と細かい砂を交互に使い、時間をかけて丁寧にアルミ板の表面を研いでいく。

次に透過紙という半透明の紙を原版スタンプに当て、牛脂と蜜蠟《みつろう》を含んだカーボンインクを使ってスタンプを写し取っていく。この透過紙の表面には薄い糊《のり》が塗布してある。砂目立てしたアルミ板に、この透過紙の表面――写し取ったスタンプがある面を密着させ、水を含ませた海綿で紙の裏側をさっと拭《ふ》く。

これを二枚の平らな鉄板に挟み、試し刷り用の手動圧力機にセットする。ハンドルを回してローラーを転がし、何度か圧力を加えた後、鉄板を圧力機から下ろした。

ゆっくりと透過紙を剝《は》がしてみると……

「よし！　成功！」

アルミ板に左右逆様《さかさま》のスタンプが転写されている。それをテーブルの上に置き、ズレやブレがないことを確認する。失敗してもやり直しはきくが、時間だけは取り戻せない。急ぐに越したことはないが、焦りは禁物だった。

点検を終えた後、アルミ板のカーボンインクに滑石《かっせき》の粉を撒く。それが乾くのを待つ間、アンガスは版に塗るためのカクタスガムを用意した。

カクタスガムはオオヒラサボテンからとれる樹脂である。これに少量の硝酸を加え、よく混ぜ合わせる。硝酸はカーボンインクの油脂と反応して親油性を高める。またその一方で、カクタスガムは非描画部の親水性を高めてくれる。これにより非描画部には水が乗ってインクを弾《はじ》くようになり、スタンプ描画部にはインクが乗るようになるのだ。

乾いた版にカクタスガムを塗布していく。青臭い匂いが部屋に充満する。だが窓を開けるわけにはいかない。塗布面に埃がついたらすべてが台なしになる。アンガスは布で口と鼻を覆い、黙々と作業を続けた。

カクタスガムを二度塗りし、一息つく。後はガムが安定するまで、丸一日おかなければならない。

翌日、彼は刷版をテレピン油で拭い、カーボンインクを落とした。ラッカーとチンクタールを布で擦り込み、描画を補強する。最後に水洗いをし、これで刷版は完成だった。

はやる気持ちを抑え、アンガスは印刷の準備に取りかかった。

完成した刷版の上に海綿で薄く水を引き、さらには革張りのローラーで油性のインクを乗せていく。そこに試し刷り用の紙を置き、フェルトをあて、手動圧力機にセットする。一気にハンドルを回し、版と紙をプレスしていく。汚れをレモン水で拭い、何度か試し刷りを繰り返すうちに、だんだんと版にインクが馴染《なじ》んできた。

「そろそろいいかな？」

印刷用紙をセットし、試し刷りと同じく二、三回、プレス作業を繰り返した。圧力機から下ろし、鉄板を外す。不安と期待で胸が高鳴る。アンガスは紙の端《はし》を持ち上げ、刷版から引きはがした。

描画に滲《にじ》みはない。が、スタンプはとても繊細だ。ちょっとしたズレやシミが一つ加わるだけで、意味合いが変わってしまうこともある。

まだインクの乾いていない紙の端をつまんだままアンガスは窓辺に移動し、テーブルの上にそれを置いた。

すぐ横に置かれた『本』の上から、姫が身を乗り出す。アンガスもまた、刷り上がったばかりのスタンプに目の焦点を合わせた。

ぼおっとした光が現れ、その中に幻影《ヴィジョン》が立ち上がる。

アンガスは姫に問いかけた。

「合格ですか？」

「まあまあだな」

姫はアンガスを見上げ、肩をすくめた。

「私に較《くら》べたら見劣りはするが——所詮《しょせん》は印刷、複製品だからな。これで妥協してやろう」

6

私は何度も『世界《エマ》』に会いに行った。

そのたびに、彼女は温かく私を迎えてくれた。彼女の抱擁は疲れきっていた私を癒やし、生きる勇気を与えてくれた。

天使府が刻印のエネルギーを汎用《はんよう》していることを、私は『世界《エマ》』に打ち明けた。

「私だけでは、彼らを止めることは出来ません。私はどうしたらいいのでしょう？」

「かまわん、放っておけ」

『世界《エマ》』は明朗に言い放った。

「私の慈愛はとても深いのだ。彼らに利用出来るものなど、たかが知れている」

それに——と彼女は続けた。

「彼らの意識も無意識に——世界に繋がっているのだ。ならばいつか必ず、彼らも自分達の過ちに気づく。私は彼らを……人を信じている」

私は『世界《エマ》』の言葉を信じた。その一方で不安も感じていた。『世界《エマ》』はこの世のすべてを創り出した、いわば万物の生みの親だ。けれど生まれた子供が親の思い通りには育たないのと同じく、人もまた彼女の思惑とは別の道を歩み始めているように思えた。

彼女の力になりたい。その一心で、私は四大天使に『世界《エマ》』の意志を伝えた。

物質的な恩恵に執着してはいけない。刻印がもたらす豊かな水源と豊饒の大地。それに固執するがゆえに、天使府は歌に込められた本質を歪めてしまっている。思考エネルギーを濫用してはならない。刻印は世界の意志。それは広大な大地の上、空の下にあってこそ、その真の力を発揮するものなのだと。

だが刻印に触れても『世界《エマ》』の声を聞くことが出来ない四大天使達は、私の言葉に耳を貸そうとしなかった。

「残念だ」とウリエルは言った。「そのような世迷《よまい》ごとを言い続けるなら、お前の地位を剝奪《はくだつ》するしかない」

その言葉に、私は心底震え上がった。

ツァドキエルの地位を失えば、もう刻印に触れることは出来なくなる。二度と『世界《エマ》』に会うことが出来なくなる。私はそれを恐れた。『世界《エマ》』は私の存在を肯定してくれた。すべての憂いから私を解放してくれた。『世界《エマ》』を永遠に失うことになるなんて、私にはとても耐えられなかった。

そんな私の恐れを見通したように、ウリエルは居丈高《いたけだか》に言った。

「自分の置かれた立場を考えろ。お前の任務を果たすのだ。これ以上、私を失望させるな」

私は葛藤した。

天使府が求めているのは『解放の歌《リベルタカントゥス》』だ。あの歌さえあれば、刻印から思考エネルギーを汲み出すことが出来る。だが思考エネルギーは生命の進化を促すための力、この世界になくてはならない力だ。一部の人間の我欲のために、浪費してはならないものだ。

『解放の歌《リベルタカントゥス》』を天使府に渡してはならない。

けれどこのまま結果が出せなければ、私は地位を剝奪され、都市を追放されるだろう。整備の行き届いた都市。飢えることのない生活。高度な科学力に裏打ちされた管理社会。そんなものに未練はない。だがここを追い出されたら、刻印に触れることは出来なくなる。もう二度と彼女に会えなくなる。


どうすればいい――？

長い長い逡巡の末、私は一つの結論に至った。

彼女を連れ出してしまおう。彼女の歌を、姿を、その思念を『本』に保魂し、この都市から解放するのだ。

大地の上、自由な空の下に『世界《エマ》』を連れ出す。

そう考えるだけで、心が躍った。


日に三回、都市の人々は『鍵の歌《クラヴィスカントゥス》』を歌う。『鍵の歌《クラヴィスカントゥス》』は『世界《エマ》』と人の心を繫ぐ歌だ。『世界《エマ》』の意志を理解し、それに同調することにより、『世界《エマ》』と人との絆《きずな》はより深くなる。

しかし、天使府に強要され、無理やり歌わされる『鍵の歌《クラヴィスカントゥス》』にはなんの意味もない。

ならば、もう私は歌わない。真実を知った今、都市の歯車であり続けることなどもう出来ない。

遠くに人々の祈りの歌声を聴きながら、私は計画を実行に移した。人目を避け、刻印の間に忍び込む。人々が『鍵の歌《クラヴィスカントゥス》』を歌っている間は、刻印の間に入ることは許されない。誰も私の作業を邪魔しに来ない。

私は刻印の杖の前に立ち、広げた『本』のページに右手を当てた。この『本』は一般に取り扱われているものとは仕様が違う。まだセラニウムの濃度配分がわからず、原液をそのまま塗布した試作品。もっとも高い同期率をもつ、試作品第一号だった。

私はこれに『世界《エマ》』を保魂するつもりだった。記憶と記録の管理者《ツァドキエル》である私が、創世の歌を記録に残す。その危険性を考えなかったわけではない。

だが、私は気づかないふりをした。

私は彼女を独占したかった。私は心のどこかで、彼女が愛するたった一人の伴侶に嫉妬《しっと》していたのだ。あまりに不遜《ふそん》であるがゆえ、見て見ぬふりをしていたが、私は彼女に恋をしていた。強い独占欲に突き動かされ、周囲が見えなくなっていた。

『本』に『世界《エマ》』を宿すことが出来れば、たとえ都市を離れても、いつでも『世界《エマ》』に会うことが出来る。いつでもその歌を聴くことが出来る。これを持って、あの荒野に向かおう。大地の人は、きっと私を受け入れてくれる。そこで大地の人として、自由に生きていくのだ。

そのためにこれは必要な行為なのだと、私は自分に言い聞かせた。

私は左手で刻印を握った。

そして『世界《エマ》』の歌声——二十二編の『鍵の歌《クラヴィスカントゥス》』を反芻《はんすう》し、『本』に焼きつけていった。

『鍵の歌《クラヴィスカントゥス》』を歌い終わり、私は『解放の歌《リベルタカントゥス》』に取りかかった。

刻印から溢れてくる『世界《エマ》』の歌声——

この歌が届けばよいのだが
偉大なる魂の御元に
愛する貴方の元に
この歌が届けばよいのだが

そこまで歌った時、背後から声が聞こえた。

「今の歌はなんだ？」

振り返ると、驚きに目を見張ったウリエルが立っていた。この時になって、私は気づいた。彼は私を疑い、私を常に監視していたのだ。

ウリエルは私を見て、私の手元にある『本』を見て、再び私に目を戻した。

「それはなんだ？」

答えられなかった。

恐ろしい過ちを犯したことを、私は悟った。

7

その朝——

いつも通り軍事訓練に向かおうとしていたバニストンの男達は、壁に貼られた一枚のビラを見つけた。

そこに刷られたスタンプからは、一人の女性の幻影《ヴィジョン》が立ち上がった。

荒野に立つ美しい女。強い意志を秘めた瞳。吹《ふ》き荒《すさ》ぶ強風にたなびく黒髪。

何かを訴えかけるような顔で、彼女は歌う。

もちろん声は聞こえない。どんな歌を歌っているのかもわからない。けれど彼女の全身からは、生命の波動が迸《ほとばし》っていた。

彼女の足下に緑が芽吹く。雲が吹き流され、上空から光が差し込む。

女は頭上に拳を振り上げ、何かを叫んだ。

何度も何度も、何度も叫んだ。

それを目にした男達の胸に、じれったいような、もどかしい思いが湧き上がった。彼女の声が聞きたい。彼女の歌声が聞きたい。聞こえないとわかっているのに、諦められずに耳を澄ます。

やがて騒ぎを聞きつけた市保安官《シティ・マーシャル》がやって来た。市保安官《シティ・マーシャル》は彼らの目の前で、そのビラを破り捨てた。周囲から悲嘆と非難の声が漏れる。ビラが貼ってあった壁面を名残惜しそうに見つめている男達に、市保安官《シティ・マーシャル》は声を張り上げた。

「何をしている！　急げ、集合時間はとっくに過ぎているぞ！」

男達がのろのろと歩き出す。逮捕されることを恐れて誰も口には出さなかったが、そこに居合わせた誰もが等しく同じ思いを抱いていた。

その翌日も、その次の日も、街の各所にビラが貼られた。市保安官《シティ・マーシャル》達はそれらを次々に破り捨てていったが、ビラの数は日に日に増えていくばかりだった。

やがて街の人々は朝早く起き出して、市保安官《シティ・マーシャル》より先にビラを見つけ出し、こっそりと家に持ち帰るようになった。

人々は小声でささやき合った。

あの歌姫は誰だろう。

彼女の声が聴きたい。

彼女の歌声を聴いてみたい。


ビラが貼られるようになってから、一週間が経過したある夜のこと。バニストンの人々は、不思議な歌声を耳にした。


立ち上がれ、我が兄弟！

夢見ることを諦めるな！

その希望を手放すな！

お前は一人ではない！

そうだ、我らは一人ではない！


「なんだろう。この声は？」

「どこから聞こえてくるのかしら？」

夜の静寂を割って流れてくる女の歌声。この世のものとは思えないほど美しく、力強く、光と希望に満ちた歌声。それは閉塞《へいそく》した空気に疲れ、先の見えない不安に押し潰されそうになっていた人々の心を、激しく揺さぶるものだった。

街の見回りに当たっていた市保安官《シティ・マーシャル》達は、声の主を探して奔走した。けれどどんなに人員を投入しても、歌声の主を捕らえるどころか、その姿を見つけることさえ出来なかった。

しかし夜になれば、美しい歌声はまるで月光のように夜空から舞い降りて、街の隅々にまで響き渡った。

あの歌声はビラに描かれた歌姫のものに違いない。訓練の合間や食事の間に、人々はそうささやき合った。街の住人達は夜を心待ちにし、夜空から聞こえてくるその歌声にじっと耳を澄ませた。

歌は疲れた人々の心に浸透していった。いつしか彼らは、小さな小さな声で、その歌を口ずさむようになっていった。


バニストンの住人は、そのほとんどが新見聞《ニュースペーパー》を愛読している。新見聞《ニュースペーパー》に隠された文字《スペル》に触れたことがある人には、姫の声が届くはず。しかも姫は『本』だ。たとえ市保安官《シティ・マーシャル》が歌声の主を探しても、決して見つかることはない。

美しい歌姫が立ち上がるビラで人々の関心を煽り、その歌声に耳を傾けさせる。『欺瞞』と『荒廃』に支配された心に、一筋の希望を投げかける。銃や暴力ではなく歌で人々の意識を変える。アンガス発案のこの作戦を、アンディは『真夜中に小声で歌う作戦』と名づけた。彼らはビラを街に貼る一方で、率先して歌を小声で歌い、それを街に広めていった。

日を追うにつれ、人々の顔に生気が戻ってきた。変化を肌で感じながら、それでもアンガスは気が気ではなかった。

シルバーアローは『解放の歌《リベルタカントゥス》』を持っている。彼がその気になれば、バニストンを一瞬で壊滅させることだって出来る。とはいえ『解放の歌《リベルタカントゥス》』はシルバーアローにとって最後の切り札だ。そう簡単に歌うわけにはいかないだろう。

だが『鍵の歌《クラヴィスカントゥス》』は別だ。ネイティヴの歌姫である彼ならば『鍵の歌《クラヴィスカントゥス》』を歌うことが出来るはずだ。真夜中に聞こえてくる歌に、『鍵の歌《クラヴィスカントゥス》』で対抗する。あってしかるべき反撃だった。

なのに彼は動かない。

なぜ彼は『鍵の歌《クラヴィスカントゥス》』を歌わない？

アンディ達が作戦第一段階の成功を喜ぶ中、アンガスは一人、釈然としない思いを抱えていた。

作戦を開始してから二週間が経過した。人々の表情は、目に見えて明るくなっていた。中には軍事訓練を放棄する者や、市保安官《シティ・マーシャル》に盾突く者も現れ始めた。

「どうして俺達がネイティヴと争わなきゃならないんだ？」

「だいたいネイティヴが攻めてくるなんて、誰が言ったんだ？」

「人を殺すための訓練なんてしたくない」

「もうやってられないよ。こんなこと」

ロックウェルの私兵である市保安官《シティ・マーシャル》達は彼らを捕らえ、収容所へと引き立てていった。それでも反抗する者の数は減るどころか、増えていく一方だった。市保安官《シティ・マーシャル》達はその対応に追われ、軍事訓練どころではなくなってきていた。

そんな状態になっても、シルバーアローはなんの手も打ってこなかった。アンディから人々の変化を聞かされるにつれ、アンガスの不安はさらに深まっていった。

シルバーアローは何を考えているのか。何か想像もしないような奥の手を隠し持っているのではないか。人々を狂気に陥れるのがレッドの目的——ひいてはシルバーアローの目的だったはずだ。なのにこれだけ攻撃を仕掛けても、彼は『鍵の歌《クラヴィスカントゥス》』を歌ってこない。

それは、なぜだ？

以前、一度だけ会ったことがあるダニーのことを思い出す。確かにヒリヒリするような嫉妬は感じたけれど、それでも彼は僕に危害を加えようとはしなかった。もしかして、ダニーは迷っているのだろうか。『鍵の歌《クラヴィスカントゥス》』を歌い、人々を狂気と混乱に陥れることを、彼も恐れているのだろうか。

それを確かめる方法は一つだけ。

直接、彼に会いに行くのだ。

そんな矢先、作戦前にセラに送ったパロットが、伝言を持って戻ってきた。破壊された橋は修復された。騎兵隊を率いるエヴァグリンとともに、彼女もバニストンに向かっているという。

出来ることなら騎兵隊との衝突は避けたい。彼らが姿を現す前に、シルバーアローと決着をつけなければならない。

四月の最終日。本来ならば、冬の終わりと春の到来を祝う祭りが執り行われるその日に、アンガスは行動を起こした。

バニストンのメインストリートでは、ラッパに合わせて陣形を変える訓練が繰り広げられていた。リーダーの指示でラッパの音が変化する。それに合わせて人々は進む方向を変えたり、小さな集団を作ったり、大きな集団になったりと忙しく動き回っている。

「ええい、動きが遅いぞ！」リーダーが胴間声《どうまごえ》を張り上げた。「もっとキビキビ動け！」

「ふざけんな！」

舞い上がる埃の中、一人の男が言い返した。

「こんなこと、やってられっかよ！」

「なんだと！　キサマ、逆らう気か！」

私兵達が色めき立つ。ここのところ、毎日こういう騒ぎが起きている。見せしめのため、逮捕者は皆の目の前で袋叩きに遭う。けれどそれは服従の効果を上げるどころか、人々の反感をさらに煽る結果となっていた。

「戦いたければお前らだけでやればいいだろう！」

「なんで相手の土地に出かけていってまで、戦争しかけなきゃなんねぇんだ。馬鹿らしい！」

「やかましい！　黙れ、黙れ！」

「黙るのはお前達の方だ！」

私兵達が六連発を引き抜く。反抗する男達は素手だが、数は私兵の四、五倍はいる。彼らは数歩の距離を置いて睨み合った。バニストンのメインストリートに、一触即発の緊張が広がる。

その時――

街外れの方角から一人の男が歩いてきた。砂避けのフードを背中に撥ね上げ、白い頭髪を昼の光に晒《さら》している。日焼けした肌に、湖のように青い両眼が映えている。その右目の奥では、赤い文様がキラキラと輝いている。

男達は呆気《あっけ》にとられ、睨み合うことも忘れて、突然現れた青年を見つめた。彼はゆっくりと歩を進め、対立する男達の真ん中で立ち止まった。

右を見て、左を見た。

「良いお天気ですね」

そう言って、にこりと笑う。

「素晴らしいお祭り日和《びより》ですね」

「何言ってんだ、キサマ！」

私兵の一人が彼に摑みかかった。

青年は右手に持った『本』を開いた。

生命の文字《スペル》よ
沈黙の海に命を与えよ

鋭い歌声が小さな稲妻を呼ぶ。前に出かかっていた私兵がぎゃっと叫んで、その場に昏倒《こんとう》する。

だが人々を驚かせたのは、呪歌の威力ではなかった。

「聞いたか、今の声？」

「あの歌姫の声だったぞ？」

「ああ、確かに聞こえた！」

「あの『本』から聞こえた！」

期待に満ちたざわめきが人々の間に広がっていく。

アンガスは『本』を持ち直し、姫に向かって呼びかけた。

「そろそろよろしいかと――」

姫は重々しく頷くと、くるりとアンガスに背を向けた。

鮮烈な歌声が、青い空に響き渡る。

暗闇に唯《ただ》一人　夜明けを夢見る者よ
お前を取り巻く闇は深く　果てなく
哀《かな》しいほどにお前は小さい

押し寄せる不安と孤独
それに潰されそうになった時――

叫べ！
希望を抱きし兄弟達よ
我らは一人ではない
たとえ幾夜も続く不安と孤独に
押し潰されそうになったとしても
立ち上がれ！　兄弟達よ！
そうだ　我らは一人ではない！

それは人々が真夜中に小声で口ずさんできた、あの歌だった。人々は彼女の歌に聴き惚《ほ》れた。私兵達でさえ、六連発を握った腕をだらんと下げ、その歌に聴き入っている。

「ともに歌え。我が兄弟達よ！」

姫は呼びかけた。

「ともに歌え、ともに叫べ！」

おお……という歓声があがる。

人々に交じったアンディや、ボイルドや、レイカーが、姫の声に合わせて歌い始める。

夢を抱きし兄弟達よ

お前は一人ではない
たとえ現実に打ちのめされ
泣きながら眠ったとしても
立ち上がれ！　兄弟達よ！
そうだ、お前は一人ではない！

立ち上がれ、我が兄弟！

夢見ることを諦めるな！

その希望を手放すな！

お前は一人ではない！

そうだ、我らは一人ではない！


男達の大合唱を聞きつけて、閉じられていた家の戸が開かれた。閉じこめられていた子供達が外に飛び出してくる。それを追いかけて、女達も外へ出てくる。大勢の住人達が、次々に歌の輪へと加わっていく。

「アンガス！」

女性の声が彼を呼んだ。歌い踊る人々の間を縫って、アイヴィが走ってくる。

「きっと来てくれると思ってたわ」

ボロボロとこぼれ落ちる涙を拭いもせずに、彼女はアンガスを抱きしめた。その手に、例のスタンプが刷られたビラを握りしめている。

「あんたなら、きっとやってくれると信じてたんだから！」

通りに大合唱が溢れた。今まで抑圧されてきたものが一気に爆発したようだった。それを取り押さえようとする私兵達が、虚しく人の波に呑まれていく。

その人波をかき分けて、アークとジョニーがやってくる。

「ご主人様～、ご無事ですかぁ～」

「ひゃあ～、すげぇ人だな」

久しぶりに大手を振って外を歩けたせいか、ジョニーは晴れ晴れとした顔で笑った。

「でもまぁ、祭りってのはいいもんだ！」

テイラーとボイルドは協力者達とともに、私兵達を武装解除させていった。勢いに押された私兵達は目立った抵抗もせず、大人しく彼らに従った。

アンガスは歌い続ける姫を支えたまま、ゆっくりと移動を開始した。その後に、アイヴィやアンディが続き、さらに大勢の人々が続く。

彼らはメインストリートを北上し、ソイ川にかかるセンターブリッジを渡った。正面に石組みの防壁が見えてくる。要塞と化したロックウェルの敷地だ。壁の内側には、庭を潰して建てられたという収容所の屋根が見える。

「それ以上近づくな！」

鉄で出来た門の奥から私兵が叫んだ。数人が長銃をかまえる。そんな彼らを突風が襲った。姫が呪歌を歌ったのだ。風は私兵達を吹き飛ばし、重い門を押し倒した。人々は歓声をあげ、前へ前へと突き進む。

「来るな！　来るなっ！」

恐怖に引きつった私兵の叫び声。乾いた銃声。だがそれも大合唱にかき消されてしまった。銃による脅しも、警告の怒号も、祭りの勢いを押しとどめることは出来なかった。歌いながら、門へと押し寄せる人々。その数の多さに圧倒され、私兵達は持ち場を離れ、屋敷に向かって逃げていく。

ひときわ大きな歓声があがった。収容所の扉が打ち壊されたのだ。閉じこめられていた人々が、雪崩のように外に飛び出してくる。

彼らは皆痩《や》せ細り、あちこちに打ち身や切り傷を負っていた。けれどその表情は輝くような歓喜に満ち溢れていた。再会をはたしたバニストンの人々は、互いに抱き合い、肩を叩き合って無事を喜んでいる。

続々と収容所から出てくる人々の中に知っている顔を見つけ、アンガスは叫んだ。

「ウォルター！」

彼は顔を上げた。アンガスの姿を見つけたらしい。その顔に誇らしげな笑みが浮かんだ。

「久しぶりだな、アンガス！」

ウォルターは誰かを背負っていた。痩せ細って歩けない年老いた女性だった。そのすぐ傍にはトムの姿も見える。トムが声をかけると、ウォルターの背でぐったりとしていた女性が顔を上げた。

「……エイドリアン？」

頬の肉が削《そ》げたように落ち、髪は真っ白になってしまっていた。目は落ちくぼみ、肌はひび割れ、唇にも色がない。実際の年齢よりも二十は老け込《こ》んで見える。

アンガスは人をかき分け、彼らに駆け寄った。

「エイドリアン！　大丈夫ですか！」

「大きな声出すんじゃないよ、恥ずかしい」

掠れた声でエイドリアンは呟いた。その頬に弱々しい微笑みが浮かぶ。

「さすがの私も今度ばかりはヤバいと思ったよ」

「僕らがこうして無事でいられたのは、ウォルターのおかげなんだ」エイドリアンの言葉をトムが補足する。「ウォルターが僕らを励まし続けてくれたんだ。アンガスがきっと僕らを救い出してくれる。アイツは必ずやり遂げるって、どんな時も、ずっと言い続けてくれたんだ」

そう言うトムの目には涙が光っている。愛嬌のある丸い体は見る影もなく痩せ細ってしまっていた。エイドリアンほどではないものの、アイヴィの肩を借りて、かろうじて立っているような状態だ。

「ウォルターの言葉があったから、僕らは空腹にも耐えられた。どんな酷《ひど》い目に遭わされても、絶望せずにいられたんだ」

「その通りだよ。ねぇ、色男さん？」

エイドリアンは自分を背負っているウォルターに呼びかける。

「ここらで私を下ろしちゃくれないかい？　背負われたままじゃ、みっともなくってね」

「敬愛するニュートン女史の頼みとあれば、すぐにでも聞き届けたいところですが、それは出来かねます」

丁寧な口調でウォルターは答えた。その唇の端は切れ、紫色に腫《は》れ上がっている。右の頬にも大きなアザが出来ている。それでも彼はにっこりと笑った。

「こんな所で下ろしたら、人に踏まれて怪我をします。せっかくこうして命ある体で外に出られたんです。安全な場所まで送らせていただきますよ」

「ああ――そうだね。でも悪いけどその役目は、アイツに譲ってくれない？」

そう言って、彼女が指さしたのはアンディだった。エイドリアンはウォルターの背から下りると、アンディに向き直る。

「ウォルターから聞いたよ。あの馬鹿に新見聞《ニュースペーパー》を利用されたって？」

「はい――」

アンディは俯き、彼女に向かって伸ばしかけていた手をぐっと握りしめた。

「すみません。新見聞《ニュースペーパー》の信用を地に落としてしまいました」

「まったくだよ。お前がついていながらなんてことをさせちまったんだい。おかげであの馬鹿は、引くに引けなくなっちまったんじゃないか。お前が止めてやっていれば、こんなに拗れずにすんだかもしれないのにさ」

「あの馬鹿って……」アンガスが横から口を挟んだ。「もしかしてダニーのこと？」

「そうさ。あのお調子者、レッドの口車に乗せられて、いいように踊らされてるんだ。きっと今頃、自分がしでかしたことに気づいて、どうしようって青くなってるだろうよ」

一気に捲《まく》し立てると、エイドリアンは大きく息をついた。すっかり息が上がってしまっている。それだけ体力の消耗が激しいのだろう。アンガスは彼女の肩に手を置いて、静かな声で呼びかける。

「あとは僕がなんとかします。ですから師匠はゆっくり休んでいてください」

エイドリアンは息を整えてから、アンガスを見上げた。

「ああ、頼んだよ。ダニーを……あの馬鹿を助けてやってくれ」

アンガスは頷いた。それを確かめた後、エイドリアンはおもむろにアンディに向きなおり、彼に向かって手を伸ばした。

「ほら、ぼーっとしてないで手を貸してよ。アンディ」

「しかし……エイドリアン、私は――」

「そんな顔しない」

「私もお前もこうして生きている。生きてさえいれば、何度だってやり直せる。そうだろう？」

エイドリアンは拳で彼の胸を突く。

アンディは、今にも泣き出しそうな顔で笑った。

「ええ、そうです――その通りです」

彼はエイドリアンの腕を取り、彼女を背負い上げた。そして、再会を喜ぶ人々の間を縫うようにして歩き出す。そのしっかりとした足取りを、アンガスは黙って見送った。

アンディと彼に背負われたエイドリアンの姿が、人混みに紛れて見えなくなる。と、同時に、遠くから蹄《ひづめ》の音が響いてきた。人々がざわめく。ネイティヴが攻めてきたと思い、恐怖に顔を強ばらせる者もいる。

メインストリートを数頭の騎馬が駆け上がってきた。馬上にいるのは騎兵隊の制服に身を包んだ屈強な男達。先頭の馬に乗っているのはエヴァグリン――それにセラだった。

屋敷前の広場でエヴァグリンは馬を止めた。セラが飛び降り、こちらに向かって走ってくる。一方、エヴァグリンは広場に集まった大勢の人達に呼びかけた。

「私は連盟保安官《リーグ・マーシャル》ネイサン・エヴァグリンである。バニストンの危機を知り、救援に駆けつけた。騎兵隊が西の市場に医療テントを設営している。水も食べ物も薬も豊富にある。治療を必要としている者や、動けない者がいたら申し出てくれ。騎兵隊員達が手を貸す。もはや心配は無用である！」

ああ……という安堵《あんど》の声があがった。「ありがたい」「助かった」という声。緊張から解き放たれ、その場で泣き崩れる者もいる。駆けつけた騎兵隊員達はてきぱきと動き回り、怪我人達に応急処置を施し、担架に乗せて運んでいく。

「アンガス……!」

セラが駆け寄ってきた。一ヵ月ほど顔を見なかっただけなのに、もう一年近く会っていないような気がした。彼女を抱きしめてキスしたい。そんな衝動にかられたが、みんなの前ではそれも出来ない。

「素晴らしいですわ! アンガスなら、きっとやってくれると思っていましたわ!」

「ああ——うん」

セラの弾けるような笑顔に、アンガスは緩みかけた顔を引き締めた。

「でも、まだ終わったわけじゃないんだ」

彼は背後を振り返る。収容所の向こう側に白い大きな屋敷が建っている。

「あそこにいるマイケル・ロックウェルと娘のエミリー。それにシルバーアローと和解するまでは、まだ終わりじゃない」

「そういうことなら、さっそく市長表敬訪問といこうぜ?」

ウォルターは汚れたシャツを引っ張った。

「それともタキシードに着替えてからにするか?」

「って、ウォルターも一緒に来る気なのか?」

「当たり前だろ。俺だってアンガスと愉快な仲間達の一員だ」

ニヤリと笑うウォルター。

その横でアークが頷く。

「私もお供いたします」

「じゃあ、オレはパス」

ジョニーが欠伸《あくび》交じりに言い、セラに脛《すね》を蹴飛ばされた。「イテッ……何すんのよ。嬢ちゃん」

「誰のせいだと思っておりますの？」

セラは腰に手を当て、怖い顔でジョニーを睨む。

「元をただせば、誰かさんが歌姫達をカネレクラビスから連れ去ったからじゃありませんの？」

「それはデイヴであって、オレのせいじゃ……」

反論しかけるジョニーを、セラがキッと睨みつける。ジョニーの声はごにょごにょと尻《しり》すぼみになって消えた。

「へいへい、わかりましたよ。付き合えばいいんだろ、付き合えば」

「今度は私もついていきますのよ」

セラはアンガスに向かって宣言した。

「シルバーアローの横っ面《つら》を張り倒して、目を覚ませと言ってやるのですわ！　彼が私と同じ過ちをしでかさないように――」

彼女の目の縁にじわりと涙が盛り上がった。慌ててそれを拭ってから、セラは力強く続ける。

「とにかく、あの馬鹿を止めてやんなきゃなりませんわ」

「そうだな」周囲の面々をぐるりと見回し、姫は頷いた。「では、行こうか」

アンガスはロックウェルの屋敷に向かって歩き出した。彼の両脇をウォルターとジョニーが歩き、アークは一歩下がったところをセラを庇うようにしてついてくる。

「待ってくれ」

そんな声が背後から聞こえた。

振り返ると、テイラー連盟保安官《リーグ・マーシャル》がこちらに向かって走ってくるのが見えた。保安官《マーシャル》嫌いのジョニーが思いきり顔をしかめる。

「おいおい、なんであんたまで来るのよ？」

「君達だけで屋敷に乗り込んだら、不法侵入罪に問われるぞ」

「こんな状況で、今さらそれを言う？」

「どんな状況でも筋を通すのが私の信条だ」

「テイラー連盟保安官《リーグ・マーシャル》のおっしゃる通りです！」アークが拳を握って力説する。「仲間外れはよくありません！」

「ちょっと待て。いつの間にコイツまで仲間になったんだ？」

「何を言ってるんです。テイラー連盟保安官《リーグ・マーシャル》とは一緒に歌った仲間じゃないですか！」

「一緒に歌った？」ウォルターが激しく瞬きをする。「堅物で有名な、テイラー連盟保安官《リーグ・マーシャル》が、一緒に歌った？」

「そうなんです！　それは素晴らしい歌声で、私、感動してしまいました！」

「自動人形に感動もクソもねぇだろ。だいたいオレは、保安官連中はみぃんな大嫌いなんだ。いろいろと後ろ暗いトコがあるからよ」

「ジョニー……」ウォルターが笑いを堪えながら言う。「それを自分で言ってどうする？」

「後ろ暗いとは、いったいどういうことかな？」

テイラーは真顔でジョニーを見る。本気とも冗談ともつかない。

ジョニーは大慌てで両手を振った。

「う、わあ、ウソウソ。嘘です。この身はどこまでも清廉潔白でございます」

「言い重ねるところがますますウソ臭いんだが？」

「なんてこと言うんだウォルター。オレの目を見てみろよ。これが嘘を言っている者の目か？」

「ああ、どこから見ても立派な詐欺師《さぎ》の目だ」

「うぉう、冷たいぜウォルター！　それが仲間に言う言葉かよ！」

「お前達、お喋りはそのくらいにしろ」

姫が一喝した。屋敷はもう目の前だった。固く閉ざされた両開きの扉を指さし、居丈高に姫は命じる。

「さあ、行け！」

「はい！」

アンガスは大股《おおまた》に扉に歩み寄ると、右手の拳を握りしめ——丁寧に扉をノックした。

「すみません、お邪魔します」

礼儀正しく挨拶してから、扉を開く。

物陰から私兵達が彼らの様子をうかがっている。撃ってくる様子はない。アンガスは扉を開け放ち、大きな声で呼びかけた。

「今のうちに逃げちゃってください。今ならまだ間に合います。外は混乱してますから、人に紛れてしまえば多分大丈夫です」

反応はない。立てこもった私兵達はお互いを牽制《けんせい》するように視線を交わしている。

「私は連盟保安官《リーグ・マーシャル》のジェームズ・テイラーだ」

テイラーが一歩前に出て、彼らに呼びかけた。

「私が保証しよう。今、銃を捨てて、この屋敷から出ていくのであれば、お前達を罪には問わない。

直ちにバニストンから出ていけば、誰もお前達を追うことはない」

それでも屋敷はシン……と静まりかえっている。

しばらくして、ガチャリという重たい音がした。

私兵の一人が六連発を床に落とした音だった。

「それ、本当だな？」

まだ少年といえそうな一人の若者が、両手を上げて姿を現す。

「オレ、逃げて、いいんだな？」

「ああ。だが二度とこんな真似はするな」

テイラーは扉の外に向かい、まっすぐに手を伸ばした。

「行け！」

その声を合図に、少年は駆け出した。アンガス達の横をすり抜け、表へと走り出る。それを見送り、ジョニーは呆《あき》れたというように肩をすくめた。

「ホントに逃がしていいのかい、おっさん？」

ジョニーにおっさん呼ばわりされて、テイラー連盟保安官《リーグ・マーシャル》は顔をしかめた。

「君の罪状に較べたら、彼らの罪など軽いものだろう？」

「……って、何よ。あんた、オレの何を知ってるってのよ？」

ジョニーはジワジワと後ずさる。それを見たテイラーの口元に、かすかな笑みが閃いた。

「私はこう見えても寛容なのだ」

テイラーは屋敷内に響き渡るような声で言った。

「あと十秒だけ待ってやる。が、その後に残った者には容赦しない」

そう宣言し、彼はカウントダウンを始める。

「十……九……八……」

物陰に潜んでいた者達が飛び出してくる。彼らは目を閉じ、がむしゃらに外へと駆け出していく。

「七……六……五……」

男達は次々と銃を投げ出した。玄関をすり抜けていく者。窓から飛び降りる者。屋敷を飛び出し、庭を横切り、走り去っていく。

「四……三……二……」

「待ってくれ！」

「撃たないでくれ！」

最後まで残っていた者達も銃を投げ捨て、屋敷を飛び出していく。脱兎《だっと》のごとく走り去り、後ろを振り返りもしない。

「一……ゼロ！」

遠くの空でヒバリが鳴いている。屋敷の外からは、再会と無事を喜び合う人々の声が響いてくる。それとは逆に屋敷の中はひっそりと静まりかえっている。

「これで終わり？」とジョニーがささやく。

「いや」ウォルターは首を横に振った。「まだマイケル・ロックウェルとエミリーが残ってるはずだ」

「シルバーアローも出てきませんでしたわ」

「ここは二手に分かれましょう」

そう言って、アンガスはテイラー連盟保安官《リーグ・マーシャル》に向き直った。

「連盟保安官《リーグ・マーシャル》はウォルターとジョニーと一緒に、ロックウェルとエミリーさんを捜してください」

それから彼はセラとアークに目を向ける。

「僕とアークとセラはシルバーアローを捜します」

「しかしシルバーアローという男は今回の事件の首謀者なのだろう？　君達だけでは危険だ」

「彼は文字《スペル》を持っています。下手に近づけばその影響を受けます。けど……」

そこでアンガスは言葉を切り、アークの肩を軽く叩いてみせる。

「アークは自動人形《ドール》ですから、その心配はいりません。僕は右目に文字《スペル》を持っているので、他の文字《スペル》に対する耐性があります」

「しかし――」テイラーはセラを見て、再びアンガスに目を戻した。「なぜ彼女を？」

「シルバーアローは文字《スペル》の他にも『解放の歌《リベルタカントゥス》』という最後の切り札を持っています。追い詰められ、捨て鉢になった彼が、それを切ってくる可能性は、決して少なくないと思います」

そこでアンガスは逡巡した。本当の理由をセラの前で言いたくなかった。が、ごまかしたり、嘘をついたりするのは、もっと嫌だった。

「シルバーアローはセラに好意を抱いていました。だから彼女を連れていけば、彼はセラを巻き込むことを恐れて、『解放の歌《リベルタカントゥス》』を歌うことを躊躇《ためら》うんじゃないかと思うんです」

アンガスはセラに目を向け、小声でつけ足した。

「ごめん――セラ。危険なことに巻き込んで」

「どうして謝ったりなさいますの？」悲しげな顔でセラは首を振った。「私は巻き込まれたのではありませんわ」

「セラはシルバーアローの横っ面を張るために、自分の意志でここまで来たんだ。詫《わ》びたりしたら、逆に失礼だぞ？」

そうだよな？　というようにウォルターはセラにウインクする。セラは笑顔で頷いた。アンガスを見上げ、拗《す》ねたように唇を尖らせる。

「私だって、愉快な仲間達の一員ですのよ？」

「シルバーアローはいつも執務室で命令を下していたそうだ」ウォルターは右手に続く廊下を指さした。「執務室は二階、階段を上って、左手の一番奥の扉だ。知り合いだからって油断するなよ？」

彼は歩き出し、ジョニーとテイラーを後ろ手に招く。

「ロックウェルが軟禁されているとしたら居間か客間だろう。こっちだ、ついてきてくれ」

足早に左の廊下を進んでいく三人に、アンガスは声をかけた。

「気をつけて！」

ウォルターが右手を上げて答えた。「お前達もな！」

三人の姿が廊下の奥に消えると、アークは惚れ惚れしたように呟いた。

「格好いいですねぇ、ウォルターさん」

「ええ、本当に」同意しようとしたアンガスに先んじて、セラがうっとりと呟いた。「私、考えてしまいますわ。彼との婚約、このまま解消しない方がいいんじゃないか……って」

「え、ええっ？　それは、ど、どういう意味？」

うろたえるアンガスに対し、セラはツンとそっぽを向いた。

「ナイショなのですわ」

「まぁ、致し方あるまい。ウォルターはいい男だ。お前より女心を理解しているしな」

「姫までそんなこと言うんですか」

「ご主人様」

動揺するアンガスに、アークはそっと耳打ちした。

「お嬢様もお姫様も、ご主人様をからかわれていらっしゃるだけでございます」

「え……？」

アンガスはおずおずとセラを振り返る。

「――そうなの？」

堪えきれなくなって、セラは吹き出した。

「アンガスはクール過ぎますもの。こういうのも、たまにはよろしいのですわ」

彼女はアンガスの腕を取った。

「さあ、シルバーアローをとっちめに行くのですわ！」

釈然としないものを感じながら、アンガスは階段を上っていった。二階の廊下の一番奥、ウォルターが教えてくれた執務室の扉の前に立つ。

「どうしますの？」

小声で尋ねるセラに向かい、アンガスは顔をしかめてみせた。

「こうなったら、方法は一つしかない」

彼は拳を握りしめ、やはり丁寧に扉をノックした。

「失礼します」

予想に反して、鍵はかかっていなかった。

広い室内、一番奥には開け放たれた大きな窓。それはバルコニーへと繋がっていた。エントランスの上に張り出したバルコニーだ。窓から吹き込む春の風が人々のざわめきを運んでくる。

思ったよりも――距離が近い。

「動くな」

男の声がした。それは以前にデイリースタンプ新見聞社《ニュースペーパー》の事務所で耳にした、あのダニーの声だった。

窓の前に置かれた大きな机に一人の男が腰掛けていた。その肌は黄褐色で髪は金色。瞳の色は鮮やかな青色だった。右手に六連発を握り、その銃口はまっすぐにアンガスを狙っている。

アンガスの知っているダニーではなかった。ダニーはネイティヴのメンブルム族。褐色の肌と赤茶色の髪を持っていた。

「騙《だま》されるな」姫の低い声が聞こえる。「あの容姿は『欺瞞』が見せている幻にすぎない。奴はシルバーアローだ。間違いない」

彼の首には黒革のチョーカーが巻きついている。そのトップに下がっているのは大きな紅玉《ルビー》。しかし、そこに浮かんでいるのは六条光彩ではない。

「……姫、見えますか？」

「ああ」アンガスのささやき声に、姫は押し殺した声で答えた。「あれが『Deception《欺瞞》』。三十五番目だ」

アンガスは『本』のページをめくろうとした。

「動くなと言ってるんだ！」

シルバーアローが鋭い声をあげる。銃口をアンガスに向けたまま立ち上がる。

「ダニー」アンガスは静かに呼びかけた。「君は、なぜレッドに従うんだ？」

「うるせぇ！」

シルバーアローは六連発を握った右手で空を薙《な》いだ。「そんなこと、お前には関係ない！」

アンガスは背後のアークに視線を送り、セラを守れと合図する。アークは頷いて、セラを腕の中に抱き寄せた。それを確認してから、アンガスはいま一度、正面へと向き直る。

「君はどうして『鍵の歌《クラヴィスカントゥス》』を歌わなかったんだ？」

「黙れ……！」

「バニストンで暮らしているうちに、君はここに住む人達に愛着を抱いてしまったんじゃないのか。だからどんなに状況が不利になっても、君は『鍵の歌《クラヴィスカントゥス》』を歌わなかった。歌えばあの人達を傷つけてしまうから、彼らに殺し合いをさせたくなかったから、君は『鍵の歌《クラヴィスカントゥス》』を歌わなかったんだろう？」

「黙れって言ってるだろ！」

部屋に銃声が響き渡った。壁のランプが破壊され、ガラスの破片が周囲に飛び散る。

「わかったような口を利くな！　いつだってお前は仲間に囲まれ、安穏と生きてきた。そんなお前に、オレの何がわかるっていうんだ！」

シルバーアローはセラに目を向けた。青い目にうっすらと浮かんだ涙。彼は震える声でセラに呼びかける。

「ホーリーウィング。オレ達はなりたくもない歌姫に祭り上げられ、すべての自由を奪われてきた。それを救ってくれたのは誰だ？　オレ達は狭い世界に閉じこめられたまま死んでいくはずだった。その運命を書き換えてくれたのは誰だ？　なぁ、ホーリーウィング。お前ならわかってくれるだろ？」

「わかりませんわ」

きっぱりとセラは言い切った。

「貴方は忘れておしまいになったのですか？　貴方を守ろうとした一族に、レッドが何をしたか？

あの優しいスカイラークにレッドが何をしたか！」

「覚えてる……覚えてるよ！」

悲鳴のようにシルバーアローは叫んだ。

「でも考えてみろよ！　虐《しいた》げられる側よりも虐げる側、殺される側よりも殺す側に立った方がいいだろ。いつだって最後には力の強い者が勝つんだ。勝った者が正しいんだ！」

そう言って、彼は憎々しげにアンガスを睨む。

「こんな奴、銃を持つ勇気もない、ただのヘタレ野郎じゃねぇか。殴られて、撃たれて、地べた這いずり回るしか能がない、ただの臆病者じゃねぇか！」

「アンガスは臆病者なんかじゃありませんわ！」

セラが大声を張り上げた。アークの制止を振り切り、部屋の中央へと歩み出る。

「アンガスは強いのですわ。無抵抗でいられる者ほど強い者はいないのですわ。これ見よがしに銃を振り回す貴方には、アンガスの半分の強さもありませんことよ！」

「セラ――やめるんだ」

アンガスは彼女の肩を摑んで引き戻した。

「放してくださいですの！　一発殴ってあいつの目を覚まさせてやりますわ！」

興奮して暴《あば》れるセラをアークに任せ、アンガスはシルバーアローに言った。

「君の言う通り、僕は臆病者だ。人に憎まれるのが怖くて、言いたいことも言えずに生きてきた。それが正しかったと言うつもりはない。もっと話し合うべきだったと――今はそう思ってる」

アンガスは歩き出した。シルバーアローに向かって、ゆっくりと足を進める。

「僕は臆病だから、誰かを傷つけることがとても怖い。誰かを撃ったり殴ったりしたら、その罪悪感に一生苛《さいな》まれると思う。けど……そんな風に思ってるのは僕だけじゃなかった。この世界には、僕と同じように感じてくれる人がいっぱいいる。僕は一人じゃない。それを知った時は、とても嬉しかった」

「うるさい！」

シルバーアローは引き金《トリガー》を引いた。銃弾がアンガスの髪をかすめ、背後の壁に穴を穿《うが》つ。

「それ以上近づくと、本当に撃つぞ！」

アンガスは怯《ひる》まなかった。シルバーアローを真っ正面から見つめたまま、一歩一歩彼に近づく。

「だから、僕は信じることにしたんだ。誰かを殴って楽しくなれる人なんていない。誰かを殺して幸せになれる人なんて、どこにもいないんだって」

「そうかよ！　だったら死ぬまでそう信じてるがいいさ！」

シルバーアローは両手で銃把《グリップ》を握り直した。ギラギラと殺気立った目でアンガスを睨みつける。

「生憎《あいにく》だったな。オレはお前みたいな奴が大ッ嫌いなんだ。お前がこの世からいなくなったら、心底せいせいするぜ！」

震える指が引き金《トリガー》を引く。壁に飾られていた絵が弾け飛び、派手な音を立てて床に落下する。

「まるで自分だけが苦労してきたみたいな、悲劇の主人公みたいなツラしやがって。そうやって人の同情を集めて回ったんだろ。この詐欺野郎が！」

銃声——アンガスの足下に弾丸がめり込む。

「お前を見てると反吐《へど》が出そうだ。チクショウ、近づくなって言ってんだろ！」

さらにもう一発。今度は椅子の背に当たり、天井へと跳弾する。

それでも不思議と恐怖は感じなかった。どんなに罵《ののし》られても、腹立たしさは感じない。むしろ唾を飛ばして喚《わめ》いているシルバーアローが、哀れでならなかった。彼は知らない世界に連れ出され、望まない役割をレッドに強《し》いられた。それに従ってしまった自分を正当化するには、アンガスを憎むしかなかったのだ。

「死んじまえばいいんだ！　お前みたいなヤツ、とっとと死んじまえッ！」

銃声が響く。アンガスは右頬に灼熱感を覚えた。弾がかすめたのだ。頬を伝って流れ落ちる血が、まるで涙のように感じられた。

「僕のことが嫌いなのはよくわかった」

アンガスはシルバーアローの前に立った。硝煙を上げる銃口が、目の前に突きつけられている。

「でも、君は僕を殺さなかった」

「う……うるせぇ……」

「君も本当はわかってるんだ。誰かを傷つけることでは、心の傷は癒やされないんだって」

「フザケんな……」シルバーアローは一歩退き、もう一度、六連発をかまえなおした。「舐《な》めんじゃねぇ。お前なんか今ここで撃ち殺してやる！」

「その銃に、もう弾は残っていないよ」

シルバーアローはハッと目を見開いた。照準の合わせ方も知らず、残りの弾数も数えていない。彼が銃を撃ったのは、これが初めてかもしれない。

「その紅玉《ルビー》を渡してほしい」

アンガスは彼に向かって手を差し出した。

「文字《スペル》を回収させてほしいんだ」

「――嫌だ！」

シルバーアローは六連発を投げ捨て、ぱっと執務机に飛び乗った。左手を喉元の宝石に当て、高圧的にアンガスを見下ろす。

「オレにはまだ切り札が残ってる」

「やめるのです、シルバーアロー！」

背後から必死に叫ぶセラの声がする。

「この街の人達はみんないい人達です。これ以上、彼らを苦しめてはいけませんわ。貴方は——私と同じ過ちを犯してはいけませんのだわ！」

「この街の奴らに恨みはないさ。けど、コイツの存在だけは、オレには我慢ならねぇんだよ！」

シルバーアローは目を眇めてアンガスを睨んだ。

「お前が苦しむトコが見られるなら、後はどうなったってかまいやしない。みんなで殺し合え。全部壊れちまえ！」

アンガスは喉の奥で呻《うめ》いた。

姫に彼を吹き飛ばして貰い、その隙に文字《スペル》を回収するか？　しかし新見聞《ニュースペーパー》に記されていた文字《スペル》は『欺瞞』と『荒廃』だ。今、彼が身につけているのは『欺瞞』だけ。たとえそれを回収することが出来たとしても、その後に『解放の歌《リベルタカントゥス》』と『荒廃』の『鍵の歌《クラヴィスカントゥス》』を歌われたら、蓄積された思考エネルギーは街を吹き飛ばす。

シルバーアローが人を傷つけることを恐れているのは間違いない。けれど彼がアンガスに抱いている憎しみも本物だ。もし彼が『荒廃』を身につけているのなら、人を傷つけることに対する忌避を、文字《スペル》の呪いが上回ることだって充分にあり得る。

「やめてくれ、シルバーアロー」

アンガスは『本』を開いたまま両手を上げた。

「僕に出来ることならなんでもする。だから頼む、『解放の歌《リベルタカントゥス》』は歌わないでくれ」

「お願いするしか能がないのか、お前は？」

揶揄するように笑って、シルバーアローは机の向こう側に飛び降りた。執務机の引き出しを開け、中から小口径の拳銃を取り出す。再びアンガスに銃口を向けるのかと思いきや――彼はそれをゴトンと机の上に投げ出した。

「護身用の銃だ。一発だけ弾が入ってる」

押し殺した声で、シルバーアローは言った。

「そいつで自分の頭を撃ち抜け。今すぐオレの前から消えてみせろ。そしたら『解放の歌《リベルタカントゥス》』は歌わないでおいてやる。この文字《スペル》も回収させてやる」

アンガスは息を止め、机の上の銃を見た。掌に収まってしまいそうな小さい拳銃。けれど、どんなに小さくても銃は銃だ。引き金《トリガー》を引けば弾丸が飛び出し――人を殺す。

「どうした？　なんでもするんじゃなかったのか？」

シルバーアローは鼻で笑った。

「所詮、お前の覚悟はその程度ってことだ」

シルバーアローは手を伸ばし、机の上から拳銃を取り上げようとした。が、一瞬早くアンガスがその銃把《グリップ》を掴んだ。

ぎょっとして手を引っこめ、シルバーアローはアンガスを凝視する。アンガスもシルバーアローを睨んだまま、自分の背後に向かって叫んだ。

「アーク、セラを連れて部屋の外へ出ろ」

「ご主人様……？」

「いやですわ！」セラの叫び声が聞こえる。「馬鹿な真似はやめて、アンガス！」

「言う通りにしろ、アーク」

振り返りもせずに、アンガスは言った。

「これは命令だ。アーク、主人の命令に従え」

「――承知しました」

「そんなの、だめですわ。放してアーク！　放しなさいったら！」

セラの叫び声。抵抗し暴れている物音。

「アンガス、だめ……」

扉の閉まる音とともにセラの声は途切れた。くぐもった声が扉の向こう側から響いてくる。が、もう何を言っているのかはわからなかった。

「それで――どうする気だ？」

青ざめた顔でシルバーアローが問いかける。

「死んでみせるのか？　それとも……その銃でオレを撃ち殺すか？」

アンガスは答えず、机の上に『本』を置いた。そこから姫が険しい表情で彼を見上げる。

「――本気か？」

「はい」

「私との約束を破るのか？」

「はい」アンガスは小声で答えた。「バニストンの人々を助けるためです。許してください」

「『いいや、許さん』と言ったところで聞きはしないんだろう？」

「すみません」

「謝るな」姫は深いため息をついた。「詫びなければならないのは——私の方だ」

アンガスは目を閉じ、ぐっと歯を喰いしばった。

ここで死ぬことは本当に正しい選択なのか。姫の体を取り戻すことも出来ず、文字《スペル》をすべて集めるという目的も果たせず、レッドを止めることも救うことも叶わないまま死を選ぶ。これは逃避ではないのか。他に方法はないのか。

いっそ、この銃でシルバーアローを撃ち殺すか。彼が死ねば『解放の歌《リベルタカントゥス》』が歌われることはない。バニストンの人々を危機に晒すことなく、彼が所有する文字《スペル》を回収出来る。

その考えを、アンガスは否定する。

いや……それは出来ない。彼を殺してしまったら、今まで信じてきたものが壊れる。命懸けで守ると決めた——大切な何かが壊れる。

アンガスはゆっくりと息を吐いた。

僕には仲間がいる。僕がいなくなっても、仲間達が残りの文字《スペル》を回収してくれる。ウォルター、ジョニー、アーク、それにセラ。今まで支えてくれた人々の笑顔が脳裏をよぎっていく。彼らがいてくれたから僕はここにいる。彼らがいてくれたから僕は生きている。彼らを守るためならば、ここで死ぬのも悪くない。

覚悟を決めて、アンガスは顔を上げた。

「僕が死ねば『解放の歌《リベルタカントゥス》』は歌わず、文字《スペル》も回収させてくれるんだな？」

「ああ——そう言ったろ？」

シルバーアローは唇を歪めるようにして嗤《わら》った。

「何度も同じことを言わせせんなよ。それとも時間を稼いでるのか？　ウダウダ話を引き延ばして、仲間達が助けに来てくれるのを待ってるんだろ？」

アンガスは彼を睨んだ。その眼差しの鋭さに、さらなる憎まれ口を叩こうとしていたシルバーアローは、言葉をゴクリと呑み込んだ。

「約束したぞ」

低い声で、アンガスは告げた。

「お前を信じる」

銃口を自分のこめかみに当てる。

ぎゅっと目を閉じ、彼は引き金《トリガー》を引いた。

8

『本』を取り上げられた私は、天使府の利益に反する行為を働いた罪で投獄された。

暗い牢獄《ろうごく》で、私は自責の念に苛まれ続けた。

私がしようとしたことは、刻印を囲った天使達と同じだった。『世界《エマ》』の歌は、世界中に解き放たれてこそ美しい。なのに私は『世界《エマ》』を自分だけのものにしようとした。

その愚かさを嘆いても、もう遅い。私は『世界《エマ》』を裏切った。彼女の信頼を裏切ったのだ。どんなに悔やんでも、もう取り返しはつかなかった。

牢番に立つ下級天使達の噂話から、私は世界の変化を知った。

天使府は私が『本』に記録した『解放の歌《リベルタカントゥス》』の一部を歌うことで、刻印から思考エネルギーを取り出し始めた。そしてそれは、瞬く間に二十二の都市へと広まった。

『解放の歌《リベルタカントゥス》』が歌われるようになってから、都市とそれ以外の土地には、明確な格差が生まれた。大地はますます荒廃していった。地震が多発し、休火山は火山活動を再開した。かつて私が訪れたあの荒野にも火山灰が降り、流れ出た溶岩に覆われてしまったと聞いた。

森は枯れ、泉は涸《か》れ、湖は干上がった。行く場所を失った大地の人は、都市に攻め込んだ。幾度にも及ぶ攻防で、大勢の人間が死んだ。やがて天使府は大地を見限り、大地の人から刻印を守るため、都市を空へ浮かべることを決定した。

エネルギーを得ることで浮力を生じるレアメタル、ライドライト鉱。それを用いて城壁内のすべての土地を天空に浮かべ、浮き島とする。数年後、その計画が実行に移された。城壁に囲まれた第十三管理都市『理性』は、天に浮かぶ浮き島——第十三聖域『理性』となった。

刻印が発しているエネルギーは大地に恵みをもたらし、生命を進化させる。事象を変化させるための力だ。それを浪費すれば、世界に未来はない。進化は滞《とどこお》り、文明は衰退する。

だが天使府は自らが手にした禁断の力に酔いしれていた。それが自らの首を絞めるロープであることにも気づかず、彼らは刻印から思考エネルギーを取り出し続け、日に日に依存を深めていった。


愛しい人のためだけに歌われるべき『解放の歌《リベルタカントゥス》』は、人の手によって穢《けが》されてしまった。

すべては私の愚かな嫉妬心が招いたこと。

罪の意識からか、私は頻繁に胸の痛みを覚えるようになった。発作に襲われるたび、私の胸の奥からは『世界《エマ》』の声が聞こえてきた。それは慈愛に満ちた声ではなく、怒りに満ちた呪詛《じゅそ》の声だった。

（私を汎用するな）
（私が求めるのは彼）
（其《そ》のためだけに私は有る）
（私を捕らえるな）
（私を汎用するな）

私は死を望んだ。この罪を背負ったまま生きていくことは苦痛でしかなかった。しかしその願いさえ、天使府は受け入れなかった。彼らにとって私は、創世のエネルギーを手に入れるための、重要な鍵だったのだ。

都市が大地を離れ、天空に浮かぶ聖域となっても、私は牢獄に拘束されたまま、死ぬことさえ許されなかった。やがて天使府は、私という個体の研究を始めた。彼らは私の体を調べ、血を抜き、皮膚を削ぎ、刻印と交流する能力がどの遺伝子に起因するのかを調べた。

延々と続く苦痛と屈辱の日々。

それに――終止符を打つ日がやって来た。

力の独占を望んだウリエルは『世界《エマ》』のすべてを『本』に写すよう、私に強要してきたのだ。

私は牢から出され、刻印の間へと引きずられていった。そこでウリエルは、私に『本』を手渡して命じた。

「『解放の歌《リベルタカントウス》』を完成させろ」

『解放の歌《リベルタカントウス》』は『世界《エマ》』がまだ見ぬ愛しい人に歌いかける恋歌だ。あの歌を歌うことが許されているのは『世界《エマ》』だけだ。

「断る」と私は言った。「刻印の力を濫用してはいけない。私達は世界に愛されるあまり、自分達が世界に愛されていることを忘れてしまっている。愛と憎しみは表裏一体。人が世界を裏切れば、世界は人を憎む。世界の憎しみは人を滅ぼし、この世界をも滅ぼす」

「どうやら頭がイカレたらしいな」

ウリエルは傲慢に嗤った。

「刻印は思考原野からエネルギーを汲み出す井戸にすぎない。そしてお前は、井戸からエネルギーを汲み出すための桶《おけ》にすぎないのだ」

「なぜだ……」私は呻いた。「なぜ貴方には世界の声が聞こえないのだ。世界が嘆き悲しんでいる声が、なぜ貴方には聞こえないのだ」

「聞こえていたら、お前など必要としない」

ウリエルは銀の杖を私に差し出した。

「お前が聞いたすべての歌を、この『本』に保魂しろ。そうすれば、かねてからの望み通り、お前に死を与えてやろう」

逡巡した後、私は杖を受け取った。死を望んでのことではない。天使府の暴走を止めるには、彼に真実を見せるしかないと思ったのだ。私の心を通じて『世界《エマ》』の怒りを彼に聞かせるのだ。

ウリエルが見守る中、私は『理性』の刻印に触れた。

衝撃が襲ってきた。

氷のように冷たく、嵐《あらし》のように荒々しい負の鼓動が、濁流となって私の意識に流れ込んでくる。日だまりのような温もりも、母のような温かい抱擁もない。荒れ狂う怒りと絶望の渦の中で、彼女は泣いていた。

「お前達を愛しているのに！」

悲痛な叫び声が聞こえる。

「今でもお前達を愛しているのに、お前達は私の未来を奪った。運命は分岐してしまった。私にはもう彼の姿が見えない。こんなにも深くお前達を愛しているのに、お前達はそれを踏みにじった。私から愛しい彼を奪った！」

彼女が見ている未来が、一気に私の中に流れ込んでくる。一億の分岐と百億の可能性。それらはすべて、一つの結果に収束した。

未来に向かう力を奪われた世界は衰退し、やがて滅びる。愛しい彼が生まれるその前に、世界は滅びてしまうのだ。

「私はもう歌えない。もう愛の歌など歌えない」

彼女を取り巻く嵐の中に、冷たい塊《かたまり》が生まれつつあることに私は気づいた。

それは世界を滅ぼすための力——負の刻印だった。

「『世界《エマ》』！」

負の渦に飲み込まれそうになりながら、私は叫んだ。

「お願いです。いま一度——もう一度だけ、私に目を向けてください！　私の声を聞いてください！」

答えはない。冷たい負の意識が、刃《やいば》となって私に突き刺さる。私は彼女の怒りの元凶。私は彼女から未来を……愛しい彼を奪った張本人なのだ。

私は死を覚悟した。罪を犯したあの日から、生き存《なが》らえようと思ったことは一度もなかった。

「『世界《エマ》』——聞いてください。私が貴方の悲しみを、怒りを、絶望を引き受けます。誰かがそれを見つめなければならないのであれば、私が絶望の観測者になります。だから貴方はすべてを忘れて、歌い続けるのです」

「無駄だ」凍るような声が答えた。「私は未来を観測してしまった。未来は決定してしまったのだ。もはやすべての可能性は断たれてしまった」

「だからこそ真実を封印するのです。私が真実を引き受けます。私は真実となり、貴方の絶望を――滅びに向かう未来の記憶を封じます」

「それでも――未来を変えることは出来ない」

渦の中央に立っていた彼女が私を振り返った。その顔に浮かぶ苦悩と絶望。その眼差しに、私に対する恨みはなかった。その瞳には、かつてと変わらぬ慈愛の光が溢れていた。

「お前は私の愛しい人を生み出す存在なのだ。お前がいなくなってしまったら、彼はもう生まれない」

「私がいなくても、私の子は生まれます」

幾多の分岐の中から、私は一本の道を示した。

「負の刻印を封印するのです。貴方が歌い続ければ、世界は存えることが出来る。貴方は彼に出会うことが出来る」

私が示した道――

『世界《エマ》』が観測してしまった滅びゆく未来――それにより発生した負の刻印を『本』に封印する。それと同時に私の魂もそこに封じるのだ。私は『世界《エマ》』の代わりに滅びを観測し続ける、真実の観測者となる。

進化を促す思考エネルギーは、今後も不完全な『解放の歌《リベルタカントゥス》』により消費され続けるだろう。だが

『世界《エマ》』が歌うことをやめなければ、彼は生まれる。人として生まれた『世界《エマ》』は、たった一人の伴侶と出会うことが出来る。

「失うとわかっていて、出会えと言うのか！」

彼女は叫んだ。

「死に別れるために、出会えと言うのか！」

彼は私の力を受け継ぐ。封印された真実は、彼によって破られる。真実は滅びを呼び、悲劇をもたらす。人として生まれた『世界《エマ》』は、彼の死を目《ま》の当たりにし、自分自身がそれとは気づかずに世界を呪い、『解放の歌《リベルタカントゥス》』を歌ってしまうだろう。

その『解放の歌《リベルタカントゥス》』は莫大《ばくだい》な負のエネルギーを解放し、この世界を破壊する。たとえ天空に浮かぶ聖域であっても、それを避けることは出来ない。

「世界は滅びる。もはや未来は変えられない」

虚《うつ》ろな声で彼女は呟く。負の意識は徐々に形を取り、負の刻印となって彼女の周囲を回り始める。

「人は誰でも一度は死ぬのです」

私の言葉に、彼女は顔を上げた。

私はさらに力を込めて、言った。

「死に別れることを恐れて、出会うことの喜びを放棄してしまうのですか？」

「…………」

「彼とともに生きてください。その可能性を、どうか放棄してしまわないでください」

「そのせいで……私は世界を滅ぼすことになるんだぞ？」

「それでも貴方は彼に出会うべきです。愛する人と巡り会う喜びは、何ものにも代え難い素晴らしい経験です。私は貴方と出会い、それを知りました。だから貴方にも……貴方にもそれを知ってほしいのです」

私は彼女に近づいていった。負の意識が私の意識を切り裂き、熱を奪い、凍《こご》えさせようとする。それでも私は諦めなかった。怯えたように私を見つめる彼女に、私は少しずつ近づいていった。

「私は貴方を傷つけてしまった。その罪を消すことは、永遠に出来ないかもしれない。けれど諦めさえしなければ——道は開けるかもしれない。だからどうか、私に贖罪《しょくざい》の機会を与えてください」

彼女は私を見上げた。その顔には激しい葛藤が表れていた。

「お前の魂は、肉体が死した後も『本』の中に生き続けることになるのだぞ？」

「わかっています」

「奇跡でも起こらぬ限り、無意識に還ることさえ出来なくなるのだぞ？」

「わかっています」

「永遠に、この薄闇の中で、絶望を観測し続けることになるのだぞ？」

「ええ——わかっています」

私は微笑み、彼女に手を差しのべた。

「貴方に出会えなければ、私は人形のままだった。貴方と出会い、その温もりを感じることで、私は人間になることが出来た。私は貴方に出会えて幸せでした。この先、永遠に絶望を観測し続けることになったとしても、私は決して、貴方と出会えた喜びを忘れはしないでしょう」

「お前は馬鹿だ」

彼女の目から、涙が溢れた。

「お前は大馬鹿者だ」

彼女は私の手を取って、私を抱きしめた。彼女の悲しみが、怒りが、絶望が私の中に流れ込んでくる。

私はそれを受け止めた。

彼女の歌声が聞こえた。

失われし　　我が吐息
砕け散りし　我が魂
帰り来たれ　悔恨の淵へ
いま一度　　我が元へ

それは『大地の歌《テッラカントゥス》』――無意識が『世界《エマ》』を生みだした歌だった。それに続くのは、新たに生まれた負の刻印の『鍵の歌《クラヴィスカントゥス》』。絶望を歌う二十一の歌が『本』に刻み込まれていく。

最後に見えたのは――

無垢《むく》な子供に戻って眠る『世界《エマ》』の姿だった。


私の意識は現実へと戻った。

左手から杖が離れ、床に転がる。

倒れそうになる体を支え、私は『本』を胸に抱きしめた。胸の奥に『世界《エマ》』の感覚が残っている。

それを抱きしめ、私は泣いた。

「今の歌は、なんだ」

青ざめた顔で、ウリエルが尋ねた。

「今の歌は『解放の歌《リベルタカントゥス》』ではないな。あれらの歌は——なんなのだ？」

負の刻印の『鍵の歌《クラヴィスカントゥス》』。それは世界を滅ぼす歌だと、鈍《にぶ》い彼にもわかったのだろう。世界の真意を理解することが出来ないのであれば、いっそ最後まで何もわからなければよかったのに。

世界の呪いを聞いた者、真実を知る者はすべて抹消されなければならない。

私は『本』を床に置き、銀の杖を取り上げた。そしてそれを振りかぶり、ウリエルに殴りかかった。彼は悲鳴をあげて逃げまどった。私は彼の頭に杖を振り下ろし、倒れた彼の背に、尖った杖の先を突き立てた。

ウリエルは床に倒れ、動かなくなった。生命の波動は感じられない。彼が絶命したことを確信して、私は銀の杖から手を離した。強く握りしめすぎたせいか、皮が剝《む》けた掌は血で真っ赤に染まっている。

かまわずに『本』を拾い上げ、刻印の間を出た。返り血を浴びた私の姿を見て、天使達が悲鳴をあげる。それでも私は足を止めなかった。

ここで捕らえられるわけにはいかない。真実を知る者は、すべて抹消されなければならない。『世界《エマ》』が彼と出会うためには、すべての真実は秘匿《ひとく》されなければならない。私はこの世から消えなければならない。この『本』——負の刻印が刻まれたこの『本』もまた秘匿されなければならない。

しかし刻印が宿ったこの『本』は燃やすことも破ることも出来ない。聖域に残すわけにもいかない。この『本』は決して……決して開かれてはならないのだ。

私は自走車《オートムーヴ》を奪い、聖域の果てを目指した。

市街を抜け、畑を抜け、丘を走る。道なき道を行く自走車《オートムーヴ》に驚き、羊達が逃げまどう。

そしてついに、私は聖域の縁に辿り着いた。

崩れた城壁に登ると、眼下に赤茶けた大地が見えた。広い広い大地。眼下に広がる紫紺の湖。

後悔も悲しみも忘れて、私はそれに目を奪われた。

ああ——『世界《エマ》』。

貴方はこんなにも美しい。

私は上空を見上げた。青い空には、燦々《さんさん》と太陽が輝いていた。

いい天気だった。

死ぬにはもってこいの日だった。

「さようなら、『世界《エマ》』」

私は『本』を抱え、城壁の上から外に向かって体を倒した。

9

乾いた銃声が響いた。

セラはアークの制止を振り切り、執務室の扉を開いた。

「——！」

アンガスが床の上に座り込んでいる。焼け爛れた右のこめかみから血が流れている。

セラは両手で口を覆った。ガタガタと体が震え出す。見開いた目から涙が溢れ、頬を伝って流れ落ちる。その喉の奥から、天を衝《つ》くような悲鳴が滑り出ようとした——その時。

「今のは空包だ！」

シルバーアローの声に、セラは悲鳴を呑み込んだ。代わりにヒック……としゃっくりが出る。

「正気の人間ならオレを撃つ。実弾なんて入れるわけないだろ！」

高熱高速の燃焼ガスが肌を焼き、表皮を切り裂き、そこから血が流れ出ている。アンガスは荒い息を吐き、痙攣《けいれん》するように体を震わせている。すっかり血の気の引いた蒼白《そうはく》な顔。目を見開いたまま、瞬きすら出来ない。

ぐらり……と傾きかける彼の体を、駆け寄ったアークが支えた。同じく駆け寄ってきたセラに向かい、アークは大丈夫というように頷いてみせる。

「傷は浅いです。頭蓋骨には至っていません。おそらくショックで貧血を起こしたのだと思います」

「なんでオレを撃たなかったんだよ」

呻くような、シルバーアローの声が聞こえた。

「お前が死んだ後、オレが約束を守るという保証がどこにあるんだ。信じるだって？　やっぱりオレはお前が嫌いだよ。お前の、そういう甘ったれたところが大っ嫌いだ」

言っていることは辛辣《しんらつ》でも、焼けつくような憎しみはもう感じられない。

アンガスは薄く目を開いた。彼を覗き込む顔――セラとアーク。二人の手を借りて、アンガスは身を起こした。手が強ばって、銃を放すことが出来ない。銃把《グリップ》を握る右手の指を一本ずつ引きはがしていく。ようやく離れた拳銃を部屋の隅に投げ捨てる。

そして、よろめきながら立ち上がった。机に両手をついて体重を支えた。

「僕を――試したのか？」

「ああ、そうだよ」

シルバーアローは深い息を吐いた。

「オレはレッドが怖かった。殺されたくなければ言いなりになるしかなかった。誰だって自分が一番かわいいんだ。自分を守るためなら、どんなことだってする。オレだけじゃない。オレは悪くない。そう思わなければ——やってられなかったんだよ！」

彼の目に涙が浮かんだ。それを拭いもせずに、シルバーアローはアンガスを睨んだ。

「どんな綺麗事をほざいていても、追い詰められれば本性が出る。オレを撃って生き延びようとする。そのはずだったのに——お前の化けの皮を引っぺがしてやるはずだったのに——チクショウ、なんでだよ！」

ぎりっと歯を喰いしばる。握りしめた拳が血の気を失って、ぶるぶると震えている。

「お前はオレを撃たなきゃいけなかったんだ！　でなけりゃオレが——オレばっかが逃げてるみたいで……格好つかないじゃねぇか！」

彼は首の後ろに手を回し、チョーカーを外した。文字《スペル》が刻まれた紅玉《ルビー》を机の上に置く。まるで幻のように金髪碧眼《へきがん》の青年の姿が消える。その代わりに現れたのは褐色の肌をした青年。記憶しているよりもずいぶんと身長は伸びていたが、それは見覚えのあるダニーの姿だった。

彼は右手の小指に塡《は》めた小さな指輪を引き抜く。

「約束だからな。とっとと回収しろよ」

机の上に指輪を投げる。その内側には、細かな文字《スペル》が刻まれていた。

アンガスはきゅっと唇を引き結んだ。言い返したいことはたくさんあったが、文字《スペル》の回収が先だ。

それは姫も同じ気持ちだったらしい。何か言いたげな顔のまま、彼女は告げた。

「『Deception《欺瞞》』は三十五ページ。『Ruin《荒廃》』は三十八ページだ」

アンガスは『本』をめくり、三十五ページを開いた。

姫は目を閉じ、ゆっくりと口を開いた。

失われし　　　　我が吐息
砕け散りし　　　我が魂
帰り来たれ　　　悔恨の淵へ
いま一度　　　　我が元へ

身は飾れども　　魂は腐り
歌は歌えども　　ただ虚しい
偽りの笑みでは　誤魔化されぬ
彼亡き世界の　　心は滅びる

紅玉《ルビー》がキラリと光った。血のように赤い宝石。それよりもさらに赤い文字《スペル》が、炎のように燃え上がる。アンガスは目眩《めまい》を感じた。目の前に幻が浮き上がる。長い金色の髪をした一人の男が冷ややかな目で彼を見下ろしている。

その男は銀の杖を差し出し、命令する。

「お前が聞いたすべての歌を、この『本』に保魂しろ。そうすれば、かねてからの望み通り、お前に死を与えてやろう」

パン、という乾いた音がして、文字《スペル》がページ上に焼きついた。

アンガスは我に返った。慌ててページをめくり、三十八ページを開く。

深き悲哀に　心は罅割《ひびわ》れ
心を映して　大地は枯れる
吹き荒ぶは　滅びの風
荒れ果てた地の　寂寞《せきばく》の風

指輪の内側に刻まれていた文字《スペル》が赤く光った。パキッ……と音を立てて、指輪が二つに割れる。それと同時に文字《スペル》が赤い矢となって『本』へと飛んだ。

足下に焼きついた文字《スペル》を見下ろし、姫はふう、と息を吐いた。彼女はアンガスを見上げ、疲れたように微笑む。

「今度こそ——だめかと思ったぞ」

僕もですよ、と言う代わりに、アンガスは強ばった笑みを浮かべた。

「レッドの言う通りだった」

ぼそりと、シルバーアローが呟いた。

「オレがどんなことをしても、『希望《ホープ》』はオレを撃たない。そんな奇跡を起こせるのは自分だけだって——希望に絶望を与えてやれるのは自分だけだって、レッドは言ってた」

ふと、何かが心に引っかかった。

アンガスが問い返そうとした、その時。

「銃声がしたのよ！　本当に！」

開きっぱなしの扉から女の声が聞こえてきた。廊下を歩いてくる複数の靴音が響く。

MRC（Mephisto Readers Club）をご存じですか？

本書をお買い求めいただき、ありがとうございます。

MRCはメフィスト賞を主催する講談社文芸第三出版部が運営する
「謎を愛する本好きのための会員制読書クラブ」です。
読者のみなさまに新たな読書体験をお届けしたいという思いから
「Mephisto Readers Club」は生まれました。
次ページよりMRCの内容についてご紹介しておりますので、
よろしければご覧ください。

読書がお好きなあなたに、素敵な本との出会いがありますように。

MRC編集部

3. 買う

MRC ホームページの「STORE」では、以下の商品販売を行っております。

MRC グッズ

本をたくさん持ち運べるトートバッグや、ミステリーカレンダーなど、
無料会員の方にもお求めいただける MRC グッズを販売しています。

オリジナルグッズ

綾辻行人さん「十角館マグカップ」や「時計館時計」、
森博嗣さん「欠伸軽便鉄道マグカップ」などを販売いたしました。
今後も作家や作品にちなんだグッズを有料会員限定で販売いたします。

サイン本

著者のサインと MRC スタンプいりのサイン本を、
有料会員限定で販売いたします。

4. 書く ←New！

「NOVEL AI」

映画監督も使っている文章感情分析 AI「NOVEL AI」を、
有料会員の方は追加費用なしでご利用いただけます。
自分で書いた小説やプロットの特徴を可視化してみませんか？

1. 読む

会員限定小説誌「Mephisto」

綾辻行人さん、有栖川有栖さん、辻村深月さん、西尾維新さんほかの超人気作家、メフィスト賞受賞の新鋭が登場いたします。発売前の作品を特別号としてお届けすることも！

会員限定 HP

MRC HPの「READ」では、「Mephisto」最新号のほか、ここでしか読めない短編小説、評論家や作家による本の紹介などを読むことができます。

LINE

LINE 連携をしていただいた方には、編集部より「READ」の記事や様々なお知らせをお届けいたします。

AI 選書「美読倶楽部」

好きな文体を5回選択するとおすすめの本が表示される、AI による選書サービスです。

2. 参加する

オンラインイベント

作家と読者をつなぐトークイベントを開催しています。

〈これまでに登場した作家、漫画家の方々〉

青崎有吾、阿津川辰海、綾辻行人、有栖川有栖、五十嵐律人、河村拓哉、清原紘、呉勝浩、潮谷験、斜線堂有紀、白井智之、須藤古都離、竹本健治、辻村深月、似鳥鶏、法月綸太郎、方丈貴恵、薬丸岳、米澤穂信（敬称略、五十音順）

MRC大賞

年に一度、会員のみなさまに一番おすすめのミステリーを投票していただきます。

「ダニー！　無事なの？」

執務室に飛び込んできたのは一人の女性だった。金色の髪に白い肌、上品なドレスに身を包んだ若い女性——それはダニーの婚約者エミリー・ロックウェルだった。

「エミリー……」

シルバーアローの顔が苦渋に歪んだ。だが彼を見たエミリーは悲鳴をあげて飛び退いた。

「貴方——誰なの！」

「ダニーだよ」掠れた声で彼は言った。「これが本当のオレの姿なんだ」

「ウソ……ウソよ！　貴方、ダニーをどこへやったの！　ダニーを返してよ！」

シルバーアローに飛びかかろうとするエミリーを、ジョニーが押しとどめた。

「はいはい、落ち着いて、お嬢さん」

「放してよ！　あいつ……あいつがダニーを……」

「とにかく落ち着きなさいって。まずはあんたの父ちゃんと一緒に、下で一杯ひっかけようぜ？」

喚き散らすエミリーをジョニーは部屋から連れ出した。彼女のことは任せろというように、右手をひらひらと振ってみせるのも忘れなかった。

「ざまぁねぇな」

シルバーアローは自嘲するように笑った。

「どうした？　笑えよ？　あいつも、セラも、エイドリアンも、アンディも……レッドですら、オレには見向きもしない。どうせみんなオレのことなんて、どうなってもいいと思って——」

最後まで言い終わらないうちに、彼の頬にセラの平手打ちが炸裂《さくれつ》した。パァン！　という音が部屋に鳴り響く。

「甘ったれたこと言いやがるなですわ！　アンガスがなぜ貴方を撃たなかったのか、よく考えてみやがれなのですわ！」

打たれた頬を押さえ、シルバーアローはぽかんと口を開いている。頬を張られたことよりも、セラの剣幕に気圧《けお》されているようだった。

「私だって、どうでもいいと思っていたら、貴方を止めになんて来ませんわ。貴方に私と同じ思いをさせたくなかったから——だから私——ここまで来たんですのよ！」

「——よく言うぜ」

セラの勢いに気後《きおく》れしながらも、シルバーアローは反論する。

「お前はこの男のことが心配だっただけだろ？」

「もちろんそれもありましたわ。でも本当に心配だったのは貴方ですのよ。貴方が『解放の歌《リベルタカントウス》』を歌ってしまわないかと、心配で、心配で、いても立ってもいられませんのでしたわ！」

「ああ、心配だったろうよ！　この街にはお前の友達がたくさんいるからな！」

「本当にそう思ってるのか？」

淡々とした声でアンガスは尋ねた。

「教えるのはもったいないと思ってたけど、いい加減、腹が立ったから教えてやる。エイドリアンはね、君を助けろと言ったんだよ。酷い目に遭わされて、自力で立てないほど衰弱しているのに、彼女は君のことを心配していたんだ」

「——嘘つけ」

「嘘じゃない」静かな声でアンガスは続けた。「僕を嫌うのも、憎むのも勝手だ。だけどエイドリアンを疑うのはやめろ。彼女はいつだって公平だっただろう？　厳しくて、決して甘やかしてはくれない人だけど、それでも彼女は優しかっただろう？」

「…………」

「君は――そのエイドリアンまで殺そうとしていたんだぞ」

「わかってるよ！」シルバーアローは叫んだ。「わかってる……わかってるんだ。オレは――とんでもないことをしてしまったんだって！」

彼はその場に両膝をついた。頭を抱え、すすり泣き、掠れた声を絞り出す。

「きっと誰も許してくれない……もう帰る場所さえない。オレなんか、いっそ死んでしまえばよかったんだ」

「そんなことないのですわ」

セラがその傍《かたわ》らに膝をついた。言葉もなく泣きじゃくる彼を、そっと抱きしめる。

「カネレクラビスでは、みんなが貴方の帰りを心待ちにしていますわ。メンブルムのドラムも言っておりました。歌えなくなっていてもいい。手足をなくしていてもいい。生きて戻ってくれれば、それだけでいいって」

「オレは……オレは……歌姫失格なんだ」

しゃくり上げながら、彼は言う。

「みんなを守らなきゃいけなかったのに、オレは何も出来なかった。このままじゃ大勢の仲間が殺される。その前にオレが出ていかなきゃならなかったのに――オレ、怖くて――みんなが殺されるのを黙って見ていたんだ」

「私も同じですわ。私の乳母アラウンドは、レッドに撃ち殺されるまで、私を庇って放しませんでしたわ」

彼の背中を撫《な》でながら、セラは涙ぐむ。

「でも怨《うら》んではいけないのです。憎しみは何も生み出さないのです。だから――今はまだ無理ですけど――私はいつかすべてを許せるようになりたいと思いますの。あのレッドさえ許せるほど、強くなりたいと、そう思っておりますの」

セラの腕の中で、シルバーアローは弱々しく首を振る。

「でもオレは――オレが許せない。弱っちくて、情けない、臆病者のオレが許せない」

「貴方は弱いかもしれません。けれど臆病者ではありませんわ。貴方は最後まで『解放の歌《リベルタカントゥス》』を歌わなかったのですわ。貴方は人を傷つけることを嫌い、文字《スペル》の魔力に打ち勝ったのですわ。それこそが真の勇気ではありませんの？」

「…………」

「もっと自信を持ってほしいのですわ。貴方は大地の人、栄えあるメンブルム族の歌姫なのですから」

「――ごめん」

シルバーアローは両手を床についた。

「ごめん……ごめんなさい……ごめんなさいッ！」

「もういいのですわ」

セラが彼を助け起こした。

「さぁ、行きましょう。エイドリアンが心配していますわ。彼女に、貴方の元気な顔を見せに行きましょう」

アンガス達はロックウェルの館《やかた》を出た。

街はお祭り騒ぎになっていた。人々は歌い、踊り、祝杯を上げて、春の到来を祝っている。

頭にフードを被ったダニーにはセラが付き添っていた。街にはダニーの本当の顔を知る者も多い。今は素顔を晒すわけにはいかない。ダニーを無事にバニストンの外に連れ出すため、テイラーが同行することになった。

ジョニーはその軽快な話術でエミリーを口説き、一緒に祝杯を上げようと誘っていた。

「今頃、『ムーンサルーン』では、ありったけの酒をタダで振る舞ってるはずだぜ」

エミリーの肩に手を回し、彼女の涙を指先で拭う。

「さ、顔を上げてハニー。君のような美人が泣いていちゃ、春も遠ざかっちまうよ」

その横ではマイケル・ロックウェルが、怪訝な面持ちで街を挙げての大騒ぎを眺めている。

「悪い夢を見ていたようだ」

「残念ですが……夢じゃない」とアンガスは言った。

はっとしたように振り返る市長に、彼は続ける。

「今回のことで、バニストンは手痛い被害を受けました。人々が心に負った傷は深く、今後は確執も生まれるでしょう」

ロックウェルは唇を噛みしめ、頷いた。

「すべては私の責任だ」

「そうです」

厳しい口調で断言し、アンガスは表情を緩めた。今度はにこりと笑ってみせる。

「だからこそ、貴方は街を救わなきゃいけません。エイドリアンは言ってました。生きていれば、いくらでもやり直せるって」

「そうか――」

ロックウェルは目を閉じ、低い声で呟いた。

「さすがはバニストンの女傑、私も負けてはいられないな」

彼は目を開くと、娘を口説いている男に向かって呼びかけた。

「私も『ムーンサルーン』に連れて行ってくれ」

「――へっ？」

突然声をかけられて、ジョニーは面喰らったように瞬きした。「お、お父さんも一緒にいらっしゃるんですか？」

「ああ、街のみんなに詫びたいのだ。もし許されるのであれば、これからは街の再建に尽力したい。だからどうか、私もムーンサルーンに連れて行ってほしい」

「そ、そりゃ、まぁ、かまいませんが――」

「ありがとう」と言ってから、ロックウェルは悪戯《いたずら》っぽく笑う。「しかし、君に『お父さん』と呼ばれる筋合いはないぞ？」

街の外に向かうセラ達、ムーンサルーンに向かうジョニー達と別れ、アンガスは歩き出した。

広場ではエヴァグリンが傷ついた人々に声をかけ、騎兵隊員達に檄《げき》を飛ばしていた。彼はアンガスを見つけ、駆け寄ってくる。

「無事だったか。して、首尾は？」

「文字《スペル》は回収しました」

アンガスは苦笑して、彼を見上げた。

「いろいろとありましたが、どうやら万事うまくいきそうです」

「それは重畳」エヴァグリンはその大きな手でアンガスの背をバンバンと叩いた。「おぬしなら、やってくれると信じていたぞ！」

「痛い……痛いです。連盟保安官《リーグ・マーシャル》」

「おお、これはすまぬ」

エヴァグリンは身を縮めた。彼はアンガスの顔を覗き込み、ふと眉をひそめる。

「おぬし、その顔はどうした？」

言われてようやく、アンガスはこめかみの痛みに気づいた。火傷《やけど》を負った肌がヒリヒリする。傷口に痛みが脈打っている。おそるおそる触れてみると、ピリリとした痛みが走った。思わず顔をしかめる彼を見て、心配そうにエヴァグリンは言う。

「早く手当てして貰え」

「大丈夫ですよ。もう出血も止まっているし――」

「何を言う。大事な顔に傷が残ったらどうするのだ」

エヴァグリンはメインストリートの方角を指さした。

「西の市場に仮設病院を設置した。ニュートン女史もそこに運ばれているはずだ」

そういうことなら話は別だ。アンガスはアークを伴い、ウォルターと一緒に広場を離れた。メインストリートを右に折れ、ターキーストリートに向かう。

「すまない。ちょっと寄り道させてくれ」

ウォルターは通りの先を指さした。数軒先には彼の店、スペンサー地図店がある。

「ずいぶん留守にしてたからな。店の様子を見てくるよ」

夜間外出禁止令が出ているにもかかわらず、深夜になると主人のいない店舗に侵入し、商品を物色する者が絶えないのだという話は、アンガスもアンディから聞いていた。地図は高く売れる。ウォルターの店も、おそらく無事ではないだろう。

「僕も行くよ」

「いいって、ちょっと覗いてくるだけだ」

ウォルターは店に向かって歩き出す。肩越しに振り返り、大丈夫というように、笑いながら片目をつぶる。

「先に行っててくれ。すぐに追いつく」

ウォルターは店の前で立ち止まった。店内を覗き込み、やれやれというように肩を落とす。

「大丈夫？」

アンガスが声をかける。

ウォルターは顔をしかめ、早く行けというように手を振った。そして自らを奮い立たせるように背筋を伸ばし、彼は店の中へと姿を消した。

「参りましょう、ご主人様」

アークの声に促され、アンガスは再び歩き出そうとした。

──その時。

轟音《ごうおん》が空気を切り裂いた。

何が起こったのか理解する間もなく、激しい熱風に吹き飛ばされる。地面に叩きつけられ、肺の中の空気が押し出される。背骨が軋み、意識が遠のく。

暗くなっていく視界の中、空を焦がす火柱が見えた。燃えている建物──その扉も看板も消し飛び、もはや原形を留《とど》めていないけれど、アンガスにはわかった。

それはスペンサー地図店だった。

ウォルターの店だった。

アンガスは立ち上がろうとしたが、体が痺《しび》れて動かなかった。叫びたくても声が出ない。

闇が……覆い被さってくる。

「ご主人様！」

誰かが肩を揺さぶった。左腕に激痛が走る。

その痛みが意識を暗闇から呼び戻した。

目を開く。煤《すす》で汚れた白い顔が彼を覗き込んでいる。

「私がわかりますか、ご主人様？」

「アーク――？」

まだ朦朧《もうろう》としながら、アンガスは呟いた。

「いったい……何が起こったんだ？」

答えず、アークはアンガスを助け起こした。

体を支えようとして手をつくと、左手首がズキンと痛んだ。倒れた時に痛めてしまったらしい。手首が赤く腫れ上がっている。指先が痺れ、力が入らない。

「動かさないで」

アークはシャツを脱ぎ、それをアンガスの左腕に巻きつけた。シャツの片袖《かたそで》を彼の右脇に通し、もう一方の袖を首の後ろに回し、背中で二つを結ぶ。それがすむと、アークはアンガスの正面に膝をついた。

「私の体は特殊合金製ですから炎を突っ切って飛ぶことも可能ですが、ご主人様は炎の熱に耐えられません。傷に響くでしょうが、担いで走ります」

そうしている間にも、次々と爆発音が鳴り響く。街のあちこちから火の手が上がる。まだ日は落ちていないはずなのに、黒煙で空は真っ暗だ。炎の熱で肌がパリパリと乾いていく。唇がひび割れて、口の中に血の味がする。

「ウォルターを助けなきゃ」

アンガスは立ち上がろうとした。けれど膝が震えて力が入らない。煙が目にしみて涙が滲む。

「ウォルターが、まだ店の中にいるんだ。アーク、ウォルターを助けてくれ」

アークは顔を上げ、火柱を噴き上げているスペンサー地図店を見た。ゴウゴウと渦巻く炎が建物を舐めつくし、真っ黒な煙を空へと吐き出している。壁材が崩落し、柱がギシギシと軋む音がする。倒壊するまで、もう間がない。

「わかりました」

アークは真剣な顔で頷いた。落ちていた『本』を拾い上げ、アンガスに持たせる。

「けれど、ご主人様を安全な場所まで運ぶのが先です。ご主人様の安全が確保されましたなら、すぐにここに戻ってウォルターさんを救出します」

「でも――」

「すみません。私にとってはご主人様をお守りすることが最優先なのです」

そう言うや、アークはアンガスを肩に担ぎ上げた。力強い足取りで走り出す。

燃えているのはターキーストリートだけではなかった。シェリーストリートも、バーボンストリートも、メインストリートの街並みも、真っ赤な炎に包まれていた。

アンガスは目を閉じた。

これは幻だと、心の中で呟く。

これは滅びに瀕《ひん》したもう一つの世界。僕はまた幻を見ているんだ。目を開けば、きっと何もかも元通り。バニストンの平和な街並みが広がっているはず――

バリバリと恐ろしい音を立てて建物が崩れる。火の粉がバラバラと降ってくる。煙を吸い込んで、アンガスは咳《せ》き込んだ。

「――幻じゃ、ない」

実感とともに、吐き気が込み上げてくる。

アンガスは目を開いた。

バニストンが燃えていた。木製のテラスが、スタンプ看板が、美しい街並みが、真っ赤な業火に包まれていた。大勢の人々の笑顔と平和を守ってきた街バニストンが、容赦なく、炎に蹂躙《じゅうりん》されていく。

意味を成さない叫び声が迸る。堪えようとしても堪えきれず、嗚咽《おえつ》が長く尾を引く。涙が溢れて止まらない。けれどそれすら炎の熱で、すぐに蒸発していく。

アンガスを担いだまま、アークは走り続けた。炎上し、倒壊した建物が行く手を塞ぐ。瓦礫《がれき》や炎に突き当たるたび、アークは新たな道を求めて方向を変えた。

細い裏路地に入る。渦巻く黒煙を突っ切る。その先は崩れたレンガの壁で塞がれていた。両脇の家屋は炎の舌に舐められ、真っ黒に炭化している。

他の道を探そうとアークが身を翻した時、唸るような音が聞こえてきた。

それは、自走車《オートムーヴ》の排気音だった。

「助けてください！」アークが叫んだ。「こっちです。ここにいます！」

それに応えるかのように、充満する黒煙を突っ切って自走車《オートムーヴ》が現れた。運転席にいるのはピット・ケレット。助手席にいるのはエヴァグリンだ。

急停車した自走車《オートムーヴ》からエヴァグリンが飛び降りた。瓦礫の隙間に駆け寄り、そこから手を振る。

「こっちだ！　ここを通り抜けるのだ！」

「了解です！」

アークは肩からアンガスを下ろした。

「ご主人様、先に行ってください。瓦礫が崩れないように、私が支えていますから」

アンガスは虚ろな目で宙を見つめている。

「ご主人様……！」

アークはアンガスの肩をぎゅっと摑んだ。アンガスの顔が苦痛に歪む。その肩を前後に揺さぶりながら、アークは叫んだ。

「しっかりしてください！　貴方には、まだやるべきことが残っているでしょう！」

彼はアンガスを瓦礫の方へと押し出した。

「さあ、行って！」

アークの右手が彼の背を支え、瓦礫の上へと押し上げる。アンガスは『本』を左脇に挟み、目の前に横たわるレンガ塀によじ登った。行く手を塞ぐ巨大なレンガの塊——わずかに出来た隙間に体を押し込む。熱くなったレンガが頰を擦る。空気が熱い。気管が痛い。肺が焼けそうだ。

彼のすぐ後ろにアークが続いた。崩れそうになっている瓦礫を支えながら、アンガスを誘導する。

「その調子です。右足は突き出した瓦礫の上に。そう、そこです」

それに助けられ、アンガスは瓦礫の隙間を通り抜けた。途端、横合いから熱風が吹きつけ、煙にむせる。息が苦しい。

「こっちだ。さあ、手を伸ばせ！」

エヴァグリンが呼びかける。アンガスが彼に右手を伸ばしかけた時、グラリと足下の瓦礫が崩れた。

「ご主人様――！」

アークの悲鳴。それに重なるメキメキという破砕音。炎に包まれた家が、断末魔《だんまつま》の軋みをあげて倒れてくる。

アンガスは頭上を仰いだ。

見えたのは真っ赤な炎。

声をあげる間もなく、彼はそれに呑み込まれた。

10

落ちていく。落ちていく。

そろそろ時間だ。湖はすぐそこまで迫っている。水面に浮かぶさざ波さえ、見ることが出来る。

これで私の魂は『本』に保魂された。この『本』は湖に沈み、二度と開かれることはないだろう。

あとはこの身が滅びさえすれば、真実は秘匿される。

湖面が近づく。

水面に叩きつけられ、私は死ぬだろう。

それでいい――
それでいいんだ――

暗闇に唯一人　夜明けを夢見る者よ
お前を取り巻く闇は深く　果てなく
哀しいほどにお前は小さい
押し寄せる不安と孤独
それに潰されそうになった時――

歌が聞こえる
どこからか……歌が聞こえてくる。

叫べ！
夢を抱きし兄弟達よ
お前は一人ではない
たとえ今は現実に打ちのめされ
泣きながら眠ったとしても
立ち上がれ！　我が兄弟！
そうだ、お前は一人ではない！

誰かが傍にいるのを感じた。
私は一人ではないと強く感じた。
誰かが私を見ている。
力強い歌が、私に呼びかける。

立ち上がれ！　我が兄弟！
夢見ることを諦めるな！
その希望を手放すな！
お前は一人ではない！
そうだ、我らは一人ではない！

蜘蛛《くも》の糸のように細い細い道。曲がりくねった長く険しい道。
その先――はるか彼方《かなた》に、小さな小さな光が瞬く。
小さくも暖かい……その輝き
あれは――
あの光は――

心に満ちる暗闇に
溺《おぼ》れそうになったなら
いつでも私の手を貸そう

同じ夢を見る兄弟よ
我が手を摑め　ともに歩め
その先に　未来がある

声が……聞こえる。
お前の声が、私に呼びかけるのを感じる。
完全なる消去《アザゼル》——真実《ウェリタス》。
目を覚ませ。
立ち上がれ。
希望はまだ、死んではいない。

第十二章

1

雨が降っている。

降りしきる雨が、屋根代わりの獣皮を叩いている。

急ごしらえのテントの下、地面に敷かれたシーツには、夥《おびただ》しい数の怪我人が横たえられている。

苦痛の呻き。泣き叫ぶ子供の声。呪詛のような譫言《うわごと》。悲愴《ひそう》な嗚咽。湿った空気。煙の臭い。鼻をつく消毒液の臭い。血の臭い。かすかに漂う腐臭。死の臭い。

そんな救護テントの一角で、アンガスは目を覚ました。

「お目覚めですか、ご主人様？」

傍に寄り添っていたアークが、小声で彼に呼びかける。

アンガスは答えようとしたが、喉がヒリヒリ痛んで声にならない。

「──み、ず……」

「みず──？　水ですね？」

アークはアンガスを助け起こし、その唇に水筒を当てた。生ぬるい水を一口飲んで、アンガスは再び倒れるように横になる。

体中の骨が軋む。手足は鉛のように重たく、思うように動かない。体が怠《だる》くて、目を開けていられない。それでも彼は気力を振り絞り、眠りに落ちていきそうになる意識を呼び戻した。

「……どれくらい、寝てた？」

「あれから一週間が経過しています」

アークはアンガスを労《いたわ》るように、手にした布で彼の額の汗を拭う。

「傷に障《さわ》るといけないので、勝手ながら薬を使わせていただきました」

「……ウォルターは？」

アークの手が一瞬、止まった。その白い顔に微笑みが浮かぶ。それは自動人形《ドール》の微笑み。まったくアークらしくない、作り物の微笑み。

「事件直後――」

アンガスの顔を濡れた布で拭いながら、アークは歌うような声で言う。

「ハーパーからミルズ市保安官《シティ・マーシャル》が駆けつけてくれました。彼は率いてきた救援隊と、残った騎兵隊を再編制して、街の外に救護テントを設置しました。ここはそのテントの中です」

「――アーク」

「ご主人様の左手首、骨が折れていました。瓦礫に押し潰されそうになった時に負った左肩の傷は、十二針も縫いました」

「アーク……」

「傷のせいでしょう。まだ熱も引いていません。どうか無理をなさらず、もう少しおやすみになってください」

「アーク、ごまかさないでくれ」

アンガスは、自動人形の青い目を見つめた。

「お願いだ。教えてくれ。覚悟は……出来てる」

「…………」

「ウォルターは死んだのか？」

アークは俯いた。布を握りしめた手が細かく震えている。

沈痛な表情を浮かべる自動人形《ドール》を見上げ、アンガスは静かに繰り返した。

「教えてくれ。ウォルターは、死んだのか？」

アークは目を伏せた。長い睫毛《まつげ》が震えている。閉じられた瞼《まぶた》の下から、涙が一筋。頬から顎《あご》へと流れ落ちる。

まるで時が止まってしまったかのような、重く長い沈黙。

その後――自動人形《ドール》は掠《かす》れた声で言った。

「ご主人様を街の外にお運びした後、私は地図店に戻りました。しかし燃えさかる炎の中で発見出来たのは、男性のものと思われる遺体の一部だけでした。損傷が激しくて、誰のものか判別するのは難しかったのですが――その右肩には銃創が残されていました」

「ウォルターは、歓喜の園で右肩を撃たれた」

「私の所見では、傷の位置は一致していました」

アークは床に座りなおし、深く頭を下げた。

「お許しください。私が至らなかったばっかりに、ウォルターさんを、お救いすることが出来ませんでした」

凄惨《せいさん》な光景が、瞼の裏に蘇《よみがえ》る。

天を衝く火柱。一瞬にして炎に包まれた店。ウォルターの帰還を待ちかまえていたかのように、爆発したスペンサー地図店。

「謝らなくていい」

顔を上げてくれと言う代わりに、アンガスはアークの手に右手を重ねた。

「最初に爆発したのはウォルターの店だった。あの時、すぐに救助に向かっても、ウォルターを助けることは出来なかっただろう。それは――わかってる――わかって、わかって、いたんだ」

「……ご主人様」

「けど、信じたかった。再び奇跡が起こることを――信じたかった」

一年前、このバニストンで奇跡的な再会を果たすまで、ウォルターは死んだと思っていた。でも彼は生きていた。生きていてくれた。無慈悲な天使に奪われた友を、確かに一度はこの手に取り戻した。

未開の土地を踏破しよう。未知の大陸を目指して漕《こ》ぎ出そう。そんな夢を語る彼が羨《うらや》ましく、眩しかった。彼と同じ夢を見たいと思った。昔、約束した通り、世界中を旅して回りたいと思った。大切な仲間達と一緒に、このままいつまでも旅を続けていきたいと思った。

けれど――

心のどこかで、気づいていた。

この奇跡は長くは続かない。夜明け前に見る夢のように消えてしまう。もう二度と戻らない。

「もう――奇跡は起きないんだな」

「……私は……理不尽に思えてなりません」

アークは顔を上げた。青い瞳が潤《うる》み、目の縁から大粒の涙がポロポロとこぼれ落ちる。

「どうしてウォルターさんのようないい人が、あんな惨《むご》い殺され方をしなければならないのですか？いったい彼が、何をしたというんですか？」

「どんな者にも平等に訪れる――それが死だ」

アンガスは天井を見上げ、独り言のように呟く。

「どんなに善良な人間でも、どんなに凶悪な悪党でも、誰でも必ず一度は死ぬんだ」

「やめてください！」

甲高《かんだか》い声でアークは叫んだ。

「こんな時までアザゼルの受け売りなんて、やめてください！　貴方は——ご主人様は——悲しくはないのですか！」

アンガスは答えなかった。

悲しくないわけがない。でも『悲しい』と感じることが出来ない。まるで重くて冷たい塊を胸の上に載せているように、心が麻痺《まひ》して動かない。

「他のみんなはどうしてる？　セラや、ジョニーは無事なのか？」

問いかける自分の声さえも、他人のもののように感じられる。アークも違和感を覚えたらしい。心配そうに眉を顰《ひそ》めている。だが、なぜ悲しくないのかと問われても、答えることは出来ない。理由なんて彼自身にもわからない。これ以上、何かを問われる前に、アンガスは質問を繰り返した。

「セラは、どうしてる？」

「お嬢様は北駅舎近くで爆発に巻き込まれ、右手と右目を負傷されました。一緒にいたダニーさんも、お嬢様を庇って背中に大火傷を負われました。お二人とも、ハーパーの病院に運ばれたと聞いております。それから先の情報は……まだ入ってきていません」

「エイドリアンは？」

「アンディさんとトムさんが、彼女を街の外まで運んだそうです。けれどエイドリアンさんは煙を吸い込んでしまっていて、運び出された時にはすでに意識がなく、そのままハーパーの病院に運ばれていきました。トムさんは街に残られましたが、アンディさんとアイヴィさんは一緒にハーパーに行か

歴代メフィスト賞受賞者推薦コメント

風森章羽さん（第49回受賞）
くだらないのに楽しい。けれど、ほろ苦くて切ない。青春とは、山田である!!

柾木政宗さん（第53回受賞）
最強を最強と言い切れる山田こそが最強で最高。2年E組がうらやましくなりました。

砥上裕將さん（第59回受賞）
こんな角度の切り口があったのかと驚かされ、こんな結末まであるのかと震えた！

真下みことさん（第61回受賞）
自分には経験がないはずの男子校での日々が、妙な生々しさで蘇ってきました。

五十嵐律人さん（第62回受賞）
ダサくて、眩しくて、切なくて。青春の全てと感動のラストに、大満足の一作。

潮谷 験さん（第63回受賞）
校舎に忘れてきた繊細な感情を拾い上げてくれるような物語でした。

あらすじ

夏休みが終わる直前、山田が死んだ。飲酒運転の車に轢かれたらしい。山田は勉強が出来て、面白くて、誰にでも優しい、二年E組の人気者だった。

二学期初日の教室は、悲しみに沈んでいた。担任の花浦が元気づけようとするが、山田を喪った心の痛みは、そう簡単には癒えない。席替えを提案したタイミングで、スピーカーから山田の声が聞こえてきた……。騒然となる教室。死んだ山田の魂は、どうやらスピーカーに憑依してしまったらしい。甦った山田に出来ることは、話すことと聞くことのみ。〈俺、二年E組が大好きなんで〉。声だけになった山田と、二年E組の仲間たちの不思議な日々がはじまった――。

カバーモデルは
俳優の菅《すご》生《う》新《あら》樹《き》さん!
第65回メフィスト賞受賞作
『死んだ山田と教室』
金子玲介
2024年
5月16日発売!
KODANSHA

れました」

「ジョニーは？」

「彼は軽い火傷を負っただけでした。騎兵隊員と一緒に怪我人の手当てや救助に当たっていたのですが、火災の原因が炸薬筒《さくやくとう》だったと判明した後、急に姿を消しました。私も捜してみたのですが、見つけられませんでした」

アンガスはゆっくりと瞬きした。

「原因は――炸薬筒？」

「そうです。バニストンの地下に残されていた燃石坑《バニストン》跡……そこに仕掛けられていた火薬樽と大量の炸薬筒が爆発したのです」

アンガスは右手で右目を覆った。

これだ――これがレッドの罠《わな》だったのだ。

シルバーアローも、彼が所持していた文字《スペル》も、ただの呼び水にすぎなかった。希望に沸くバニストンを炎上させ、人々を絶望の淵に追い込む。それがレッドが仕掛けた破壊のシナリオだったのだ。

おそらくジョニーもそれを悟ったのだろう。

だから――彼は消えた。

「ジョニーはもう……バニストンにはいないと思うよ」

「私達を置いていったとおっしゃるのですか？」

「うん――ジョニーはああ見えて心根の優しい男だからね。弟が引き起こした惨状の最中《さなか》に、身を置くのは辛すぎたんだろう」

ため息を一つ挟んで、アンガスは続けた。

「これは僕の推測だけど──燃石《バニストン》坑跡のトンネルで射殺されていた賞金首の男達……彼らは主人の留守中に店を荒らす泥棒のふりをして、街中に炸薬筒を仕掛けていたんじゃないかな。ウォルターの地図店にも……彼が店に戻った時、炸薬筒が爆発するような仕掛けがなされていたんだ。だから……男達は殺された。口封じのために、レッドに撃ち殺されたんだ」

「レッド──」

深い憎しみを込めて、アークはその名を呟いた。

「ジョニーを苦しめ、ご主人様とお嬢様を傷つけ、ウォルターさんの命を奪った。あの男は……人の皮を被った悪魔です！」

アンガスは答えなかった。

雨粒が屋根代わりの獣皮を叩く。怒りにも似た激しい雨音と、すすり泣くアークの声。それを聞きながら、彼はゆっくりと目を閉じた。

瞼の裏側に、燃えるバニストンの姿が浮かび上がる。現実と幻。この世界と滅びの世界。その二つが重なり合い、境界がぼやけていくのを感じる。

胸の奥から声がする。

選択するのはお前だ

お前に宿った刻印が

希望をもたらすのではない

お前自身が『希望』なのだ
お前がそれを失えば
未来は破滅へと収束する

わかってる――わかってる。

生か死か
希望か絶望か
存続か滅亡か
決めるのはお前だ
目の前にある憎悪と憤怒《ふんぬ》に
恐怖と絶望に惑わされるな

ああ、わかってる。

憎しみは何も生み出さない。希望を否定してはいけない。絶望にとらわれてはいけない。

言葉を尽くして語り合えば、必ずわかり合える。

だから諦めてはいけない。


わかってるんだ。

わかってるんだよ。

でも、

それでも僕は、

僕は――レッドが許せない。

2

意識が戻ってくる。

手足の感覚が戻ってくる。

途端、激しい頭痛に襲われ、俺は呻いた。

「……戻ってきた？」

声が聞こえる。

ゆっくりと目を開く。見慣れたホーガンの天井。

目の前にクロウの顔が見える。

「――クロウ？」

「そうだよ」彼は俺の頬を撫でた。「アザゼル、また遠くに行ってたね？」

「遠くに……行って……た？」

その瞬間、俺はすべてを思い出した。

「クロウ！」

俺は跳ね起き、クロウの腕を摑んだ。

「お前、生きていたのか！」

「うん、生きてたよ」

クロウは笑うと、俺の肩を抱き寄せた。

「アザゼルも生きてたね。また会えて嬉しいよ」

震える彼の体から、再会の喜びと喪失の悲しみが伝わってくる。

「ネエちゃんが道を切り開いて、オレを逃がしてくれた。それでオレ、助かったんだ」

俺は——何も言えなかった。

ただ、クロウを抱きしめる腕に力を込めた。

みんな死んでしまった。生き残ったのは俺達だけだ。陽気で寛容だった彼ら。勇猛で大胆だったラピスの戦士達。

みんなみんな——死んでしまった。

「泣くな、アザゼル」

クロウが俺の背中を撫でた。

「泣かずに笑え。みんな満足して逝った。きっと今頃、あっちで祝杯を上げてる。腹一杯、バイソンの肉を食ってる。へへへ……ちょっと羨ましいね」

クロウは笑った。泣きながら笑った。

みんなが死んだのはお前のせいだと俺を責めることだって出来たのに、彼の中には俺を怨む気持ちは欠片もなかった。

彼だって悲しいのだ。身をよじって泣き叫びたいのだ。胸が張り裂けるほど悲しいのに、それでもクロウは笑うことを諦めない。

「お前は……強いな」

そうだ。彼らは満足して逝った。彼らを送るのに涙は似合わない。

今、この時を懸命に生きる。それがラピス族の強さ、ラピス族の証《あか》しだ。俺だってラピスの一員だ。クロウのように笑えるだけの強さはなくても――行動することは出来る。

俺は床から『本』を拾い上げた。飛び起きた拍子《ひょうし》に床に落ちたのだ。どうやら気を失ってからも、ずっと抱え込んでいたらしい。

「それ――『大地の鍵』？」

「そうだ」

俺はその表紙に手を置いた。革の表紙に残る赤い模様。今ならわかる。これは血の跡だ。

一瞬の逡巡の後、俺は『本』を開いた。

真っ白なページの上に、無表情な男の幻影《ヴィジョン》が現れる。『スタンダップ』を唱えるまでもなく現れる幻影《ヴィジョン》――俺と同じ顔をした男。彼は十三代目のツァドキエル。『解放の歌《リベルタカントゥス》』を発見し、聖域を空へと導いた大賢人。と同時に、義父殺しの大罪を犯し、聖域から逃亡した堕天使でもある。

彼の存在は聖域を否定し、天使社会の根底を揺るがす。ゆえに真相は隠され、『解放の歌《リベルタカントゥス》』を発見した大賢人としての伝説だけが残った。

長い間、禁断の箱として封印されていた彼の遺伝子。それをハニエルが開き――その結果、彼と同一の遺伝子を持つ俺が生まれた。

「これでお前にもわかっただろう」

淡々とした声で、初代のアザゼルは言った。

「『世界《エマ》』は何も知らない無垢な人として生まれ、お前に出会った」

そこで言葉を切り、小さな人影は唇を噛んだ。押し殺した声で、彼は続ける。

「私は滅びを先送りしたにすぎない。お前は死に――絶望した彼女は『解放の歌《リベルタカントゥス》』を歌う。世界は滅びる。この運命は変えられない」

「そんなの、やってみなくちゃわからねぇ」

初代アザゼルは俺を見上げた。何か言いたげな彼を制し、俺は続ける。

「思考エネルギーは事象を変化させる力。その源となるのは思考原野の根底にある『無意識』だ。『無意識』は人の意識の集合体――ならば多くの人間が同じことを強く願えば、その意志は新たな未来を切り開くことだって出来るはずだ」

「リバティも、お前と同じことを言った」

「彼女もお前の記憶を見たのか？」

「ああ、お前ほどは共鳴しなかったがな」

「もしかして歴代の歌姫は、みんなアレを見てきたのか？」

「いいや。私の姿は世界の魂に共鳴したことがある者――つまり刻印に触れたことがある者にしか見えない。お前も気づいている通り、地上に刻印はない。ゆえに今まで『本』を手にしたことのある者の中で、私の姿を見て、私の声を聞くことの出来た者は、お前とリバティの二人だけだ」

「アザゼル？」

クロウが不安そうに呼びかけた。

「誰と話している？　アタマ、大丈夫か？」

クロウにはアザゼルの声が聞こえていない。その存在も感じられないようだ。クロウには、俺が訳のわからない独り言を言っているように聞こえるのだ。

「心配ない。俺は正気だ」

俺は顔を上げ、白紙のページを指さした。

「この『本』と話してた。これにはアザゼルの魂が保魂されているんだ。ああ、アザゼルといっても
もちろん俺じゃなくて、この『本』を地上にもたらした初代アザゼルのことだ」

「ええっ！」

クロウは驚いて飛び上がった。

「ホント？　オレには何も聞こえなかったけど？」

「おい」

少し焦ったように、アザゼルが呼びかけた。

「不必要に私のことを人に話すな。多くの者が真実を知れば、滅びの未来を引き寄せてしまう」

そんなの知ったことか。これ以上引き寄せようがないほど、すでに状況は差し迫っているんだ。

「誰かが観測したからこそ、この世界は存在すると言ったよな？　誰も見ることのない世界は、存在
しないに等しいと？」

「ああ、その通りだ」

「ならば、今度は俺が観測してやる。アザゼル《お前》が滅びの未来を観測し続けたことで、このアザゼル《俺》が
存在しているのなら……今度はこのアザゼル《俺》が、滅びない未来を観測したアザゼル《お前》を観測してやる」

「そんなことが可能だと思うか？」

「可能かどうかなんて知ったことかよ。とにかく、やるしかねぇんだ！」

俺は顔を上げた。訳がわからず、困惑気味のクロウに向かい、宣言する。

「俺はリグレットを迎えに行く」

「おお、とうとう求婚する気になったか！」

違う！　と答えかけ……俺は笑った。

いつか必ず人は死ぬ。ならば俺もラピスの一人として笑って死にたい。後悔などしたくない。過去も未来も関係ない。今、出来ることをするだけだ。もう遠慮なんてするものか。

「俺は彼女と結ばれるために生まれてきたんだ。彼女に告白もしないままじゃ、死んでも死にきれねぇよ」

「うわぁ、リバティにはめっぽう弱かったアザゼルが、いつになく強気になってる。なんでなんで？最初のアザゼルと話したせい？」

「そうかもな」

「すごい、オレも話したい～！」

「お前に彼の声は聞こえない」

言いながら俺は『本』を閉じ、胸に引き寄せた。クロウは勘がいい。万が一ということもある。

「え～、そうなの。残念だなぁ……」

クロウは物欲しそうに指をくわえる。その頭を俺はぽんぽんと叩いた。

「お前はあのペルグリンの弟だ。誰にも負けない強さと勇気を持ってる。お前はいつだって自分で道を切り開いてきた。こんなものに頼るまでもなく、お前は充分に強い」

「そう？　そうかな？」

クロウは照れたようにエヘへと笑う。

不意に泣きそうになって、俺はぐっと唇を噛みしめた。

ラピスの戦士達――

もしどこかで見守っているのなら、どうか俺に勇気を与えてくれ。ラピスの一員として恥じることのない勇気を、俺に与えてくれ。

「第十二聖域には、まだ使えそうな回転翼機《ジャイロ》があったな。あれを使わせて貰おう」

「使わせて貰うって、どこに行くの？　リバティがどこに連れて行かれたか、アザゼルにはわかってるの？」

「リグレットをさらったのは第十三聖域のツァドキエルと第七聖域のラファエルだ。奴らが自分達とは縁のない聖域に歌姫を連れて行くとは思えない。しかし、第十三聖域はすでに地に落ちている」

右手に『本』を、左手に『理性』の杖を持ち、俺はベッドから立ち上がる。

「となれば、残るのは一つ。奴らは第七聖域『進化』にいるはずだ」


聖域を逃げ出してきた天使達。彼らの中には以前、回転翼機《ジャイロ》の整備を行ったことのある者もいた。彼らの手を借りて、第十二聖域に残されていた回転翼機《ジャイロ》が修復された。

回転翼機《ジャイロ》は聖域の間を移動する際に用いられる。飛行中はネットワークから切り離されるため、独自の動力を積んでいる。燃料となるエタノールはトウモロコシの皮から精製した。

「整備するのは一機でいい」

そう言ったはずなのに、いつの間にか十機の回転翼機《ジャイロ》が揃っていた。

「いくら君でも、敵地に単身乗り込むのは危険すぎるよ」

そう主張したのはラジエルだ。彼は今、地上に降りた天使達のリーダーと化していた。すっかり大地の人の文化に染まり、大地の人の衣装に身を包んでいる。何か一言、厭《いや》みのひとつも言ってやりたかったが、俺より似合っているので何も言えない。

「幸いなことに回転翼機《ジャイロ》はどれも複座だ。操縦席には回転翼機《ジャイロ》の操縦経験がある天使が乗る。後部座席には力自慢の大地の人に乗って貰う。それでよろしいですな、首長《チーフ》さん？」

ラジエルは、隣にいるコル族の首長《チーフ》ベアフットを見た。『大地の鍵』が不在となった今、彼はカネレクラビスの中心的存在になっている。

「うむ、白き兄弟の言う通りだ」

ベアフットが頷く。ラジエルはいつの間にか厄介者の天使から、白き兄弟に格上げされたらしい。

「『大地の鍵』を守りきれなかったことは我ら戦士の名折れ。この汚名をすすぐ機会を与えてくれた、白き兄弟達に感謝する」

ああ、そうか。

ラジエルが格上げされたんじゃない。大地の人は天使達を受け入れてくれたのだ。

大地は広い。そこに生活する人々の懐《ふところ》も深い。世界はきっと良い方向に進んでいく。彼らならば、大丈夫だ。

ベアフットの賛同を得て、ラジエルは胸を張った。

「君には大事な目的があるだろう？　君はそれに専念したまえ」

お前が威張って言うことか？　と突っ込んでやりたい気もしたが、やめておこう。コル族の首長《チーフ》に内輪の恥を晒すことはない。

「ありがとう。お力をお借りします」俺はベアフットに頭を下げた。「ラピスの名に恥じぬよう、必ず歌姫を取り返してきます」

ベアフットは重々しく頷いた。

「勝利の宴と結婚祭の準備をして、お前達の帰還を待っている」

思いもよらない言葉に、俺の心臓はあやうく止まりそうになった。

「結婚祭って——俺の、ですか？」

「他にもいるのなら、それはそれで喜ばしいことだ」

そういう風評を広めるような奴は一人しかいない。

「——クロウ！」

「うひゃあ！」

ラジエルの後ろに隠れようとしていたクロウが、ぴょんと跳び上がった。

「オレ、本当のことしか言ってないぞ！」

「だからって言い広めるな！」

「後に引けなくしてやっただけだ。怒るな、アザゼル」

「そうだ、怒るなアザゼル」

ベアフットは大きな体を揺らして笑った。

「今回の戦いでは大勢が死んだ。平和を取り戻した暁《あかつき》には、若者達に多くの子を生《な》して貰わねばならん」

多くの子を生す——その期待には、あまり添えそうにない。

が、もう悩むのはやめた。彼女と子を生せるのなら、心臓が止まったってかまうものか。

ベアフットは右手を上げ、俺の頭にかざすと、腹の底に響くような声で言った。

「汝《なんじ》らに大いなる意志のご加護があらんことを！」

俺は拳と拳を合わせ、礼を返した。

回転翼機《ジャイロ》を操縦する天使と、選ばれた九人の戦士達が回転翼機《ジャイロ》に乗り込んだ。俺が操縦する回転翼機《ジャイロ》の後部座席にはオルクス族のスクァーレルが乗った。

あの後、俺は彼女に何度も詫びを入れた。頭に血が上っていたとはいえ、してはいけないことをした。反省している。もう二度としない——と。

それに対し、彼女はひどく無愛想《ぶあいそう》に答えた。

「かまわヌ。歌姫様を案じる気持ちは、私にも理解出来ル」

あまり許してくれたという顔ではなかったのだが、彼女曰《いわ》く、「これは生来の顔ダ」そうだ。

「リグレットから引きはがした負の刻印を封印するのに、この『本』は必要になる」

俺がそう言うと、彼女は意外と素直に「わかっタ」と答えてくれた。けれど——

「だが、必要になるまでは私が預かル」と釘《くぎ》を刺すのも忘れなかった。俺のしたことを思えば、それも仕方がない。

というわけで、彼女は後部座席に座っている。右手に短槍《たんそう》を握り、『本』を入れた布袋を肩に掛けている。

俺は操縦席に乗り込んだ。機上の俺を見上げているゴートとクロウに声をかける。

「じゃ、行ってくる」

「気をつけてな」とゴートが言い、

「土産《みやげ》はいらないよ。持ち帰るのは花嫁さんだけでいいよ」とクロウが続けた。

まだ言うか、こいつは。

「生きて戻ってくるのだぞ」

ラジエルが俺に声をかけた。

「いずれ私は、君の本を書くつもりだ」

「俺のことなら、もうモデルにしただろ?」

「いいや。虚構の物語ではなく、君自身が生きた、君の人生の物語を後世に残したいのだ」

「誰も読みたがらねぇよ、そんなの」

「私もそう思う」

はっきり言ってくれるじゃねぇか。

真剣なラジエルの顔を見て、俺は言葉を呑み込んだ。

「だからこそ、悲劇で終わらせたくない」

「ハッピーエンドにしたいのだ。だから姫を連れて、必ず戻ってきてくれ。でないと話にならない」

俺はつい笑ってしまった。

「わかった。その代わり、本が出来ても俺には見せるなよ」

人生は一度きり。俺にあるのは今だけだ。変えようのない過去を嘆いている暇も、まだ見ぬ未来に怯えている暇もない。

俺はゴーグルを着け、操縦桿《かん》を握った。

この回転翼機《ジャイロ》は第十二聖域製。俺が知ってる第十三聖域製とは異なるが、それでも基本的な造りは同じだ。とはいえ、回転翼機《ジャイロ》を操縦したのは一度だけ。しかもすぐに墜落した。天使達に動かし方を教わり直しはしたが、やはり緊張する。同乗者がいるとなればなおさらだ。

動力のスイッチを入れた。爆音とともにエンジンが回り出す。慎重にペダルを踏み込んだ。ゆっくりと機体が動き出す。目の前には草原が広がっている。大きな石や障害物は取り除いてあるが、それでも聖域の滑走路のようにはいかないだろう。

俺は後部座席に向かって声を張り上げた。

「かなり揺れるぞ！　しっかり摑まってろ！」

返事はないが、スクァーレルが頷くのがわかった。

俺はスロットルレバーを引いた。スピードが上がっていく。細かいバウンドを繰り返した後、車輪が大地を離れた。操縦桿を引く。ふわりと機体が浮き上がる。

一定の高度まで上昇し、そこで機体の安定を図る。

周囲には空しかない。空を飛んでいる。その実感が体中に染み渡る。重力からの解放感。それは思っていた以上に素晴らしい感覚だった。

聖域にいた頃は、鳥のように空を飛ぶのが夢だった。一度は諦めた夢——それは見事に成就した。

ただし、思ってもみなかった形で。

もし叶うなら今度はリグレットを乗せて、この空を飛んでみたい。彼女と二人、鳥のように空を飛ぶのだ。彼女は——なんと言うだろう？

俺達の機体を追って、次々と回転翼機《ジャイロ》が上空に昇ってくる。それを待って、俺は左のペダルを踏んだ。目指すは西——不安定《アンスタビリス》山脈の方角だ。

遠くにハイブリッド達の存在が感じられる。俺達の中に共通して流れる大賢人の血が、俺を奴らの元に導いてくれる。奴らのいるところにリグレットもいるはずだ。

リグレット。今、迎えに行く。俺が行くまで、なんとしても奴らに抵抗しろ。どんなことをしてもいい。どんな姿になっていてもかまわない。

だから俺が行くまで——

『解放の歌《リベルタカントゥス》』は歌わないでくれ。

3

起き上がれるようになるまでに、それから三日かかった。熱が下がると、アンガスは外に出た。寝ている間に失ってしまった体力を取り戻すため、救護テントの周囲を歩き回った。

どこに行く時も、アークは彼についてきた。

「心配なのです」とアークは言った。「ご主人様、泣いてもよろしいのですよ？　我慢をする必要はないのですよ？」

我慢をしているわけではない。泣こうとしても、涙が出ないだけなのだ。あまりに深い悲しみは心を麻痺させる。この気持ちは、アークには理解出来ないだろう。仲間の死を悼《いた》み、涙を流すことが出来るとはいえ、アークは自動人形《ドール》なのだ。

街の西側に広がっていたトウモロコシ畑。春の種蒔きを待っていた土地には、簡易テントがいくつも立ち並んでいた。街を焼け出された人々は、みな暗い表情で俯いていた。けれどアンガスの姿を見ると、彼らは微笑みながら声をかけてくれた。

「目を覚ましたんだね」

「体の調子はどうだい？」

地下集会の仲間、市保安官《シティ・マーシャル》のボイルドと『ムーンサルーン』のオーナー、レイカーとも再会した。彼らは街で瓦礫を選《よ》り分け、再建に使えそうな建材を拾い集めているのだという。

新見聞社《ニュースペーパー》の職人達にも会った。怪我をしている者もいたが、みなアンガスを見ると笑顔で話しかけてきた。

「しばらく見ないうちに男前になりやがったな」

「あんまり無理するなよ。倒れでもしたら大変だ」

やがて、アンガスは悟った。

彼らは僕に希望を見ている。街を文字《スペル》の呪いから解き放ったように、もう一度、希望を与えてほしいと願っている。

希望を抱き続ければ、未来は変えられると思っていた。

諦めずに対話を続ければ、いつかわかり合えると信じていた。

けれど——

レッドの言った通りだった。この世には、どんなに求めても、決して手に入らないものがある。

彼を救ってみせるだなんて、とんでもない思い上がりだ。その驕《おご》りがこの惨劇を招いた。大勢の人間が傷つき、死んだ。どんなに悔やんでも悔やみきれない。どんなに悔やんでも——ウォルターはもう生き返らない。

この後悔が消えることはない。一途《いちず》に希望を信じることなどもう出来ない。かといって、右目に文字《スペル》を宿したまま絶望することも許されない。まるで袋小路《ふくろこうじ》だ。右にも左にも行けない。過去にも未来にも、目を向けることが出来ない。

なのに人々は希望を求める。今はまだ、絶望から目をそらすことが出来る。だがそう遠くない未来、希望は『決して手に入らないもの』になり果てる。

そうなる前に、決着をつけなければならない。

体が力を取り戻すにつれ、その思いは強くなっていった。

惨劇から二週間が過ぎた頃、アンガスはテイラー連盟保安官《リーグ・マーシャル》に会いに行った。

トウモロコシ畑にはハーパーからの援助物資が積み上げられていた。荷物を積んだ馬車が行き交い、その間を騎兵隊員達が慌ただしく駆け回っている。

「アンガスくん――？」

背後から、声が聞こえた。

「やっぱりアンガスくんか！」

彼に駆け寄ってきたのは、ミースエストの市保安官《シティ・マーシャル》ネルソン・オニールだった。

「無事だったんだな。よかった！」

「オニール市保安官《シティ・マーシャル》、いつこちらに到着したんですか？」

「昨日だよ。途中ハーパーに立ち寄ったんでね」

「保安官《マーシャル》！」オニールの背後から騎兵隊員が声を張り上げる。「このパンはどこに運ぶんですか？」

振り返り、オニールは怒鳴り返した。

「それは東側の配給所だ。ああ、ここに降ろすなよ！　餓鬼どもに持っていかれるからな！」

彼は再びアンガスに向き直る。

「大変だったね。こんなことになるなんて――」

「保安官《マーシャル》！　飼い葉がもうありません」

「オニールさん、南側への給水はまだかかって催促がきてますすけど」

「あぁ、もう……」オニールはくしゃくしゃと髪を引っ掻き回すと、振り返って叫んだ。「ちょっと待ってろ！　すぐ戻るから！」

アンガスは苦笑した。

「忙しそうですね」

「まったくだ。飯を喰ってる暇もないよ。ま、でも困った時はお互い様だからね」

「そう言っていただけると、本当に助かります」

アンガスは忙しく働き回る騎兵隊員達と援助物資の山を眺めた。積み上げられた木箱、水の樽、その向こう側に見慣れた馬車の荷台が見える。

「あれは――」

「ああ、そうそう。忘れてた」オニールはその馬車を指さした。「ジョニーに頼まれて、彼の馬車を運んできたんだ。馬達も元気だよ」

アンガスはハムレットとオフィーリアの姿を探したが、馬の姿はどこにも見えない。

「心配いらないよ。あいつら、いつも勝手にどこかに飯を喰いに行ってしまうんだ。けど、名前を呼べばきちんと戻ってくる。あんな頭の良い馬、生まれて初めて見たよ。ジョニーさえよければ譲ってほしいくらいだ」

そう言って、オニールはアンガスに向き直った。

「で、そのジョニーだけど、どこにいるか知ってるかい?」

アンガスは言葉に詰まった。弟のしたことを気に病んで、出ていってしまったとはとても言えない。

そんなアンガスの態度を彼は誤解したらしい。

「おいおい、怪我したとか……死んだなんて言わないでくれよ? ああいう奴は殺されたって死なないお約束だろう?」

「ジョニーは無事です」

慌てて答え、アンガスは言葉を選びながら続けた。

「急用があって、今は街を離れています」

「なんだ――そうだったのか」

オニールは大きく安堵《あんど》の息をついた。

「君が深刻な顔するから何かあったのかと思ったよ。驚かせないでくれ」

「すみません」

「じゃ、ジョニーが戻ってきたら伝えてくれ。馬車がここにあるってことと――」

そこでオニールはニヤリと笑う。

「貸した三百ギニー、早く返せってね？」

「あの人、馬車を運ばせただけでなくお金まで無心したんですか？」

「旅に必要だっていってね」

この旅でジョニーが金を払ったことは一度もない。切符代も食事代も宿代も、すべてアンガス持ちだった。

「保安官《マーシャル》、まだですか！」

業を煮やしたような声が聞こえる。わかったというように手を振ってから、オニールはアンガスに向き直った。

「すまないね。また今度、ゆっくり飯でも喰いながら話をしよう」

「ええ、そうですね」

「君達が逃げた後のプラトゥムの話――あのレミングを俺達がいかにして説き伏せたか。苦労話をたっぷり聞かせてやる。覚悟しておけよ？」

「はい」

「じゃ、またな」

オニールは片手を上げて挨拶し、騎兵隊員達の元へと足早に戻っていく。それを見送ってから、アンガスは傍らに控《ひか》えているアークを見上げた。

「――行こうか」

彼らは再び歩き出した。

テイラー連盟保安官《リーグ・マーシャル》は現場の中心にいた。背中に軽い火傷を負ったと聞いていたが、思っていた以上に元気そうだ。彼の元にはひっきりなしに人が訪れ、指示を仰いでいる。彼は次々と指示を出し、救援物資を割り振り、街から使えそうなものを運び出し、仮設小屋の建設に当たらせていく。目が回るような忙しさだ。

邪魔をしてはいけない。出直した方がよさそうだと、アンガスが思いかけた時、テイラーが気づいた。彼は傍にいたミルズ保安官に二言、三言言い残して、アンガスの所へとやって来る。

「エヴァグリン連盟保安官《リーグ・マーシャル》なら大丈夫だ」

開口一番に、テイラーは言った。

「彼は呆れるほど頑健な体を持っている。すぐに元気になる。心配はいらない」

あの日、アンガスは崩れてきた瓦礫の下敷きになりかけた。アークが身を投げ出し、崩れてくる瓦礫から彼を庇ってくれなければ、間違いなく命を落としていただろう。

けれど、いかにアークといえども、アンガスを庇いながら、背中に載った瓦礫を取り除くことは出来なかった。それを見たエヴァグリンは火のついた木材を素手で取り払い、二人を助け出したのだ。

エヴァグリンは重度の火傷を負いながらも、頑《かたく》なに「ここに残る」と言い張ったそうだ。それをテイラーが強引に自走車《オートムーヴ》に押し込み、ピットがハーパーまで運んだのだと、アークから聞かされていた。

テイラーはアンガスとアークを自分のテントに招いた。そこで彼は二人分のコーヒーを淹れ、現在の状況をこと細かに教えてくれた。

爆発の炎はバニストンの三分の二を焼いた。大勢の人間が巻き込まれた。街の人々に加え、騎兵隊にも甚大な被害が出た。事件から二週間を経《へ》て、確認されている死者数は百四十五名。重傷者はハーパーへと運ばれていったが、辿り着く前に亡くなった人も多かった。倒壊した家屋に取り残されている人も多く、正確な死傷者数はいまだに摑めていないのだという。

ハーパーからはすぐに救援隊が派遣されてきた。だが他の近隣の町——サニディやファゴートやノーストップからは、人員はおろか、救援物資さえ送られてこなかった。

バニストンが行おうとしていた武力による支配と統治。それに抵抗を覚えた者は少なくなかった。ダニーが名を騙《かた》っていたにしろ、ロックウェルは各都市へと足を運び、事態の説明をし、復興への協力を頼んで回っていたが、はかばかしい成果は挙げられていなかった。

中心だったバニストンを失い、東部連盟《イースタンリーグ》の屋台骨は傾いでしまった。しかも騎兵隊がバニストンに集結してしまっているので、西部では無法者《アウトロー》達が幅を利かせているという。

「バニストンの崩壊は大陸全土を震撼《しんかん》させ、各地に混乱と無秩序を引き起こした。これを立て直すのは容易ではないだろう」

難しい顔でテイラーは言った。眉間に寄った縦皺《たてじわ》が激務と心労でますます深くなっている。

「今、さらなる事件でも起ころうものなら、それこそレッドの思惑通り。秩序崩壊の危機だ」

アンガスは答えずに俯いた。レッドは「世界を壊す」と言った。あの言葉は、社会の秩序を崩壊させるという意味だったのだろうか。

それは違うという気がした。彼が壊したいのは世界だ。どんなに望んでも、決して手に入らないものを創り出した——この世界そのものなのだ。

「何はともあれ、君が無事でよかった」

テイラーはアンガスが肩から下げた布袋を見た。だらしなく開いた袋の口からは、『本』が顔を覗かせている。テイラーは逡巡するようにそれを見つめていた。ややあってからアンガスへと目を戻し、思い切ったように口を開いた。

「君にもいろいろとあったようだから、すぐにとは言わない。だが、そのうちまた歌を聴かせてほしい。今のバニストンには姫の歌が——希望が必要だ」

「ええ……近いうちに」とアンガスは答えた。

ウォルターを失ったあの日から、一度も『本』を開いていないことは話さなかった。この先、もう二度と『本』を開く気がないことも、言うつもりはなかった。

コーヒーの礼を言い、アンガスはアークとともにテイラーのテントを出た。


「アーク、先に戻っててくれないか？」

帰り際、アンガスは言った。

「地図店を、見てこようと思うんだ」

アークは眉を顰め、心配そうに彼を見つめた。

「ご主人様は自分を追い詰めすぎです。まだ怪我も治っていないのですから、無理をなさらないでください」

「そんなんじゃないんだ」

アンガスは上着のポケットから小さな革袋を取り出した。

十日前、まだ起き上がれなかったアンガスに代わり、アークがウォルターの埋葬に参列してくれた。その時、彼が拾ってきてくれたウォルターの遺骨――それが革袋には収められていた。

「これを見ても、まだ信じられないんだ。ウォルターは生きているんじゃないかって、どこかで思い続けてる自分がいるんだ。だからこの目で彼が死んだ場所を見て、自分自身を納得させたいんだよ」

「そういうことでしたら、私もご一緒いたします」

「ごめん、一人で行きたいんだ」

「しかし――」

「泣いているところを見られたくない」

そう言って、アンガスはかすかに笑ってみせた。

「頼む……一人にしてほしい」

「――わかりました」

アークもまた、強ばった笑顔を浮かべた。

「私は留守番をしております。気をつけて行ってらっしゃいませ」

「ああ、ついでにヴィッカーズ本屋の様子も見てくる。ちょっと遅くなるかもしれないけど、心配しないで」

「ではお夕食を用意してお待ちしております――といっても、炊き出しの列に並ぶだけですが」

「ああ、頼むよ」

アンガスは空を仰いだ。抜けるように晴れわたった空の青さが目に沁みる。

「こんなこと言ったら罰《ばち》が当たりそうだけど、アイヴィの作ったミートローフが食べたいなぁ」

「皆さん頑張っていらっしゃいます。きっとまた、みんなで食卓を囲める日がやって来ます。私は、そう信じています」

「そうだね」アンガスは微笑んだ。「早く、そんな日が来るといいな」

けれど……そこにウォルターはいないのだ。

「じゃ、行ってくる」

アンガスは手を振って、アークと別れた。

しばらく歩いたところで、彼は振り返った。救護テントの方角に歩いていくアークの後ろ姿が見えた。その背に向かって、アンガスは心の中で礼を言った。

今までありがとう。

君のことは忘れない。

アンガスは踵《きびす》を返し、崩壊したバニストンの市街地へと向かった。


『東部の華』と謳《うた》われたバニストンは、見る影もなく焼け落ちていた。まだきな臭い煙が漂う中、アンガスはシェリーストリートに向かった。

道は瓦礫で埋まり、目印になる建物も倒壊してしまっている。歩き慣れたバニストンであることが信じられないほど、方角が摑めない。

辿り着けないのではないかと不安になり始めた時、運良く見知った街角に出ることが出来た。延焼を免《まぬが》れたその一画を辿って、アンガスはシェリーストリートに出た。

ヴィッカーズ本屋はすぐに見つかった。かろうじて店がまえは残っているが、後ろ半分は焼け落ちている。彼らが生活していた家も焼け、黒く焦げた骨組みしか残っていない。

店に向かって歩いていくと、中から人が出てきた。トムだった。彼は忙しく、店の中と外とを行き来している。どうやら焼け残った本を運び出しているらしい。

「トム！」

アンガスは彼に駆け寄った。

「アンガス」

トムのやつれた顔に控えめな笑顔が浮かぶ。

「歩けるようになったんだな」

「うん、まだ左手は使えないけどね」

戯《おど》けた仕草で、アンガスは包帯が巻かれた左手を上げてみせる。

「でもすぐに良くなるよ……生きてるんだから」

「ああ――その通り」

トムは目を伏せた。低い声で、そっと呟く。

「ウォルターは残念だったね」

アンガスは答えなかった。口を開けば、きっと弱音を吐いてしまう。それが怖かった。

まだ修業中の頃、トムはいつも彼の泣き言を聞いてくれた。聞き上手のトムは、彼にとって良い相談相手だった。

けれど、ここから先は誰にも頼らない。

アンガスはトムの肩越しに店を見た。

「何をしてるの？」

「ああ、これかい？」

トムは店を振り返った。ウィンドウは割れ、扉の蝶番《ちょうつがい》も外れている。書架は傾き、店の床には本が散らばっている。

「かなりの数が燃えてしまったし、その後の雨にもやられた。けど少しでも使えそうな本は、欠片だけでも拾っておかなきゃね。でないと戻ってきたアイヴィやエイドリアンに、何を言われるかわかったもんじゃない」

「本の欠片は貴重品だ」アンガスはエイドリアンの口癖《くちぐせ》をまねてみせる。「現在のスタンプは天使の本には遠く及ばない。だけどいつか私達は、天使達が作り出した本よりも、もっと素晴らしいスタンプの本を作り出せるようになる」

「だけどその日が来るまでは、本は貴重な資源だ。一ページたりとも粗末にしてはいけない」

二人は顔を見合わせて笑った。

トムは手に持っていた本から煤《すす》を払う。

「エイドリアンの様子だけど——その後どうなったか何か聞いてるかい？」

「いいえ。でも……大丈夫ですよ！」

アンガスは明るい声で断言した。

「あの人はこんなことでへこたれたりしません。そのうちいきなり戻ってきて『新見聞《ニュースペーパー》を刷るぞ！』って言い出しますよ」

「そうだよね。アンディもアイヴィも一緒なんだし、何かあったらすぐに知らせが来るよね」

ハーパーには大勢の怪我人が運び込まれている。お世辞にも大都市とはいえないハーパーは、かなり混乱しているだろう。もしエイドリアンに何かあったとしても、すぐに知らせは届かない。それはトムにもわかっているはずだ。わかっていても尋ねずにはいられないのだ。彼も不安なのだ。

「便りがないのは無事な証拠って言いますしね」

アンガスは本屋の中を覗き込んだ。奥の壁が焼け落ちて、向こう側まで見通せる。

「家はすっかり焼けちゃったんですね」

「ああ、裏通りの方はすっかり灰になっちゃったからね。店が半分残っただけでも幸運だったよ」

「僕の本もみんな燃えちゃったなぁ」

「『堕《お》ちた天使の書』か。もう少しですべてのページが揃うところだったのに、もったいなかったね」

「あの本は完成しない運命にあったのかもしれません」

聖域を追放された天使と『大地の鍵』と呼ばれる歌姫。彼らの物語は失われ、すべては無に帰した。彼らがどうなったのか、誰にもわからない。本が読まれなければ物語は始まらない。読まれない物語は、存在しないに等しい。

「観測する者がいなければ、その世界は存在しないに等しいから」

「え？　なんだって？」

「ううん、なんでもないです」

アンガスは首を横に振った。彼は店内を見渡し、それから外に運び出された本を見回した。

「僕も手伝えるといいんだけど――」

「ここは大丈夫。僕一人でもなんとかなる」トムは自分の胸を拳で叩いた。「だからアンガスは、早くその手を治すこと。いいね？」

「はい」

「よしよし、良い返事だ」

昔よくそうしたように、トムはアンガスの頭をくしゃくしゃと撫でた。温かくて、懐かしくて、胸の奥が痛くなった。ここしばらく感じることのなかった生きた感覚だった。

「エイドリアンもセラも頑張ってる。僕達も頑張ろう」

トムが言った。まるで自分自身に言い聞かせるように、もう一度繰り返した。

「挫《くじ》けずに、頑張ろう」

「……はい」

かすかに声が震えた。今度は良い返事とは言って貰えそうになかった。

手首の骨折が治ったら店の片付けを手伝うことを約束して、アンガスは本屋を離れた。街角で振り返ると、本の使える部分と使えない部分を選り分けているトムの姿が見えた。遠目にもわかる真剣な表情。その姿に心の中で別れを告げ、アンガスは歩き出した。


スペンサー地図店があったターキーストリートはもっとも被害が大きかった。通りは瓦礫と焼け焦げた木材で埋め尽くされ、どこが地図店だったのかさえわからない。

見渡す限りの焼け野原に立ち、アンガスはウォルターの遺骨が入った革袋を握りしめた。耳の奥に爆発の轟音が蘇る。空を焦がすような勢いで噴き上がった火柱。一瞬でウォルターを店ごと焼き尽くした爆炎——

胸の奥がギリギリと痛んだ。その痛みは燻《くすぶ》る黒い炎となって、心を黒く焦がしていく。真っ黒い、禍々《まがまが》しいものが腹の底から湧き上がってくる。仲間を得てから久しく感じることのなかった、背筋が凍るようなおぞましい感覚。

目の中で文字《スペル》が赤く輝くのを感じた。ずっと晒したままだった右目を、長く伸びた前髪で隠す。

もうここにはいられない。希望と絶望は表裏一体。この文字《スペル》は希望を裏返してしまう。信じることによって世界が変えられると思っている人々を絶望させ、自死へと導いてしまう。

「お前はオレの切り札」とレッドは言った。だから殺さないのだと彼は言った。絶望は死に至る病。誰の心にも存在する暗闇。世界を崩壊させるのに、これほど有効な文字《スペル》はない。

フリークスクリフで悪党達に殺されかけた時にも、故郷の人々に石を投げられた時にも、歓喜の園で冷酷な天使ツァドキエルと相対した時にも、感じたことがなかった激しい怒りと憎しみが胸の中で渦を巻く。

「希望に絶望を与えてやれるのは自分だけだ」

その通りだと思った。

「お前は後悔するよ。たとえトンネルを潰してでも、ここでオレを殺しておくべきだったとな」

あの時、燃石《バニストン》坑のトンネルでレッドを殺していたとしても、この悲劇は防げなかった。バニストンに仕掛けられた炸薬筒は、彼が生きていようと死んでいようと、いずれ爆発していたはずだ。

それでも思わずにいられない。

あの時——なぜレッドを殺しておかなかったのか。

自分が傷を負うことは我慢出来る。それも覚悟の旅だった。けれどウォルターを失って、初めて気づいた。

甘かった。大切な人の命を奪われてもなお、それを許すだけの覚悟は出来ていなかった。

甘かった——甘すぎたのだ。

「ウォルター」

焼け跡に向かって、アンガスは呼びかけた。

「再び別れるために、僕らは再会したのか？　君を天使から奪い返したのは、こんな風に死神にくれてやるためじゃないぞ？」

答えはない。きな臭い風が焼け野原を吹き抜ける。

「なんとか言えよ、ウォルター」

声が震えた。革袋をぎゅっと握りしめる。

麻痺していた心に、再び血が通い出す。胸をえぐるような悲しみが喉を塞ぎ、息が詰まる。

どんな人にも善意があると信じていた。希望を失わなければ生きていけると信じていた。諦めなければ叶わないものはないと信じていた。

そのすべてが、音をたてて瓦解《がかい》していく。

「ウォルター、君は嘘つきだ」

堰を切ったように涙が溢れてくる。

それを拭いもせずに、アンガスは呟いた。

「何が『すぐに追いつく』だ。置いていかれたのは――僕の方じゃないか」


アンガスはアンディの家に向かった。

彼の家の周辺は、奇跡的に延焼を免れていた。扉を開き、無人の家に侵入する。一階の居間には大量のビラが散乱していた。そこに刷られたスタンプから、歌う姫の姿が立ち上がる。

それを見ても、もう迷わなかった。

アンガスは二階に駆け上がり、枕の下から回転式六連発銃を引っ張り出した。ノッチを押し、輪胴《シリンダー》を振り出し、弾が六発、すべて装塡されていることを確認する。

彼はそれをベルトに挟み、アンディの家を出た。

その足で市街を抜け、再びトウモロコシ畑へと向かった。日は西に傾き、影が地面に長く伸びている。西側の宿営地では疲れきった騎兵隊員達が夕食をとっていた。昼間の喧噪《けんそう》は一段落し、穏やかな静けさがあたりを包んでいる。アンガスは補給物資の箱の陰に身を潜め、暗くなるのを待った。

夜になると、わずかな見張りを残して騎兵隊員達は眠りについた。アンガスは箱の陰から這い出た。ジョニーの馬車の傍に見慣れた二頭の馬がいる。アンガスが近づくと、白馬は嬉しそうに嘶《いなな》き、栗毛《くりげ》の牝馬《ひんば》はいつものように彼の髪の毛に齧りついた。

「痛い、痛いよ。オフィーリア」

アンガスは馬達の首を撫でてやった。

「不思議だな。お前達は最初から、僕のことを怖がらなかったね」

右目に文字《スペル》が宿った時から、馬は彼を恐れるようになった。馬だけではない。羊や山羊《やぎ》も彼を恐れた。躾《しつ》けられた賢い牧羊犬でさえ、彼を見ると唸り声をあげるか、悲鳴のような鳴き声をあげて逃げていった。

動物達は勘が鋭い。彼らはアンガスの右目に宿った文字《スペル》を恐れたのだ。それが世界に破滅をもたらすものだということを、彼らは察知していたのだ。

「僕が文字《スペル》に選ばれたように、お前達もそういう役目に生まれついていたのかもしれないね」

アンガスは手綱を取り、手早く馬を馬車に繫いだ。救援物資の中から水と食料を失敬し、荷台へと積み込んだ。

御者台《ぎょしゃ》に座り、手綱を握る。

「悪いけど、もう少し付き合って貰うよ」

アンガスの言葉を理解したように、二頭の馬はブルル……ッと鼻を鳴らした。早く行こうというように、前足の蹄《ひづめ》を打ち鳴らす。

「ありがとう」

アンガスは手綱を譲った。

二頭の馬が静かに歩き出す。彼を乗せた馬車はバニストンを離れ、走り出した。

暗闇の中――西へ向かって。

4

・

眼下に第七聖域が見えた。

自動人形《ドール》達が迎撃に出てくるだろうと思っていたのに、邪魔は一切入らなかった。自動人形《ドール》を戦闘用に改造している暇がなかったとは考えられない。

ならば、これは罠か？　ハイブリッドの奴ら、俺達を誘い込むつもりか？

だとしても迷っている暇はない。ガラスのように透き通った尖塔《せんとう》が立ち並ぶ市街――その郊外にある公園に、俺は回転翼機《ジャイロ》を着陸させた。滑走路が空くのを待って、次々と回転翼機《ジャイロ》が着陸してくる。機を降りた連中が俺の元へと集まってくる。

「人形達が出てこないな」

戦士の一人――メンブルム族の若者ホーンスピアが言う。彼の言う通りだった。広い公園には天使はおろか、自動人形《ドール》達の姿さえ見えない。短く刈り込まれた芝生と咲き乱れる花々が、逆に寒々しく感じられる。

「どうする？」

　ホーンスピアが俺に尋ねた。

　ハイブリッド達と対決するのに、彼らを連れて行くわけにはいかない。本音を言うなら、ここで待機していてほしい。しかし勇猛果敢な戦士達が、それを承知するはずがない。

「操縦者と戦士の半数は、ここで機を守ってくれ。回転翼機《ジャイロ》を壊されちゃ脱出出来ないからな」

「回転翼機《ジャイロ》を守るぐらい、私達にも出来ます」

　神経銃を握りしめ、天使の一人が言う。そうだそうだという声があがる。

「戦士の方々をお連れください。歌姫を奪還するのに貴方は欠かせない存在です。確かに機も大事ですが――それよりも貴方を守ることが最優先です」

「そうです」と天使の一人が続ける。「私達も覚悟は出来ています。でなければ……誰が聖域になど戻ってくるものですか！」

「しかし」と俺は言い返した。「大地の人には精神波に対する抵抗力がない。二、三人ならなんとか守れるが、全員は無理だ」

「我らのことは捨て置いてくださって結構ですわ」

　大柄なカプト族の女戦士が言った。

「もとより生きて大地に戻ることなど考えてはおりません。『大地の鍵』をお救いするため、お役に立てるのであれば本望ですわ」

　戦士達が頷く。

　ああ、そう言うだろうと思ったよ。だから連れて来たくなかったんだ。

「覚悟を決めロ、ラピスのアザゼル」

淡々とした声でスクァーレルが言った。

「お前が来るなと言っても、我らは従わヌ。それともまた言葉で縛るカ？」

彼女にそれを言われると痛い。

「約束しただろう？　二度とあんな真似はしないと」

俺は彼らの顔をぐるりと見回した。

「余裕がないというのは本当だ。お前達を庇ってやることは出来ない。それでも――」

「かまわないと申しましたわ」カプトの女戦士が笑う。「戦士に二言はございませんことよ」

俺は苦笑した。なら、もう言うことはない。

「わかった――好きにしろ」

俺は身を翻し、歩き出した。市街の中央に立つ、ひときわ背の高い塔に向かう。

俺達は市街に入った。ネットワークが生きているのは感じられたが、それでも人の気配はしない。おそらく下級天使達はあの第十二聖域と同じく、歌う人形と化しているのだろう。だとしても、上級天使が一人もいないというのは解《げ》せない。

第十二聖域のミカエルは言っていた。十三ツァドキエルは聖域の再興にも存続にも興味がないと。聖域を存続させる気がないなら、彼女の目的はなんだ？　あのクソ餓鬼は何を企《たくら》んでいやがる？

中央の塔まで最短距離を通ったが、一人の天使も見かけなかった。都市の維持機能は生きているようだが、住人は一人もいない。さてはハイブリッドの奴ら、上級天使まで喰い物にしやがったな？

白亜の中央議事堂。その扉に手を触れると、音もなく開いた。ここまで無抵抗となると、さすがに不気味だ。

俺は建物の中に足を踏み入れた。途端、痺れるような殺気を感じた。この気配、間違いない。近くにあのクソ餓鬼ツァドキエルがいる。俺はリグレットの気配を探したが、渦巻く悪意に邪魔され、上手くいかなかった。

もう生きていないのかもしれない。

そう思うだけで、不安で息が苦しくなる。

いや——奴らは彼女を殺したりはしない。奴らは彼女を無傷で手に入れるため、ラピス族を人質に取った。エネルギーを取り出す前に彼女を殺してしまっては、元も子もないはずだ。

俺はホールを抜け、建物の奥へと向かった。戦士達は黙ってついてくる。見慣れない建物や装置にも臆する様子はない。警戒は怠らないが、緊張はしていない。さすがは歴戦の勇者達だ。ついてくるなと言っておいて無責任な話だが、彼らの存在はとても心強い。

俺達は螺旋《らせん》状の廊下に入った。わずかに下りの傾斜がついている。ネットワークに触れるのは極力避けていたが、ここまで来ると触れなくてもわかった。ピリピリとしたツァドキエルの悪意が突き刺さってくる。正面に扉が現れた。あの向こう側にヤツがいる。

いよいよだ。

俺は戦士達を振り返った。

「この先に敵がいる」

覚悟はいいかと目顔で問う。

それにホーンスピアが代表して答えた。

「道を開け、アザゼル」

俺は頷き、扉に手を当てる。

白い扉が左右に分かれた。先頭に立って、俺は部屋に足を踏み入れた。

広い部屋、床一面に水が張られている。天井から青い光が差し込んでいる。中央には白い柱。『理性』の杖が共鳴してかすかに震える。あの柱に七番目の刻印『進化』が刻まれているのだ。ここは第七聖域の心臓部、刻印の間だ。

「ようこそ、第七聖域へ」

ふざけた声が聞こえた。ツァドキエルは柱の前に立ち、舞台役者のように一礼した。

「せっかく来てくれたのに、なんのおもてなしも出来なくてゴメンね。自動人形《ドール》は他の用事に使っちゃったんだよ」

彼女の後ろに立っている人物を見て、俺は一瞬、息を止めた。長い髪と無表情な白い顔。魂を失ったガブリエル。

俺の動揺を察知したらしい。覚悟はしていたはずなのに、目の当たりにすると、やはり足が震えた。ツァドキエルはクスクス笑う。

「ガブリエルに会えて、嬉しい？」

俺は答えずに杖をかまえた。

迷うな。躊躇すればみんなが死ぬ。

理性の文字よ
荒れ狂う海を鎮め
燃え盛る炎を凍らせ
全てを不動の支配下に収めよ

掌に灼けるような冷たさを感じた。

が——床の水は凍らない。

「不発——？」

ツァドキエルとガブリエルを凍らせるはずだった呪歌の力。それが発動しない。天井からきらきらと青い光が降りそそぎ、わずかに水面を波打たせただけだ。

「あんた、馬鹿でしょ？」

心底馬鹿にしたようにツァドキエルが言った。

「ここは刻印の間だよ？　刻印から生じるエネルギーを吸収するように出来てるんだよ？　そんなことも忘れたの？」

クソ……そういうことか。

「やっぱ馬鹿の相手はつまんないね。さっさと決着つけちゃおう」

ツァドキエルが指を振る。ガブリエルが柱に向き直り、刻まれた刻印に手を当てる。その目的を悟り、俺は背後を振り返った。

「水から上がれ！　早く！」

広間の床には一面に水が張られている。唯一の例外はツァドキエルとガブリエルが立っている柱の周辺だけだ。

「気づくの、遅いよ？」

ツァドキエルの声に、ガブリエルの歌声が重なった。それは——『解放の歌《リベルタカントゥス》』だった。

この歌が届けばよいのだが

偉大なる魂の御元に
愛する貴方の元に
この歌が届けばよいのだが

彼の歌が思考エネルギーを召喚する。それは床上の水に伝播《でんぱ》し、その中に立つ俺達を直撃した。衝撃で心臓が飛び跳ねる。息が詰まる。杖にすがり、倒れ込みそうになる体を支える。

『理性』の刻印が『解放の歌《リベルタカントゥス》』に応じ、熱を帯びている。杖が振動し、水面に波紋を描く。

続けて『進化』の『鍵の歌《クラヴィスカントゥス》』を歌われたら、俺達は召喚されたエネルギーに灼かれる。誰も助からない。それを回避する方法は唯一つ。『理性』の『鍵の歌《クラヴィスカントゥス》』を歌い、逆位相《そうさい》のエネルギーを『進化』にぶつけるのだ。成功の保証はないが、上手くいけば二つの刻印の力を相殺消滅させられる。

だがここで『鍵の歌《クラヴィスカントゥス》』を歌い、思考エネルギーを召喚することに、俺の心臓は耐えられない。

一瞬の躊躇。その隙に戦士達が動いた。スクァーレルが俺を肩に担ぎ上げ、螺旋廊下へと投げ出した。叫ぶ暇も、抵抗する間もない。

「姫のことを頼んダ」

彼女は布袋ごと『本』を投げてよこすと、身を翻して駆けていく。

吹き荒ぶ風に　姿を変えよ
地を踏みしめ　形を変えよ

『進化』の『鍵の歌《クラヴィスカントゥス》』が思考エネルギーを召喚する。体を締め上げるようなエネルギーの奔流。

それをものともせず、戦士達は雄叫《おたけ》びをあげて、ツァドキエルに襲いかかる。

大地を染める　先人の血
其《そ》を踏みしめ　後に伝えよ

美しい歌声。死の歌声。

柱が目映《まばゆ》い光を放つ。

網膜が灼けつくような白い光が、広間を包んだ。

5

地平線に陽が落ちていく。

真っ赤に染まった空に、幾筋もの黒煙が立ち昇っている。

ハーパーの郊外——その丘ではバニストンで負傷し、回復することなく亡くなった人達が茶毘《だび》に付されていた。埋葬したくても人手が足りないのか、多くの遺骸《いがい》がシーツに包まれたまま放置されている。口の中が苦くなるような腐臭が漂い、無数の蠅《はえ》が羽音を立てて飛び回っている。

その中をアンガスを乗せた馬車が進んでいく。

「この町に来て死なれちゃいい迷惑だよ」

遺体の埋葬に当たっていたハーパーの住人が、聞こえよがしに呟いた。

「備蓄食糧は徴収されるし、俺達も飢えて死ねってことなのか？」

アンガスは聞こえなかったふりをして、その傍らを通り抜けた。

厩舎《きゅうしゃ》に馬と馬車を繋ぎ、アンガスは保安官《マーシャル》事務所を訪ねた。そこでバニストンから運び込まれた被害者達の収容先を尋ねる。若い市保安官《シティ・マーシャル》は無愛想に、町外れにある治療院の名を教えてくれた。礼を言って、アンガスは事務所を出た。教えて貰った北の治療院へと向かう。

町の外れに木造平家建ての細長い建物があった。動脈を表す赤、静脈を表す青、それに包帯を表す白の三色に染められた旗が屋根の上ではためいている。

そこが北の治療院だった。

アンガスは建物に足を踏み入れた。ツンとした消毒液の臭いに、腐臭と汚物の臭いが混じる。建物は大きな六つの部屋に仕切られ、所狭しと粗末なベッドが並んでいた。ベッドが足りないのか、床にマットを敷いただけの部屋もある。部屋を埋め尽くす怪我人達は、みなバニストンから搬送されてきた人々だった。

アンガスは怪我人達の顔を一人一人確認しながら、ベッドの間を通り抜けていった。一つ目の部屋では見つけられなかった。二つ目の部屋にも、三つ目の部屋にもいなかった。

ここにはいないのかもしれない。そんな不安が頭をもたげる。先程目にした光景が脳裏に蘇ってくる。地面に放置されていた遺骸。骸を焼く煙。もしあの中にセラやエイドリアンがいたら？　そう思うだけで、喉を絞められたみたいに息が苦しくなる。

まだ足りないのか、と心の中で呟く。ウォルターだけでは奪い足りないのか。お前は僕の大切な人達を、さらに取り上げようというのか。

右目がチクリと痛んだ。文字《スペル》が彼の怒りに反応しているのだ。右目は包帯で隠してある。左手首を固定していた包帯をほどいて使った。左手首の骨折は完治には程遠い。まだ満足に物を摑むことさえ出来ない。

かまうものかと彼は思った。右手さえ動けば、六連発を撃つことは出来る。

アンガスは包帯の上から右目を押さえた。深呼吸をして、気持ちを落ち着かせようとする。怒りも憎しみも大切なエネルギーだ。浪費せず、温存するのだ。それを放出するのは、レッドの目の前に立った時でいい。

四つ目の部屋に入った。ベッドの上に横たわる人々は、まるで死んだように動かない。どの顔にも血の気がなく、ひどくやつれている。苦痛に呻く者がいないことだけが唯一の救いだった。

部屋の一番奥で折り返し、アンガスは二本目の通路を歩き始めた。その半《なか》ばにさしかかった時、一人の男が目に入った。周囲の人々よりも二回りも大きい体。ぼうっとした顔で天井を見上げている。裸の上半身は包帯で覆われ、太い両腕にも包帯が巻かれている。

罪悪感が胸を苛んだ。僕を助けるために彼はこんな重傷を負ったのだ。僕が必要だと思ったから、希望を失うわけにはいかないと思ったから、彼は身を挺《てい》して僕を助けてくれたのだ。

「エヴァグリン連盟保安官《リーグ・マーシャル》？」

ささやくように呼びかけると、彼ははっとしてアンガスを見た。

「アンガス……おぬし、どうしてここに？」

エヴァグリンは押し殺した声で呟いた。

「おぬしはバニストンを離れるべきではない」

「わかっています」

アンガスは穏やかな声を出そうと心がけた。

疑われてはいけない。僕の真意を悟れば、エヴァグリンはなんとしてでも僕を止めようとする。いくら負傷しているとはいえ、相手はエヴァグリンだ。腕力で敵うはずがない。

「お見舞いに来た――というのは建て前で、セラとエイドリアンのことが気になって、いてもいられなかったんです」

アンガスは顔を上げ、正面からエヴァグリンの目を見つめた。

誰かが言っていた。嘘をつく時は、まっすぐに相手の目を見ろ、と。

「彼女達の顔を見たら、すぐに戻ります」

「――そうか」

ようやく安堵したように、エヴァグリンは笑った。包帯だらけの手で彼を招く。アンガスが近づくと、エヴァグリンは彼を優しく抱擁した。

「おぬしが無事でよかった」

「エヴァグリン連盟保安官《リーグ・マーシャル》も、思ったより元気そうでよかったです」

「そうであろう？」

エヴァグリンは悪戯っぽく笑った。白い包帯で覆われた両手を肩の高さに上げて見せる。

「こんな大袈裟《おおげさ》な包帯などいらんと言ったのだがな。ここの看護師達はどうしても、私をベッドに縛りつけておきたいようだ」

「連盟保安官《リーグ・マーシャル》は人気者ですから」

「おぬしほどではない」

冗談めかしてそう言うと、エヴァグリンは表情を改めた。真剣な目が彼を見つめる。後ろめたくて、つい目をそらしそうになるのを、アンガスは懸命に堪えた。

「おぬしと姫様がいれば大丈夫だ。家も町もまた造ればいい。必要なのはそれが可能だと信じる心

——未来への希望だ」

エヴァグリンは包帯だらけの右手を、アンガスの手に重ねた。

「おぬしは我らの希望だ。これからも人々の心を支え、力づけてやってくれ」

「——はい」

アンガスは答え、目を伏せた。これ以上は耐えられそうにない。アンガスはエヴァグリンの手の下から、そっと手を引き抜いた。

「セラとエイドリアンがどこにいるか、連盟保安官《リーグ・マーシャル》はご存じないですか？」

「彼女達なら右隣の部屋にいる。が、ここより右側二つの部屋は女人専用であるからして、夜には男子禁制となっておるぞ？」

「それは——困ったな」

出来れば夜のうちにここを去りたかった。でないといろんなしがらみに搦《から》め捕られて、動けなくなってしまいそうだった。

「なに、おぬしならなんとかなる。それを使うといい」

エヴァグリンは顎の先で、枕の傍に置かれた薬包紙を指した。

「中に粉薬が入っている。化膿《かのうど》止めだそうだが、苦くてな」

大きな体で子供のようなことを言う。アンガスはわずかに微笑んだ。

「きちんと飲まないと、良くなりませんよ？」

「プラトゥムの者は薬など飲まんのだ」言い訳してから、エヴァグリンは続ける。「中の粉薬は赤い。水で溶けば口紅になる。おぬしにやろう」

アンガスは小柄だ。十九歳の男にしては情けないほどに細い。ゆったりとした旅行用の上着は体形を隠してくれるだろう。切る暇がなくて伸ばしっぱなしの髪も、ずいぶんと長くなっていた。邪魔なので首の後ろで束ねていたのだが、左手が使えなくなってからは、そのまま放置している。遠くからなら、女性に見えるかもしれない。

「そんなものでごまかせるでしょうか？」

「おぬしなら大丈夫だと申しておろうが。私を信用しろ」

複雑な気分だった。

だが、だめで元々だ。やってみる価値はある。

アンガスは薬包紙を手に取った。

「使わせて貰います」

彼は腰に吊るしていた水筒を取り、蓋を開けた。粉薬を数滴の水で溶く。右手の指でよく混ぜ合わせ、出来た紅を小指で唇の上に載せた。口の中に苦みが広がり、アンガスは顔をしかめる。

「上出来だ」満足げにエヴァグリンは頷いた。「町で見かけたら、口笛を吹きたくなるほどの美人だ。私の妻には負けるがな」

彼の妻はプラトゥムの平原に眠っている。枯れ果てていたあの土地も、いつかは緑を取り戻すのだろうか。それまでこの世界は存続しているだろうか。わからない。考えたくない。もうどうでもいい。

指についた薬を上着の裾で拭き取って、アンガスは立ち上がった。

「連盟保安官《リーグ・マーシャル》にお願いがあります」

「私に出来ることであれば、なんなりと聞こう」

「彼を――」と言って、アンガスは上着のポケットから小さな革袋を取り出した。「プラトゥムに埋めてやってくれませんか？」

　エヴァグリンはアンガスが差し出した革袋をじっと見つめた。再び顔を上げた時、その目には涙が光っていた。

「ウォルター君か？」

「そうです」アンガスは静かな声で答えた。「連盟保安官《リーグ・マーシャル》が話してくれた美しいプラトゥム。そこの土に還れるなら、きっとウォルターも喜ぶと思うんです」

「――わかった」

　エヴァグリンは頷いた。首に巻かれた包帯の上にキラリと光る細い鎖がある。その先端には華奢《きゃしゃ》な指輪が光っている。

「これは妻の形見でな。申し訳ないが、この鎖にその袋を結んで貰えないか？」

　アンガスは彼の首から鎖を外した。動かない左手に苦労しながらも鎖に革袋を結びつける。それを彼の首に戻して、アンガスは言った。

「では、僕は行きます。早く傷が癒えることを心からお祈りしています」

「ありがとう」

　エヴァグリンは微笑んだ。

「近いうちに、バニストンで会おう」

　アンガスは一礼して、エヴァグリンの傍を離れた。

　振り返らなかった。今、顔を見られたら、きっとすべてを悟られてしまう。涙を堪え、歯を喰いしばり、アンガスはエヴァグリンのいる部屋を出た。

　その右隣の部屋……出入り口には太った女性がいた。椅子に腰掛け、柱にもたれ、目を閉じていた。頭がゆらゆらと揺れている。どうやら居眠りをしているらしい。

アンガスはそっと会釈をして、彼女の前を通りすぎる。女性は一瞬、目を開いた。が、アンガスを見ると、むにゃむにゃと何かを口の中で呟き、再び目を閉じてしまった。

病室は静かな寝息に包まれていた。天窓から差し込む月の光だけが唯一の光源だった。アンガスはベッドの間をゆっくりと歩いていった。青白い光に照らされた怪我人達の顔を、一人また一人と確かめていく。

部屋の中央あたりにさしかかった時、彼はぎょっとして足を止めた。

目の前にある粗末な木のベッドで眠っているのはエイドリアンだった。すっかり白くなってしまった髪が、痩せこけた顔に張りついている。元から細かった腕はますます細くなり、骨と皮だけしか残っていない。

憔悴《しょうすい》しきった姿だった。生きているのか心配になって、彼はエイドリアンの顔を覗き込んだ。かすかな寝息が聞こえる。それを確かめ、アンガスは大きく息を吐く。

安堵感とともに、怒りと、悲しみと、罪悪感が湧き上がってくる。

『お世話になりました』

眠るエイドリアンに、彼は心の中で呼びかけた。

『どうか――いつまでもお元気で』

泣かないと決めていたのに、彼の意に反して、涙が一筋こぼれ落ちた。アンガスは右手の甲でそれを拭うと、深々と頭を下げた。

『今まで……ありがとうございました』

顔を上げ、彼は再び歩き出した。

耳の奥に心臓の鼓動が響く。息を止めていないと、感情が溢れ出てしまいそうだった。今ならまだ引き返せると、頭のどこかでささやく声がする。彼らもそれを望んでいる。彼らの期待を裏切るな。今ならまだ引き返せる――

どくん、と心臓が鳴った。そのまま止まってしまうのではないかと思うほどの衝撃だった。

大きな窓の下のベッドに小さな人影が眠っている。長かった髪は短く切られ、右目を覆う包帯で顔の右半分は隠れている。毛布から覗く華奢な肩にも、分厚く包帯が巻かれている。

「――セラ」

掠れた声が、口をついて出た。

アンガスは彼女の傍にそっと歩み寄った。

月明かりが彼女の顔を照らし出す。赤黒く腫れ上がった右頰。包帯に隠れた右目。白い布の端から覗く、痛々しい傷跡。

たとえようのない感情が喉元に込み上げてきた。

こんなに酷い傷を負ってもなお、彼女は美しかった。かすかに開いた口。閉じられた瞼。そのすべてが愛《いと》おしかった。

それと同時に、抑えようのない怒りが胸を焼く。激しい怒りは殺意となって燃え上がり、ガクガクと体を震わせる。

「怨んではいけないのです」

セラの声が聞こえた。

はっとして、アンガスは彼女の顔を見た。

セラは眠っている。毛布の下、呼吸に合わせて胸がかすかに上下している。

「憎しみは何も生み出さないのです」

幻聴は続く。彼の脳に刻まれた大切な記憶の中から、彼女は穏やかに語りかける。

「今はまだ無理ですけど――私はいつかすべてを許せるようになりたいと思いますの。あのレッドさえ許せるほど、強くなりたいと、そう思っておりますの」

アンガスはセラの寝顔を見つめた。

今の彼を見たら、きっと彼女はこう言うだろう。

アンガスは私達の希望なのです。それは人々が、かくありたいと願う、平和な世界への道標《みちしるべ》なのです。もしアンガスが復讐を選んだら、そこから憎しみの連鎖が始まり、世界は絶望に包まれてしまいますわ――

穏やかに笑うセラの姿が見えるような気がした。

もう一度、彼女の笑顔が見たかった。

でも、たとえ目を覚ましたとしても、セラが笑ってくれるかどうかはわからない。彼女が心に負った傷は、体に負った傷よりも深く、癒やしがたいものに違いなかった。

「セラ……」

小声でアンガスは呼びかけた。

「ずっと君に伝えたいことがあった。たった一言だけなのに――どうしても言えなかった」

バニストンに向かう前、セラと交《か》わした言葉を思い出す。

「今は何も言わないでって、君は言ったね？　すべてを終わらせる時まで取っておいてって」

あの時、セラは泣きそうな顔で微笑んでみせた。一緒にいられた時間は少なかったけれど、それでも彼女に会えてよかったと思う。

「もしこの旅を無事に終えることが出来たなら、その時こそ、君に言おうと思ってた」

大好きだった。大きな紅茶色の瞳も、風に揺れる長い髪も、その美しい歌声も――大好きだった。

「でも、もう言えない」

唇を噛みしめると、口いっぱいに苦みが広がった。セラと交わしたトマト味のキス。その記憶は薄れ、苦い薬の味へと変わっていく。

「僕はレッドを殺しに行く」

彼と対決しても勝てる見込みはほとんどない。たとえ生き存えたとしても、もう二度と仲間の元には戻れない。対話することですべては解決出来る。そう言って人々を説得してきた自分の言葉を、自分自身が裏切るのだ。このまま絶望に支配され、自分を見失うくらいなら、そうなる前に自らの命を絶つ。

もう――戻れない。

真っ黒な炎が腹の底で燃え上がり、背筋を這い上ってくる。だが、もうそれを止めようとは思わなかった。暗闇に塗り潰されていく胸腔《きょうこう》に、レッドの嘲笑が響きわたる。

「オレを殺す覚悟が出来たら第七聖域まで来い。オレはあそこにいる。逃げも隠れもしない」

覚悟は出来た。

待っていろ、今すぐお前の所に行ってやる。

アンガスは眠るセラに背を向けた。迷いのない足取りで部屋を出る。

その目には――レッドと同じ虚無の暗闇が宿っていた。

6

杖を床につき、それを支えにして俺は立ち上がった。

広間を包んでいた光が消えていく。泡立《あわだ》った水面が凪《な》いでいく。床に倒れている戦士達が見える。生きているのか死んでいるのか。一見しただけではわからない。が、彼らが発していた頼もしい躍動感は消失していた。

「どうして助けてやらなかったの？」

嘲《あざけ》るようなツァドキエルの嗤い声。

「ああ、そうか。あんた『解放の歌《リベルタカントウス》』を歌うとブッ倒れるんだっけ」

挑発するような口調。甲高い哄笑。

俺は再び広間へと進んだ。荒々しく踏み込むごとに、足下で水飛沫《みずしぶき》が散る。

「ヤだなぁ、怒ったの？　だったら助ければよかったじゃん。あんたが死ねば助けられたんだよ。あんたが見殺しにしたから、このサルどもは死んだんだよ！」

彼女の声に、かすかな動揺が感じられる。俺は走り出した。彼女が何か叫んだが、もう耳に入らなかった。驚愕《きょうがく》に見開かれたツァドキエルの目。俺は杖を振り上げた。彼女に向かい、殺意を込めて振り下ろした。

がっ……という硬い手応《てごた》え。

床に倒れたのはガブリエルだった。彼がツァドキエルの前に身を投げ出したのだ。床に張られた水に鮮血が広がる。ガブリエルの長い金髪が、赤く血に染まっていく。

その隙に、ツァドキエルは後方へと飛び退いた。

「は、やっぱあんたって馬鹿だわ！」

揶揄の言葉は震えている。天使は戦場に身を晒したりはしない。その身で殺意を受け止めることには慣れていない。

「ほら、早く助けないと、あんたの愛しいガブリエルが死んじゃうよ？」

俺は答えなかった。無言でガブリエルを跨《また》ぎ越し、ツァドキエルに迫る。ツァドキエルは後ずさる。俺は杖をかまえ、再び彼女に殴りかかった。

「ひッ……」

悲鳴をあげてツァドキエルは転んだ。杖が彼女の髪をかすめる。床に手をついて、ツァドキエルは俺を見上げた。その目には恐怖の色が浮かんでいる。

「リグレットはどこだ」

自分でもゾッとするほど、冷え冷えとした声で俺は尋ねた。

「彼女はどこにいる」

「あんたになんか、何一つ教えてやるもんか！」

ツァドキエルは震える指で自分のこめかみを叩いた。

「知りたければ、直接頭を覗けばいい！　やれるもんならやってみなよ！」

俺は杖を振り下ろした。その切っ先は彼女の首をかすめ、床に穴を穿つ。悲鳴をあげてうずくまる彼女の頭に、俺は手を伸ばした。

その手をツァドキエルが摑んだ。不意を突かれた。彼女の意識が俺の声帯を支配する。

「スタンダップ」

意図しない声が口を衝く。焼けつくような痛みが襲ってくる。何が起こったのか理解する間もなく、俺は床に倒れた。

胸の奥——心臓が不規則に暴れている。

狭心症発作だ。

「ひっか、かったね？」

そういうツァドキエルも苦しそうに胸を押さえている。喘ぎながら、俺に自分の掌を見せる。

そこには小さな紙片が収まっていた。それは俺がラファエルを殺すのに使った——感応紙の欠片だった。

「あんたが使った手だよ？」

彼女の声が遠くなる。視野が狭窄《きょうさく》していく。

だめだ、意識を失うな。こんな所で死ぬわけにはいかない。俺にはまだ、やらなければならないことがあるんだ。

「あんたは何も出来ない。何も変えられない。あんたはただ震えながら、世界が滅びるのを見てればいいんだ！」

世界を滅ぼす——？

それがお前の目的なのか？

尋ねたくても、もう声が出ない。

わずかに残った俺の意識に、懐かしい声が触れる。


死んじゃだめだ。

私を残して逝かないでくれ。

ガブリエル……？

お前――まだ――そこにいるのか？

7

厩舎に戻り、アンガスは馬車に乗り込んだ。時刻は真夜中近かったが、天空には大月《カリタス》が輝いている。荒野を走ることに慣れた二頭の馬にとっては、なんの支障もなかった。

どこに向かえばいいのかはわかっていた。前にも一度、走ったことのある道だ。アンガスの意志を理解したように、二頭の賢馬は丘陵地帯を走り抜けた。

目指したのはピット・ケレットの家だった。

あそこには回転翼機《ジャイロ》がある。空を彷徨うラティオ島に行くには、どうしてもそれが必要だった。

小一時間もすると、行く手に小屋が見えてきた。真夜中を過ぎているだけあって、窓に明かりは見えない。それでも用心のため、アンガスは小屋のかなり手前で馬車を止めた。御者台から降りて、小走りに小屋に近づく。窓からそっと部屋の中を覗き込む。

中は暗く、暖炉《だんろ》の火種も落とされていた。人の気配はない。ピットはまだバニストンから戻っていないはずだ。ジミーを一人、家に置いていくとは思えない。きっと誰かに預けたのだろう。

無人でよかったと、アンガスは思った。恩のある彼らを脅し、回転翼機《ジャイロ》を奪うのには抵抗がある。

彼は窓辺を離れ、家の裏手にある馬小屋に向かった。馬小屋といえども、そこにいるのは馬ではない。ピット自慢の自走車《オートムーヴ》の姿もない。小屋の中央に置かれているのは、銀色に輝く三枚の羽根を頭上に戴《いただ》いた回転翼機《ジャイロ》だけだった。

アンガスはそれに駆け寄った。以前、燃料の積み込みを手伝ったので、何をすればいいのかはわかっている。問題は操縦方法だった。さすがにそれを習っている暇はなかったし、今から習う暇もない。見よう見まねでどこまで扱えるのかはわからなかったが、とにかくやってみるしかない。

彼は馬小屋の中を探し回り、燃油《バーニル》の入った缶を見つけた。重たいそれを転がし、機体の傍まで運んでくる。ポンプで缶と燃料タンクを繋ぎ、ペダルを押す。ガコン！　と大きな音がする。かまわずにアンガスはペダルを押し続けた。暗い小屋の中に、ガコン！　ガコン！　という音が響き渡る。

一缶分の燃油《バーニル》を燃料タンクに入れ終えて、アンガスは息をついた。流れ出る汗を拭う。手も顔も燃油《バーニル》で真っ黒だ。疲れきっていたが、彼は手を休めなかった。次の燃油《バーニル》缶を取りに行き、それを転がしつつ機体を振り返った時——

小屋の出入り口の前に立っている人影に気づいた。

逆光で、顔はわからない。だが背格好から見て、ピットでもジミーでもない。

「来ると思ってたぜ」

聞き覚えのある声が言った。忘れようにも忘れられない声だった。アンガスは燃油《バーニル》缶から手を離し、ベルトに挟んだ六連発の銃把《グリップ》を握った。

「レッド——！」

六連発を引き抜き、男に向ける。

アンガスの手を離れた燃油《バーニル》缶がゴロンゴロンと床を転がっていく。男は慌てた様子もなく、ブーツの底でそれを受け止めた。

「誰がレッドだって？」

男は困惑したように頭を掻いた。人差し指で自分の鼻を指さし、顔を前へと突き出した。

「よぉく見ろよ。オレの方がアイツよか、ずっといい男だろ？」

アンガスの口が自然に開いた。言葉がなかなか出てこない。

「……ジョニー？」

「わかった？　わかったなら、その物騒なモノを下ろせよ」

ジョニーはアンガスに歩み寄ると、六連発の輪胴《シリンダー》を握った。そして、やれやれというように肩をすくめる。

「あのなぁ、シングルアクションの六連発ってのは、いちいち撃鉄《ハンマー》起こしてやんないと引き金《トリガー》引けないのよ？」

彼はアンガスの手に自分の手を重ね、親指で撃鉄《ハンマー》を起こしてみせた。ガチャリ、と重い音が響く。

「これで弾が出る。よく覚えとけよ？　何しろ相手は早撃ちの達人だ。モタモタしてっと、あっという間に蜂《はち》の巣《す》にされちまうぞ？」

「ジョニー……」

驚愕から立ち直ったアンガスは、ようやく口を開いた。

「――なんで、ここにいるんだ？」

「決まってるじゃん。お前を待ち伏せしてたんだよ」

ジョニーは回転翼機《ジャイロ》の胴体を拳でコンコンと叩いた。

「お前が言ったんだぜ？　アイツはラティオ島にいるって。あそこに行くには、どうしたってこいつが必要だろうが？」

そうだった。でもまさかジョニーに、それを見抜かれるとは思っていなかった。

「止めても無駄だよ」

アンガスは厳しい目つきでジョニーを睨んだ。撃鉄《ハンマー》を起こしたままの六連発を、右手で固く握りしめる。

「邪魔するようなら、貴方でも撃つ」

ジョニーはアンガスを見た。かすかに見開かれた目が、彼の驚きを物語っている。ジョニーは回転翼機《ジャイロ》を見上げ、それから再びアンガスに目を戻した。

「いいけど……お前、これ動かせんの？」

「わかりません。でも、やってみますよ」

「島に着く前に墜落しちゃ話になんないぜ？」

「自力で空を飛んででも、辿り着いてみせます」

「そんな無茶な。アークじゃあるまいし……」

そこでジョニーはニヤリと笑った。

「お前さ、回転翼機《ジャイロ》の操縦士を雇わない？」

「操縦士？」アンガスは目を見張った。「まさか、自分がそうだとか言うんじゃないでしょうね？」

「オレが操縦士だ」

ジョニーは自慢げに胸を張った。

「オレがなんのために一足早くバニストンを出たと思う？　コイツの飛ばし方を習うためだよ」

「でも、ピットさんはまだバニストンにいるはずでしょう？」

「教えてくれたのはジミーだ。アンガスを乗せて飛びたいって言ったら、喜んで教えてくれた。いつでも好きなときに使っていいって、許可も貰ってる」

アンガスは眉根を寄せた。

「ジミーを騙したのか？」

「騙したわけじゃねぇよ。嘘は何ひとつついちゃいねぇ。ただ、まぁ、ちょっとだけ、話してない部分はあるけどな」

いけしゃあしゃあと言ってのけるジョニーを、アンガスは睨みつけた。

「この詐欺師が！」

「おっと、それはオレにとっちゃホメ言葉だぜ？」

ジョニーはフフンと鼻で笑った。

「なんだ。そういうクソ真面目《まじめ》なところは全然変わってねぇのな、お前」

アンガスは言葉に詰まった。それをいいことに、ジョニーはさらに続ける。

「お前、ハムレットとオフィーリアを連れてきてくれたんだな」

「別に、貴方に届けようと思ったわけじゃない」

「どっちでもいいさ」ジョニーは肩をすくめる。「それよか、腹減ってんだ。なんか食べ物、積んでねぇ？」

「ビスケットぐらいなら……残ってるけど」

「シケてんな。ま、それでいいや」

ジョニーは彼に背を向け、先に立って歩き出す。

アンガスは六連発の撃鉄《ハンマー》を元に戻し、渋々《しぶしぶ》その後に続いた。何か言い返してやりたかったが、うまい言葉が見つからない。

「オニール市保安官《シティ・マーシャル》が、早く三百ギニー返せって言ってましたよ」

「はっはっはぁ！」ジョニーは高笑いした。「オレに貸した金が、そう簡単に返ってくると思うなよ！」

「この悪党」

「悪党はよせ。聞こえが悪《わり》ぃ」

ジョニーはニヤニヤ笑い、アンガスに向かって指を三本立てて見せた。

「オレには得意技が三つあるんだ。なんだかわかる？」

「知りませんよ、そんなの」

「一つ目は女を口説くこと。二つ目は知らない相手に酒をおごらせること。で、三つ目が――」

「借金を踏み倒すこと」

「なんだ、わかってんじゃん？」

ジョニーはニヤリと笑った。

「そんなオレにもさ、踏み倒せねぇものがあんのよ」

アンガスは黙ってジョニーの顔を見つめた。

彼はアンガスの目的を正確に理解している。それなのに止めることも諭《さと》すこともせず、一緒に行こうと言ってくれる。

不意に胸が詰まった。この先は一人で行かなければならないと思っていた。誰の手も借りてはいけないのだと思っていた。

心細かったのだと気づいた。

ささやくような声で、アンガスは言った。

「……ありがとう」

「よせよ、馬鹿」

ジョニーはアンガスの頭を小突いた。

「オレ達は仲間だろ。愉快な……と言うには、頭数が足りなくなっちまったけど」

「――うん」

涙を堪えるために、アンガスは夜空を見上げた。

大月《カリタス》が西に傾いている。空一面に銀砂を振り撒いたような星が瞬いている。

肩を並べて夜空を見上げ、ジョニーは言った。

「決着、つけに行こうぜ」

アンガスは頷いて、唇をぎゅっと嚙みしめた。

8

冷水を浴びせかけられて、俺は目を覚ました。

気管に水が入ってむせる。咳《せき》をするたび胸がキリキリと痛む。だが痛覚があるということは、まだ生きているということだ。

顔を上げると、そこにはガブリエルが立っていた。水が滴るガラスの器を持っている。白い顔は血で汚れていたが生きている。それを見て、ほっとしている自分に気づいた。殴ったのは俺なのに――現金なもんだ。

「お目覚め？」

視界にツァドキエルが割り込んだ。俺の顔を覗き込む。掴みかかろうとしたが腕が動かない。両手首に痛みが走り、引き戻された背中が柱に当たる。俺の両腕は柱に縛りつけられていた。

「生きているのが不思議って顔だね？　実はね、あたしが強心剤を打ってあげたんだよ」

勝ち誇ったようにツァドキエルは嗤う。

「あ、でも感謝しなくていいよ？　これからあんたは地獄を見るんだから」

言い返したかったが、声が出ない。呼吸をするたびに喉が嫌な音を立てる。胸がギリギリと痛む。ここまできて、なんてザマだ。

「あんたは聞きたがってたよね？　聖域の存続を望まないのなら、お前の狙いはなんだ……って？」

ツァドキエルは立ち上がった。手に『理性』の杖を持っている。

「あたし達ハイブリッドは、ハニエルの遺伝子操作によって創り出された。大賢人の遺伝子を組み込むため、あたし達の遺伝子は一度バラバラに切り離された後、パズルのように組み合わされた」

弄《もてあそ》んでいた杖を握りしめ、床を打つ。ぱっと水飛沫が上がる。

「ハニエルはあたし達に生殖能力を与えなかった。だからあたし達は後世に子孫を残せない。天使と変わらない知性と知識、天使を凌駕《りょうが》する感応力を持ちながら、あたし達は次世代を残せない」

俺は顔を上げて、ツァドキエルを見た。

彼女は怒りの表情で天井を睨んでいる。そこに仇がいるかのように、憎々しげに吐き捨てる。

「ハニエルは言った。あたし達はエネルギーを取り出すための道具だって。壊れたらお払い箱の、使い捨ての道具だって。下等な存在のくせに、あの女はハイブリッドのあたし達を馬鹿にしやがった！」

「だから……滅びを、望むと言うのか？」

「そうだよ。あたし達が一世代で滅びるのなら、天使達もそうあるべきなんだ！」

「だったら、聖域を落とせばいいだろ。大地の人を、世界を、巻き込むな」

「それもこれも、みんな、あんたのせいだ」

ツァドキエルは杖の先を握り、柄を俺に向けた。

「あんたは大賢人の体細胞から創られた複製《クローン》。きょうだいの中で唯一人、子孫を残すことが出来るんだ。なのにあんたは弟を——ラファエルを殺し、あたし達を裏切って、一人で聖域を逃げ出した！」

彼女は杖を振り下ろした。殴られた肩が熱くなり、続いて鈍い痛みがやってくる。

「あんたはあたし達を見捨てた。あたし達を無視して、一人幸せになろうとした！」

ツァドキエルは杖で俺を殴打した。

「なんであんただけが特別なんだよ！　あんただけが幸せになれるんだよ！　そんなの許されるわけないだろ！」

殴り疲れたのか、肩で息をしながら杖を下ろした。

俺は小さく咳をした。唇が裂けたらしく、口の中に血の味が広がる。それでも痛みは感じなかった。

「お前に言われるまでもねぇ」

俺は彼女を見上げ、血の混じった唾を吐き捨てた。

「そんなこと——俺にだってわかってんだよ！」

俺が生まれ、今まで生きてきたために、多くの血が流され、大勢の人間が死んだ。死んだ者に対しては、どんな弁明も許されない。どんなに詫びても決して許されない。

「それでも俺は決めたんだ。諦めないって。今、この時を生きようって。でなきゃ俺のために死んでいった連中に、顔向け出来ねぇだろうが！」

「顔向け出来ない？　今のあんたに何が出来るっていうんだよ！」

ツァドキエルは銀の杖を振りかぶり、再び俺の頰を殴った。

「もういい——あんたの戯《ざ》れ言《ごと》なんて、聞くだけ無駄だ」

天井を振り仰ぎ、彼女は叫んだ。

「ラファエル！　限定解除して！」

その声を合図に、立ちこめていた悪意の霧が晴れていく。この部屋の真上、尖塔のてっぺんに強い意識を感じる。もう一人のハイブリッド——第七聖域のラファエルだ。

その傍に、かすかにリグレットの意識が感じられる。生きている——心縛もされていない。

「喜んでる場合じゃないよ？」

憎々しげにツァドキエルが言う。

「ホントは第十七聖域を使うハズだったんだけどね。出来損ないの兄が、下等天使にホレやがってね。準備の途中であたしの支配を断ち切りやがったんだ。仕方がないから、ここを使うことにした」

ツァドキエルは杖の先で、ぐるりと円を描いた。

「わかる？　自動人形《ドール》達を繫いで、共鳴体に改造したんだ。あんたのお姫様が持ってる刻印は二十二個。しかも同調率百パーセントらしいじゃん？　となれば、引き出されるエネルギーもハンパじゃない。生半可な装置じゃ支えきれない」

彼女の言う通り、第七聖域のネットワークは大きな一つの輪に収束していた。島の外周を自動人形《ドール》がぐるりと取り囲んでいる。とてつもなく巨大なエネルギーコンデンサーだ。

「この島に高次のエネルギーをたっぷり貯め込んで、沃素山《イオディーン》にぶつけるんだ。きっと地震や噴火じやすまないよね。大陸が真っ二つになっちゃうかもね？」

虚無を映した瞳。絶望に染まった心。酷薄な笑みが、その口元に閃く。

「手に入らないのなら、何もかも壊れてしまえばいい。あんたも、世界も、未来も全部、ブッ壊れちゃえばいいんだ」

9

翌朝。

準備を整えて、アンガスは回転翼機《ジャイロ》に乗り込んだ。彼は後部座席に、操縦席にはジョニーが座る。

「ええと、最初はコレだったかな？」

ジョニーがスイッチをひねると、エンジンが回り始めた。

「おお、当たった！」

「……なんだか不安になってきたな」

「お前がやるよかマシだろ」

ジョニーはゴーグルを装着すると、片手で操縦桿を握った。

「よし、行くぞ！　どうなってもオレを怨むなよ！」

レバーを引くと、頭の上で羽根が回転を始める。機体がゆっくりと動き出した。どんどんスピードが上がっていく。車輪から、ガクガクと振動が伝わってくる。

ジョニーが操縦桿を引いた。がくんと機首が持ち上がる。機体がふわりと浮き上がる。

「飛んだ！」

高いところが苦手なことも忘れて、アンガスは歓声をあげた。

「すごいじゃないか、ジョニー！」

途端、機体がぐらっと揺れた。ジョニーは必死になって左右のペダルを踏む。

「バカ、話しかけんな！」

顔は見えないが、声から必死さが伝わってきた。アンガスは慌てて口を閉じた。こんなところで墜落されてはたまらない。

やがて回転翼機《ジャイロ》は水平飛行に移った。まっすぐに西を目指して飛んでいく。

「ふぃ〜、なんとか安定しやがった」

大きな息をついて、ジョニーは汗を拭った。

「どんなもんだい。オレだってやれば出来るんだぜ！」

「本当にすごいです」アンガスは掛け値なしの賞賛を贈った。「僕ではこう上手くはいきませんでした。感謝します」

「おう。でも感謝すんのは無事に着陸してからにしてくれ」

「――って、着陸に自信ないの？」

「あるわけねぇだろ。車軸を折らずに降ろせたためしがねぇ」

アンガスは頭を抱えた。車軸を折ったら飛び立てなくなるじゃないか……と言いかけて、口の端でそっと笑う。帰り道の心配なんて、しなくてもいいんだった。

「でさ。ラティオ島はどこにいると思う？」

「アンスタビリス山脈の上空――でしょうね」

「かなり遠いよな。燃料保《も》つかな？」

「そんなこと訊かれても、僕にわかるわけがないでしょう？」

回転翼機《ジャイロ》はひたすら西に向かって飛び続けた。

やがて、はるか前方に白い峰が見えてきた。アンスタビリス山脈だ。白くかすんで、山裾《やますそ》までは見えない。まだまだ距離がありそうだ。

「なぁ、アンガス」とジョニーが呼びかけた。「ラティオ島にアイツがいるってことはさ、そこには文字《スペル》があるってことだろ？　だったら姫に訊けば、どっちに島があるかぐらいはわかるんでないの？」

「レッドを倒すのに姫の力は借りない」

アンガスは即答した。

「歌は憎しみで歌われてはいけない。姫の力は借りちゃいけないんだよ」

「ちぇっ、いい案だと思ったのになぁ」

アンガスは笑った。

嘘つきでだらしなくて、あまり仲間と呼びたくない時もあるけれど、ジョニーがいてくれてよかった。僕はレッドと刺し違える覚悟だけど、出来ることなら、ジョニーには生き延びてほしい。

「ジョニー？」今度はアンガスが呼びかける。「もしこの先、僕が死んで、ジョニーが生き残ったら、姫と一緒に残りの文字《スペル》を集めてくれませんか？」

「やだよ。姫ってば、おっかねぇもん」

前の座席に座ったジョニーは、振り返りもせずにひらひらと左手を振る。

「もういいじゃん。そんなん投げちまえよ。ていうか、お前。まだ世界の命運を背負うつもりなの？」

そう言われると耳が痛い。自分を信じてくれた人々を裏切って、ここまで来たのだ。いまさら引き返すことなど出来ないし、引き返す気もない。

残る文字《スペル》はあと七つ。自分の右目に一つ。レッドの左手に一つ。ラティオ島にも一つあるだろう。もしそれらを集められたとしても、まだ四つ足りない。

すべての文字《スペル》を集めるという姫との約束は果たせそうにない。ジョニーの言う通り、『投げちまう』しかない。それはわかっているのだけれど、やはり心はちくちく痛む。まるで、抜けない棘《とげ》が刺さっているみたいに。

「おい、アンガス。左前方の地表を見てみろ」

ジョニーの声にアンガスは眼下へと目をこらした。

新緑に覆われた丘陵地帯。その上に大きな影が落ちている。

雲の影——？

いや、違う。空には雲一つない。

「ラティオ島だ！」

興奮したようにジョニーが叫んだ。

「ずいぶんと東に流されてきてるじゃねぇか」

ラティオ島は彷徨う浮き島だ。定期的なルートを辿ることなく、アンスタビリス山脈の上をあてもなく漂っている。

「ラッキー、これなら燃料も保ちそうだぞ！」

しかしアンガスは、ジョニーのように手放しには喜べなかった。まるでラティオ島が、自分達を迎えに来たように思えたからだ。

二人を乗せた回転翼機《ジャイロ》はぐんぐんとラティオ島へと近づいていった。いくつもの尖塔がキラキラと太陽光を反射する。

「これが——天使の町」

ガラス細工の箱庭を見ている気分だった。繊細で美しい町並み。緑豊かな公園。澄んだ水を湛《たた》えた池。そこから流れ出した川の水が島の縁を越え、地上に雨となって降り注ぐ。

「島の端っこに滑走路がある」

珍しく、ジョニーの声が真剣みを帯びた。

「覚悟しろ。あそこに降りるぞ！」

回転翼機《ジャイロ》が左に傾いだ。高度を下げた回転翼機《ジャイロ》が尖塔をかすめる。天使達の住居が間近に迫る。屋根や柱を飾る彫刻さえ見て取ることが出来る。

回転翼機《ジャイロ》は市街を通り過ぎ、その外縁にある公園に向かった。島の地表が近づいてくる。ガガッ……という衝撃。二、三回、飛び跳ねた後、回転翼機《ジャイロ》は無事、滑走路に着地した。

ジョニーがエアブレーキを全開にする。パラパラと羽根の回転数が落ちていく。回転翼機《ジャイロ》は右側に弧を描くようにして、ゆっくりと停止した。

「ふ〜〜っ」

ジョニーが大きなため息をついた。ゴーグルを額に押し上げ、後部座席を振り返る。

「大丈夫か？」

「——なんとか」

着地の衝撃で打ちつけた腰が痛んだが、我慢出来ないほどではない。

アンガスは座席から立ち上がった。足下に布袋に入れたままの『本』がある。バニストンに、セラの枕元に、置いてこようと思ったのに……出来なかった。彼は布袋を肩から斜めに下げた。腰のベルトに差した六連発の存在を確かめてから回転翼機《ジャイロ》を降りた。

すぐ後にジョニーも続く。彼は公園内を眺め、薄気味悪そうに呟いた。

「誰もいねぇな。もっと天使達がわああっ！　と襲ってくるもんだと思ってたけど——」

「そうだね」アンガスも公園内を見回した。「システムは生きているみたいだけど、住人はいないみたいだ」

「死んだのかな？」

「眠っているのかも。歓喜の園の地下で仮死状態になってた天使達みたいに」

その光景を思い出したのか、ジョニーはブルブルッ……と身震いした。

「なんだかゾッとしねぇな」

アンガスは町の中央に向かって歩き出した。綺麗《きれい》に刈り取られた芝生がサクサクと音を立てる。同じくそれを踏みしめながら、ジョニーは感心したように独りごちる。

「キレイだよな。誰が手入れしてるんだろ？」

「自動人形《ドール》だと思うよ。それしか考えられない」

「アークみてぇな？」

「というより、歓喜の園で見たような人形達。彼らに較べたら、アークはずいぶんと人間っぽかったよね」

「だな。今頃、メソメソ泣いてるぜ？　ご主人様ぁ、どこに行ったんですかぁ〜ってさ？」

「かもしれない」

わざと冷淡な声でアンガスは答えた。

「いっそ誰かに所有権を譲ってくればよかった」

彼の表情が曇ったのを察してか、ジョニーはお気楽な声で言った。

「案外、今頃こっちに向かって飛んできてるかもしれないぜ？　お前が一人で故郷に帰っちまった時も、歓喜の園でもそうだったけどさ。あいつ、お前がどこにいるのか、なんとなくわかるみたいなんだよな」

「そう……なんですか？」

「ほら、お前があいつの首を投げ捨てようとした時、精神ナントカ物質とかいうモノが、お前の体に入ったって言ってたろ。そのせいじゃね？」

「まさか、もうとっくに効果は切れてますよ」

とはいえ、確証はない。

自動人形《ドール》は自分を起動した者を主人とし、付き従うのだとアークは言った。その言葉通り、アークはいつでも傍にいた。まるで付き従うことこそが、目的であるかのように。

もしかしたら、アークの失われた左腕は今レッドの肩についている、あの左腕なのではないだろうか。アークはレッドから自分の腕を取り戻すために、僕らと一緒に旅をしていたのではないだろうか。でなければ、アークとレッドは左腕を介して繋がっていたのかもしれない。今までアークが僕を守ってくれたのは、僕がレッドの切り札だったからかもしれない。

そこで、アンガスは頭を振った。

アークのことを疑うなんて、どうかしている。彼の行動に何か理由があったとしても、アークには幾度となく助けられてきた。その事実に変わりはない。

迷いを振り切るためにアンガスは空を見上げ、はあっと息を吐いた。

「新しいご主人は、いい人だといいな」

二人は公園を抜け、市街地に入った。

初めて見る天使の町は、夢のように美しかった。たくさんの塔が天を衝くように伸びている。屋根は光を反射し、虹色《にじいろ》に輝いている。建物の外壁は半透明で気泡を含んだ氷を思わせる。

「遺跡とは大違いだなぁ」

ジョニーは輝く塔を見上げた。

「しかし、どうしてこの島だけは落ちなかったんだろな？」

「さぁ――わかりません」

『滅日《ホロビ》』……良い意志を持つ文字《スペル》が力を失った日。悪い意志を持つ文字《スペル》が生み出された日。世界が滅亡に向かって傾いた運命の日。あの日、すべての聖域は地に落ちた。

このラティオ島を除いて。

「でも文字《スペル》の力が働いていることは確かみたいです」

硬い表情でアンガスは言った。町の中心にあるひときわ高い尖塔を睨む。

「この島、すごい勢いで動いてる」

「にゃ、にゃんだってぇ？」

ジョニーは慌てて足を踏ん張り、きょろきょろと左右を見回した。

「う、動いてねぇじゃん？」

「よく見て、太陽の位置が変わってる」

アンガスが指摘した通り、正面にあったはずの太陽が、今は右側にずれている。

「南西に向かってるみたいだ」

島を浮かせているのが文字《スペル》の力なら、それを動かしているのも文字《スペル》の力だ。そして今、この島には、それを操っている者がいる。

「文字《スペル》からエネルギーを引き出すためには、エネルギー吸収体が張り巡らされた特別な部屋で、『解放の歌《リベルタカントウス》』を歌わなければならない。ほとんどの場合、その部屋は島の中心にある」

アンガスはひときわ高い塔を指さした。

「つまり、あの塔を目指していけばいいんだ」

「うひゃ〜、えらい遠いな」

ジョニーは顔をしかめた。「こりゃ結構時間がかかるぜ？」

悠長にはしていられない。島が動き出したということは、レッドはすでに二人の存在に気づいているということだ。次にどんな手を打ってくるかわからない。急ぐに越したことはない。

何か手はないか――

アンガスは周囲を見回した。建物の前に卵を横倒しにしたような物体がある。下部には丸いタイヤらしきものがついている。

アンガスはそれに駆け寄り、側面に手を当てた。音もなく、長方形の穴が開く。彼は迷うことなく、それに乗り込んだ。

「ちょっと何やってんのよ？」

ジョニーがおっかなびっくり卵の中を覗き込んだ。「なにコレ？　乗り物なの？」

アンガスは答えず、クッションの利いたシートに座り、正面に向かって命令する。

「町の中央にある塔まで運んでくれ」

『了解しました』

殻の内側に心地よい声が響いた。アンガスが乗り込んだのとは反対側の壁面に、もう一つ穴が開く。

『ご着席ください』

「――だってさ」

アンガスはジョニーを見上げる。ジョニーは卵の前を回り込み、アンガスの隣に乗り込んだ。

「扉を閉じろ」

アンガスの声に応じて長方形の穴が消える。代わりにクッションがついた壁が現れた。座席に腰掛けてくつろぐと、ちょうど肘《ひじ》掛けのようになる。

卵形の自走車《オートムーヴ》は音もなく走り出した。

「すげぇな、お前」

ジョニーは真顔でアンガスの白い髪を掻き回す。

「お前、やっぱ天使なんじゃねぇの？　でなきゃ、その末裔《まつえい》とかさ？」

アンガスはムッとして、ジョニーの手を撥ねのけた。

「――違いますよ」

「怒るなよ。ホメてんだからさ」

「天使みたいというのは、西部では誉め言葉じゃない」

アンガスは窓の外に目をやった。振動がほとんどないので気づかなかったが、ものすごい勢いで風景が背後に流れていく。近くを見ていると目が回りそうだ。

程なくして、卵形の自走車《オートムーヴ》は目的の建物の前に到着した。二人は乗り物から降りて、目の前に聳《そび》える塔を見上げた。

「さぁて、いよいよだな」

ジョニーはホルスターから六連発を引き抜く。アンガスもそれに倣《なら》おうとした。が、撃鉄《ハンマー》がベルトにひっかかってなかなか抜けない。

「ったく、どんくせぇなぁ」

呆れたように呟きつつ、ジョニーが手を貸してくれた。

「お前、それ撃ったことあるの?」

アンガスは首を横に振った。

「でも撃ち方は知ってます。照準の合わせ方だってわかってる」

「とか言って、撃鉄《ハンマー》を起こさなきゃ撃てないって知らなかったじゃん」

「あれは――」反論しかけて、アンガスは声を潜めた。「いきなりだったんで忘れてたんです」

「いきなり撃てなきゃ意味ねぇよ」

「大丈夫。今回は心の準備が出来てますから」

深呼吸をしてから、アンガスは六連発の撃鉄《ハンマー》を起こした。

「行きましょう」

二人は尖塔のある建物に入った。

どこからか、水が流れ落ちる音が響いてくる。

入ってすぐは大きな広間だった。天辺が上に向かって開く花弁のような形の柱が、楕円形の天井を支えている。床は真っ白で塵《ちり》一つない。

不意に、アンガスは足を止めた。

「どうした?」

ジョニーが尋ねる。

しッ……と言って、アンガスは唇に人差し指を当てた。

「歌が聞こえる」

かすかな歌声が丸天井に反響する。胸が痛くなるような悲しい歌声が、途切れ途切れに聞こえてくる。低音が美しく響く、女性の声だ。

「これは――『解放の歌《リベルタカントゥス》』だ」

となれば、歌っているのはおそらくドーンコーラスだろう。アンガスとジョニーは顔を見合わせた。その歌声を頼りに、二人は建物の奥へと足を進めた。

緩やかな螺旋を描く廊下。敷かれた赤い絨毯《じゅうたん》が足音を吸収する。どんなに走っても、足音は響かない。聞こえるのは自分の息遣いと、物悲しい歌声だけだ。

正面に扉が現れた。ジョニーがそれに取りつき、銃把《グリップ》で扉の合わせ目を叩く。

「チクショウ、どうやって開けるんだ？」

歌声が途切れた。

胸騒ぎがした。アンガスはジョニーを押しのけ、扉の表面に手を当てた。

そして、強く念じる。

「――開け！」

白い扉が左右に退き、彼らの前に道を開いた。

10

俺は拘束を振りほどこうともがいた。

ギシリと肩の関節が軋む。ロープが手首に喰い込んだ。

「さぁ、あたし達の手で幕を引こう！」

ツァドキエルは杖をガブリエルに渡した。彼はその先端を俺の胸に向ける。彼の口から、ツァドキエルの声が響く。

「しっかり見ててよね、歌姫さん。あんたの大好きなアザゼルが、無惨に死ぬところをさ」

身を引き裂くようなリグレットの悲鳴が、ラファエルの意識を介して俺に伝わる。

俺を守るために、彼女はどんな仕打ちにも耐えてきた。俺を守るためなら、命を失ってもかまわないと思ってきた。強く、気高く、勇敢な歌姫。その彼女が泣き叫んでいる。やめろ──やめてくれ──アザゼルに手を出すな！

ラファエルが彼女に暗示をかける。俺達が憎いか？　ならば『解放の歌《リベルタカントゥス》』を歌え。その怒り、その憎悪を、歌に乗せて解き放て！

俺の脳裏に、初代アザゼルの記憶が蘇る。

人として生まれた『世界《エマ》』は、俺の死を目の当たりにし、自分自身がそれとは気づかずに世界を呪い、『解放の歌《リベルタカントゥス》』を歌ってしまう。その『解放の歌《リベルタカントゥス》』は莫大な負のエネルギーを解放し、この世界を破壊する。

『世界《エマ》』とはリグレットのこと。彼女の絶望はこの世界を破壊してしまう。引き金を引くのは、俺の死だ。

ならば俺は死ねない。死ぬわけにはいかない。

しかし、どんなにあがいてもロープが緩む気配はない。クソッ、誰でもいい。俺の手を切り落としてくれ。ここから自由になれるなら、両手ぐらい、悪魔にだってくれてやる！

ガブリエルは無表情に杖を振りかぶる。その尖った切っ先が、天井から降りそそぐ青い光を反射する。

ガブリエルの口から、ツァドキエルの声が聞こえる。

「さよなら、きょうだい」

杖が振り下ろされる――！

11

広い部屋だった。

半透明な素材で出来た天井から、青白い光が差し込んでいる。白い壁をつたって水が流れ落ち、床に溜《た》まって池を作っている。床一面に張られた水が、青い光に照らされてキラキラと輝いている。

部屋の中央には背の高い柱があり、そのすぐ傍に一人の女性が倒れていた。アンガスは六連発をベルトに挟むと、彼女に駆け寄り、助け起こした。

褐色の肌に黒い髪。見覚えのある顔だった。歓喜の園でレッドに寄り添っていたコル族の歌姫ドーンコーラスだ。

「死んでるのか？」

アンガスの肩越しに、ジョニーが彼女を覗き込む。アンガスは彼女の口元に頬を寄せた。かすかな吐息を感じる。

「息はしている。水も飲んでいないみたいだ。気を失ってるだけじゃないかな」

そう言いながらアンガスは顔を上げ、思わず息を呑んだ。

柱に一本の杭《くい》が突き立てられている。

それは、白骨化した遺骸を柱に縫い留めていた。

「なに？」と言ってジョニーは顔を上げ、「ぎゃあ！」と叫んで飛び退いた。「ほ、ほ、骨ッ！人骨、人骨ッ！」

気を失ったままのドーンコーラスをジョニーに預け、アンガスは立ち上がった。柱に縫い留められた白骨死体を調べる。肋骨《ろっこつ》の間を抜け、そのまま柱に突き刺さっている銀色の杭。

「杭じゃない。これは——杖だ」

それを注意深く観察していたアンガスは、杖の柄に黒い文様があるのを発見した。読むことは出来ないが、今さら見間違えようもない。

「杖に文字《スペル》がある」

柱に向き直る。柱の上部——ちょうど頭蓋骨《ずがいこつ》の上あたりにも黒い文様がある。

「柱にも文字《スペル》が刻まれてる」

アンガスは白骨死体に目を向けた。衣服はボロボロに破れて見る影もないが、骨の太さや背の高さから考えて、おそらく成人男性だろう。

「やめろよアンガス。そりゃ天使の骨だぞ？　触ると呪われるぞ？」

「天使といえども人間です。僕らとなんら変わりはない」

冷静な声で答え、アンガスは頭蓋骨の顔を覗き込む。

骸骨と、目が合った。

「う、わぁ！」

アンガスは悲鳴をあげて飛び退いた。

ドーンコーラスを抱えたまま、ジョニーは水飛沫を上げて柱から離れる。

「なに？　次は何よ？」

アンガスは答えず、もう一度、白骨死体に近づいた。おそるおそる、その眼窩《がんか》を覗き込む。右側は虚ろな穴だけだが、左側には眼球が収まっている。晴れた空のように青い瞳だ。

アンガスはゴクリと唾を飲み込んで、頭蓋骨を両手で摑んだ。それを上向かせ、天井から差し込む光を眼球に当てる。

青い虹彩《こうさい》に、キラリと光る赤い文様。

「左目に文字《スペル》がある。しかも活性化してる」

「ちょっ、ちょっと待て」ジョニーはさらに後じさる。「活性化してる文字《スペル》ってヤバいやつだろ？　呪いを振りまくやつだろ？」

「そうです」

アンガスはドーンコーラスを見た。

「彼女はこの文字《スペル》からエネルギーを取り出していたんだ」

「でも、それっておかしくねぇ？」

ジョニーは自分の腕の中でぐったりとしている女に目を向け、再びアンガスを見上げる。

「さっきの歌声はこの女だったとしても、島が浮いてる説明にはなんねぇぞ。何しろ『滅日《ホロビ》』から今の今まで、ずっと浮き続けてる――」

そこで彼は、はっとしたように目を見張った。

「もしかして、これも自動人形《ドール》の仕業？」

「自動人形《ドール》には本来、自意識は宿らない。自意識がなければ、文字《スペル》とは同期出来ない」

その時――部屋の周囲から、低い唸り声のような音が響いてきた。岩が軋むような、蜂の羽音のような、不安を煽る重低音が徐々に大きくなってくる。

何者かの気配を感じ、アンガスは周囲を見回した。けれど、彼ら以外に人影は見当たらない。

「なんだよ、これは？」

震える声でジョニーは尋ね、ぐるりと周囲を見回した。

「てか、なんか……いやぁな感じがしねぇか？」

彼の言う通りだった。

胸の奥を掻きむしられるような不快感。真綿で首を絞められているような息苦しさ。

この感じ――前にも感じたことがある。

アンガスはこめかみを押さえた。バニストンで負った傷がギリギリと痛む。視界が歪む。同じ場所、同じ光景、そこに別の世界が重なった。

目の前に背の高い男が立っていた。茶色がかった金色の髪、薄い青色の瞳。どことなくアークに似ているが、自動人形《ドール》ではない。白い幾何学模様の服――天使族だ。

天使は無表情に、両手を頭上に振りかぶった。その手に握られているのは銀の杖。杖の鋭い切っ先が振り下ろされる。

刺される――！

そう思った瞬間、天使の姿はかき消えていた。

アンガスはよろめいた。膝をつきそうになるのを必死に堪える。今までにない強烈な幻覚。まるで誰かの目を借りているような——自分ではない誰かと重なっているような感覚。奇妙で、怖気《おけ》立つほど不快で、それでいてひどく懐かしい。

胸の奥に焦燥感が湧き上がる。

聞け——聞いてくれ——俺は、まだ生きている。

アンガスは布袋から『本』を抜き出し、ジョニーに差し出した。

「文字《スペル》の回収を頼む」

「え、でも——」

「俺は上に行く」

「俺って……アンガス？」ジョニーの顔に不安げな表情が浮かぶ。「ちょっと待てよ。お前、なんかヘンだぞ？」

「僕はレッドの所へ行く」

「馬鹿言うな、だったらオレも行くって！」

ドーンコーラスを抱きかかえ、ジョニーは立ち上がろうとする。

「お前は来るな。彼女を連れて脱出しろ」

「ここまで来て逃げろってか？　馬鹿にすんない！」

「きょうだい殺しは俺だけでいい」

アンガスはジョニーの手に『本』を押し込んだ。

「決着は僕がつける」

そう言うや、彼は走り出した。

「待てッ！　待てよ、アンガスッ！」

ジョニーの声が追いかけてきたが、彼は振り返らなかった。

島を動かすことが出来る場所――この第七聖域の制御室。それは尖塔の頂点にある。

なぜそれを知っているのか。この焦燥感はなんなのか。わからないままアンガスは走り続けた。螺旋の廊下を上り詰め、塔の頂上に昇るエレベータに辿り着く。その扉の表面に手を当てて、心の中で開けと命じる。

白い壁が口を開いた。アンガスは迷うことなくそれに飛び乗った。扉が閉じる。床からかすかな振動が伝わる。急激な気圧の変化に耳鳴りがする。

急げ――急いでくれ。でないと手遅れになる。

振動が停止した。扉が開く。

・

太陽光が目を射る。幾本もの白い柱が外周を取り巻き、丸い屋根を支えている。柱の間に壁はなく、半透明な町並みを一望することが出来た。

エレベータを降りると、目の前に銀色の台座があった。そこには半透明の球体が据えられている。球体の内側では波が躍っている。中に水が湧き出ているのだ。

それに左手を当てて、黒い人影が立っていた。

端整な顔立ちと、虚無を湛えた深淵の瞳。黒服に身を包んだ男の背中で、長い黒髪が風にたなびいている。

「ようこそ、第七聖域へ」

レッドは胸に右手を当て、舞台役者のように一礼した。

アンガスは六連発を引き抜いた。狙いを定め、引き金《トリガー》を引こうとした瞬間——銃声が響いた。

衝撃で右手が痺れる。六連発はあっけなく彼の手から弾き飛ばされていた。

「そう急ぐなよ」

レッドはニヤリと笑った。いつ抜いたのか、その右手には六連発が握られている。

「お前も知りたいだろう。オレがどうやって世界を壊そうとしているのか？」

銃口から立ち昇る硝煙を、ふうっと吹き払う。

「世界中に撒かれた負の刻印。それが集めてきた負の思考エネルギー。先程ドーンコーラスが、それを解放する鍵を開けた」

アンガスは床に転がった六連発を見た。駆け寄るには遠すぎる。レッドの気をそらさなければ、あれを拾う前に撃ち殺される。

「この島には莫大な思考エネルギーを貯め込むシステムがある。そこに蓄積されていたエネルギーのおかげで、この浮き島は今日まで落下せずに、天空を彷徨ってきたんだ」

レッドは右手の銃をアンガスに向けたまま、左手で球体を軽く叩いた。それはラティオ島を意のままに動かすための制御装置《コントローラー》だった。

「なんでこの島にそんなシステムがあるんだって、お前も不思議に思うだろう？　それはな、昔、膨大なエネルギーをこの島に貯め込んで、イオディーン山にぶつけようとした奴らがいたからなんだよ。残念ながら、その時は不発に終わったようだが、それが今に伝わる『滅日《ホロビ》』ってわけだ」

レッドは薄い唇を歪めて嗤う。

「なんで失敗したのかは知らない。だがそいつらが造ったシステムは、今もまだ生きている。コレを使わない手はねぇよな？」

「お前……まさかこの島を――」

「そう、イオディーンに落とすのさ」

アンガスが最後まで言い終わらないうちに、レッドは高らかに宣言した。

「どうだ、なかなか面白い趣向だろう？」

世界中から集められた思考エネルギー。それを抱えたままこの島が落ちたら、イオディーンが再び火を噴くだけではすまない。大地震が起こり、西部一帯の町は壊滅的な被害を受けるだろう。いや、下手をすればソリディアス大陸全体が、崩壊してしまう可能性だってある。

「お前は多くの人々に希望を与えた。オレが苦心して集めてきた負のエネルギーよりも、さらに巨大なエネルギーを思考原野に蓄えてくれた。その礼に、ここから世界崩壊を眺める特権を与えてやるよ」

「――させるかっ！」

アンガスは数歩先に転がっている六連発に飛びつこうとした。銃声が響き、右足に灼熱感が走る。膝が砕け、彼はゴロゴロと床を転がった。

「撃たせるな。出血多量で死なれたら面白くない」

揶揄するようなレッドの声。右足が燃えるように熱い。それでもアンガスは床を這い、六連発に手を伸ばす。

「残念だよ」

本当に残念そうに、レッドは言った。

銃口を上げ、アンガスの頭を狙う。

「さようならだ。オレの『希望《ホープ》』」

その人差し指が引き金《トリガー》を引き絞ろうとした瞬間――

呼吸の文字よ
其処より此処へ
此処より彼方へ
来たりて慟哭の音を響かせよ

強風が荒れ狂う。レッドは吹き飛ばされ、背中から柱にぶつかった。その手から落ちた六連発は回転しながら床を転がり、塔の外へと落下していく。

「アンガス！」

姫の声がする。エレベータの中にジョニーが立っていた。片手に『本』を、もう一方の手でドーンコーラスを支えている。

ドーンコーラスは憔悴《しょうすい》した顔を上げ、レッドを見つめていた。その瞳に浮かぶ複雑な感情――同情、懇願、悲哀、そして隠しようのない思慕の情。

ジョニーは彼女を床に座らせ、その手に『本』を預けた。無言でレッドに歩み寄る。

レッドは柱に背を預けたまま、ゆっくりと立ち上がった。

「何しに来たんだ、ジョナサン？」

嘲るように、レッドは嗤う。

「世界の終わりがやってくるぞ？　物陰に隠れなくてもいいのか？」

ジョニーは何も言い返さなかった。拳を握ると、いきなりレッドの頬を殴りつけた。

「お前——」

唇の端から血を滴らせながら、レッドは驚愕したようにジョニーを見た。

「土壇場で宗旨替えか？　今まで隅で震えてるしか能がなかったくせに——」

彼が最後まで言い終わらないうちに、ジョニーは再びレッドを殴った。何度も、何度も殴りつけた。拳が裂け、殴るたびに血が飛び散る。顔を歪め、歯を喰いしばり、ボロボロと涙を流しながら、ジョニーは弟を殴り続けた。

レッドは抵抗することもなく、黙って彼に殴られ続けた。端整な白い顔が腫れ上がり、血まみれになっていく。

「馬鹿野郎が……！」

ジョニーの拳がレッドの顎を砕いた。崩れ落ちる弟の襟を掴んで引き起こし、さらにもう一発、殴りつける。

「この馬鹿が、大馬鹿野郎がッ！」

ぐったりと力を失うレッドに、ジョニーはぐいと顔を近づける。

「もっと早く——殴ればよかった」

嗚咽がジョニーの喉から溢れ出る。

「オレがお前を止めなきゃいけなかったんだ。もっと早く、こんなことになる前に、オレがお前を止めてやらなきゃいけなかったんだ」

「いまさら……何を言う……」

腫れ上がった顔を歪めて、レッドは嗤った。

「手遅れだよ、ジョナサン。島はじき山に突っ込む。この世界は壊れる。もう……手遅れだ」

「チクショウ！」

ジョニーはレッドを揺さぶった。

「やめろよ！　お前は真面目で、努力家で、誰よりも優しいヤツだっただろう！　こんなことを望むようなヤツじゃなかっただろうが！」

「そうさ……オレはお前よりもずっと真面目で、他の誰よりも努力していた。いつかは夢に手が届くと、信じていた」

レッドは虚ろな目を閉じた。

「もうたくさんだ。夢を見るのにも、希望を抱くのにも疲れ果てた。みんな……みんな滅びてしまえばいい。そうすれば——もう何も見なくてすむ」

「ふざけんなッ！」

ジョニーはレッドを俯《うつぶ》せに押さえつけた。その背中に膝を乗せ、彼の左手を背中側にひねり上げる。

ギシリ……と腕が鳴った。

「——ッ！」

レッドが苦痛の呻き声をあげる。

ジョニーは一瞬躊躇し、不安げな顔でドーンコーラスを見た。彼女は蒼白な顔で頷いた。それを見て、ジョニーは再び腕に力を込める。

メリッ……と嫌な音がした。

「うわああ……ッ！」

悲鳴をあげたのはレッドではなく、ジョニーの方だった。メリメリメリと音を立てて、レッドの左腕がへし折れる。ジョニーはその手首を摑み、力一杯引っ張った。

ずるりと左腕が肩から抜けた。ジョニーは立ち上がり、レッドの肩と左腕を繋ぐ銀色のコードを引きちぎる。

「こんなものぉぉっ！」

ジョニーは左腕を頭上に振りかぶった。それを塔の外へと投げ捨てた。掌に文字《スペル》を宿した銀色の腕は、放物線を描いて落下していく。

肩で息をしながら、ジョニーは弟を振り返った。腕を失ったレッドはきつく目を閉じ、歯を喰いしばって痛みに耐えている。

ジョニーは弟を助け起こし、彼をぎゅっと抱きしめた。

「お前が犯した罪は、オレも一緒に償ってやる。一生かけて一緒に謝ってやる。もう二度と、オレはお前を見捨てない。だからもう、これ以上罪を重ねるな。デイヴ、この島を止めるんだ」

「無駄だよ」

答えたのはレッドではなく、アンガスだった。

「どけ、ジョニー」

アンガスは六連発を拾い、その銃口を二人に向けた。

青ざめた顔。凍るような青い瞳。そこに浮かんだ冷徹な殺意。六連発をかまえる腕にも、狙いをつける瞳にも、一欠片の迷いもない。

ジョニーはアンガスを見上げた。その口が何か言いたげに動いたが、声は出ない。

「そいつから離れろ」

冷淡な声で、アンガスは言った。

「でないと一緒に撃ち殺す」

「ああ、撃てよ……」

震える声で言い返し、ジョニーは弟を抱きしめた。

「オレはもう二度とコイツを見捨てねぇ。そう決めたんだ！」

「やめろよ、ジョナサン」彼の腕の中、レッドが掠れた声で呟いた。「てめぇになんか、庇ってほしかねぇ。てめぇは黙って……震えながら世界が滅びるのを見てればいいんだよ」

「兄貴を馬鹿にすんなよ。言ったろ。オレはもう二度と――もう二度とお前を見捨てねぇって！」

ジョニーはレッドの頭を抱き寄せ、アンガスに向かって叫んだ。

「デイヴを撃ちたきゃオレごと撃て！　これが――こいつがオレの決着だ！」

アンガスは何も言わなかった。ただ凍るような目で二人を見つめ、六連発を握りなおした。

「よせ、アンガス」

彼の背後から、姫の声がする。

「今までの旅で、お前が耐えてきた苦痛や苦悩。積み上げてきた労苦と努力をすべて水泡に帰すつもりなのか！　その銃弾は人々の夢や希望だけでなく、お前の良心をも撃ち砕くのだぞ！」

「僕の良心は、もう砕けてしまいました」

感情のこもらない声で、アンガスは呟いた。

「どんな人にも善意があると信じていた。呼びかけ続ければ、いつか心は通じると信じていた。諦めなければ、叶わないものはないと信じていた」

胸の中に黒い炎が燃え上がる。

虚無が背筋を這い上がってくる。

「けど——みんなみんな幻想だった。所詮は理想論者の虚言にすぎなかった。この世界にはどんなに望んでも、決して手に入らないものがある。希望が世界を救うなんて、あり得」

「言うな——！」

姫の絶叫が響き渡った。

「アンガス、それがお前の選択か？　それがお前の本心なのか？　お前が希望を否定すれば、すべてが終わるのだ。そうわかっていて——わかっていてなお、それを口にするつもりなのか、アンガス！」

姫の言うことはいつも正しい。

わかっている。わかっているのだ、頭では。

なのに、心がいうことを聞かない。怒りで頭が爆発しそうだ。

レッドが許せない——どうしても許せない！

引き金《トリガー》にかけた指に、力が込もる。

「おや、お取り込み中でしたか？」

そんな声とともに、羽音が聞こえた。塔の外から一人の天使が舞い降りてくる。

ジョニーは呆気《あっけ》にとられたようにぽかんと口を開き、アンガスさえもその姿に目を奪われた。

「……アーク？」

自動人形《ドール》はその眼差しをアンガスに向けた。彼の左肩から腕が生えていた。それはレッドの肩についていた……ジョニーが塔の外へと投げ捨てた、あの銀色の腕だった。

「お久しぶりです、ご主人様」

以前と変わらぬ優しい声。なのにその口調には揶揄が含まれていた。形の良い唇が笑う。今まで見せたことのない、愉悦の微笑み。

「こんな輩《やから》などに、ご主人様がお手を煩わせることはございません。私が排除いたしましょう」

アークは無造作に右手を上げた。手首がカクンと折れ、中から銃口が覗く。

「やめろ！」

叫んだのは、誰の声だっただろう。

それに重なる銃声。

バスッ……！　と弾が体にめり込む音。

床に倒れたのはドーンコーラスだった。彼女は銃口の前に身を投げ出し、レッドを庇ったのだ。

それを悟るよりも早く体が動いた。アンガスは姫に駆け寄り、床から『本』を拾い上げる。

「――姫！」

間髪入れずに呪歌が響く。

生命の文字よ
沈黙の海に命を与えよ

空気を真横に切り裂いて、稲妻の矢が飛来した。それは自動人形《ドール》の腹を撃ち抜き、塔の外へと駆け抜けた。自動人形《ドール》は弾き飛ばされ、その腹と背から黒煙を噴きながら、市街へと落ちていく。

アンガスは詰めていた息を吐き、ドーンコーラスを振り返った。生成《きな》りの上着、その鳩尾《みぞおち》が真っ赤に染まっている。紫色の唇。血の気を失った頬。おびただしい出血が床に血の池を作りつつある。

レッドが彼女に駆け寄り、ジョニーが彼女を助け起こした。

「しっかりしろ！」

ジョニーの声に、ドーンコーラスの睫《まつげ》が震えた。ゆっくりと瞼を開き、自分の顔を覗き込んでいるレッドを見上げる。急速に失われていく命の輝き——その中で、彼女は必死に声を紡ぎ出す。

「人を傷つけるたび、罪を重ねるたび、貴方の悲鳴、聞こえていた。私、貴方を止めたかった。私、孤独と絶望から、貴方を救いたかった」

ドーンコーラスはレッドに向かって手を伸ばした。

震える指先が……レッドの頬に触れる。

「でも、私、傍にいることしか出来なかった」

レッドは何も言わずに、彼女の顔を見つめていた。そこには悲しみも怒りもない。虚無そのものの瞳で、彼は死にゆく女を見下ろしていた。

「ありがとう——」

ドーンコーラスはジョニーへと目を向けた。その唇に笑みが浮かんだ。

「この人、止めてくれて——ありが……とう」

ドーンコーラスは目を閉じた。痙攣が彼女の四肢を襲う。手が力を失い、ぱたりと床に落ちる。かすかに横を向いた顔に浮かぶ微笑。満足そうに見える、その表情。

「——馬鹿な女だ」

レッドが呟いた。

「利用されてただけなのに、幸せそうな顔していやがる」

喉の奥でくっくっと嗤う。嗚咽のようにも聞こえる、悲しい笑い声。

「しかもオレを庇って死ぬなんて——どこまで馬鹿な女なんだ」

「……本当にな」

冷ややかな声でアンガスが言った。彼は左腕で『本』を支えたまま、右手に握った六連発をレッドの頭に突きつける。

「せめて彼女と一緒に逝ってやれ」

一瞬、空が光った。

轟音とともに丸屋根が吹き飛ぶ。バラバラと破片が降ってくる。アンガスは頭を抱え、床に転がった。ジョニーがレッドを引き倒し、自分も床に伏せる。

吹き抜ける風がいっそう強くなる。顔を上げると半壊した柱と空が見えた。丸屋根は完全に崩れ落ち、もはや跡形もない。

頭上から羽音が降ってきた。アンガスの目の前に降りた天使。その翼は焼け焦げ、黒く色を変えている。

「アーク……じゃないな」

アンガスは目を眇め、その天使を見上げた。

「お前は誰だ」

「あたしが誰かなんて、この際、もう関係ないでしょ？」

舌っ足らずな口調。自動人形《ドール》の口元に閃く、美しくも禍々《まがまが》しい微笑み。

「もうじき、みんな死ぬんだからさ」

その言葉が合図だったかのように、がくん……と床が揺れた。塔が、島が震えている。

「天使の目的は聖域の復活じゃないのか？」

アンガスはよろめきながら立ち上がり、目の前の自動人形《ドール》を睨んだ。

「この島は、最後の楽園なんじゃないのか？」

「楽園なんて、あたしには存在しない。あたしの望みは世界を壊すこと。ただそれだけ」

声だけを残し、自動人形《ドール》の姿が視界から消えた。

次の瞬間、頭に巻いていた包帯が切り裂かれて床に落ちる。自動人形《ドール》の早業だと気づいた時には、もう手遅れだった。自動人形《ドール》の左手はアンガスの右目を覆いつつ、彼の頭をがっちりと摑んでいた。

「貴方の心が見えるよ。絶望と憎しみで、真っ暗になってる心が見える」

アンガスはその手を振りほどこうとした。が、もがけばもがくほど自動人形《ドール》の指は頭に喰い込んでくる。

「それを解放してあげる。だからもう、苦しまなくてもいいんだよ」

神経を逆撫でする優しげな口調。邪悪で身勝手な破壊者の声。なのに深い悲しみが胸に突き刺さってくる。

希望——希望、それがあるから死ねなかった。それがあるから、どんなに辛くても、苦しくても死ねなかった。もう解放されたい。楽になりたい。

本当に自由を欲していたのは——あたしだ。

「全部壊してあげる。捨てきれない希望も、真っ黒な絶望も、粉々に叩き潰してあげる」

破壊の天使の魂を宿した自動人形《ドール》が歌い始めた。

この歌が届けばよいのだが
偉大なる魂の御元に
愛する貴方の元に

『解放の歌《リベルタカントゥス》』だった。

ここには吸収体などない。行き場を失ったエネルギーは暴発し、アンガス自身はもちろんのこと、この塔も島の制御装置《コントローラー》も吹き飛ばすだろう。島は落ち、イオディーン山は火を噴き、大地震が大地を切り裂く。

あの幻が、現実になる。

「や……めろ……」

目の奥が熱い。頭が割れそうに痛む。堪えきれず、アンガスは絶叫する。

失われし　我が吐息
砕け散りし　我が魂
帰り来たれ　悔恨の淵へ
いま一度　我が元へ

天使の歌声に、姫の歌声が重なった。

涙の滲んだ目で、アンガスは『本』を見た。床の上、爆風でページがめくれ、最後のページが開いている。

そこに立つ姫は、凛《りん》とした姿勢で歌い続ける。

空虚な闇に　浮かびし光

手を伸ばせば　薄れていく

天使と姫は同じ歌を歌った。

美しいハーモニー。

それは『希望《ホープ》』の『鍵の歌《クラヴィスカントゥス》』だった。

其は現実か　まぼろしか
滅びし世界が　現《うつつ》に見る夢

天使と歌姫は同時に歌い終えた。

アンガスは頭を抱えた。

激痛が襲いかかってくる。耐え難い痛みに、意識が灼ける。白い光が瞼の裏で爆発する。

爆発——閃光——爆発——

そして——


「選択の時が来た」

男の声が聞こえた。

『希望《ホープ》』に隠された『真実《ウェリタス》』が、その姿を現す。

白金髪にアイスブルーの瞳。その目で絶望を見続けてきた観測者『完全なる消去《アザゼル》』。

「生か死か、希望か絶望か、存続か滅亡か」

真実を封じることで希望を見出す。

彼はずっと――僕と一緒にいた。僕の中に自分を封じ続けることで、絶望の中に希望を見出そうとしていた。

「選べ、『選ばれし者《アンガス》』――決めるのはお前だ」

12

不意に両手が自由になった。

杖の先がロープを切断したのだ。俺は勢いあまって前のめりに倒れた。

「ずっと声は聞こえていたんです。でも――」

ガブリエルの声。

俺は胸を押さえ、彼を見上げた。目が合うと、ガブリエルは自嘲するように微笑んだ。

「どんなに望んでも手に入らないのであれば、私の手で壊してしまいたい。そう願う気持ちは、私の中にも確かに存在していたのです」

ガブリエルは泣いていた。微笑みながら泣いていた。いつもいつも俺を見守ってきた、どこか悲しげな優しい眼差し。懐かしい温かな微笑み。

「貴方についていくことも出来た。貴方を憎み、殺すことも出来た。なのに私は、そのどちらも選ばなかった。私は愚かにも……自分の意志を放棄した」

「この出来損ないが！」

金切り声でツアドキエルが叫んだ。

「もう一度——今度こそ完全に心縛してやる！」

ツァドキエルが彼に摑みかかった。ガブリエルは彼女の腕を摑み、その体を抱きしめた。

「貴方はかわいそうな子だ」

「黙れ、出来損ない！　あたしに同情などするな！」

「私には貴方の気持ちがよくわかります」

暴れるツァドキエルを片手で抱き寄せ、その耳元に優しくささやく。

「だから、もうおしまいにしましょう」

ガブリエルは杖を逆手に持つと、迷うことなく自分の胸に突き刺した。杖の先は彼の体を貫通し、その体を柱に縫いつける。

悲鳴が、聞こえた。

死に至る激痛を共有したツァドキエルの悲鳴。

それを目の当たりにした俺の悲鳴。

「ガブリエル……」

俺はよろめきながら立ち上がった。

「死ぬな、ガブリエル！」

「触れては……いけません」

掠れた声。俺の手は、杖に触れる寸前で止まった。

「貴方まで……巻き込まれる」

苦痛に顔を歪めながら、ガブリエルは俺を見た。薄い青色の瞳が俺に言う。言ったでしょう？　貴方を助けるためなら、私はどんなことでも出来る。なんだってしてみせると？

「俺はお前に何も言ってない。礼も、詫びも、まだ何も伝えていないいんだ！」

わかっていますというように、ガブリエルは微笑んだ。

「来世で、再び出会えたら……その時こそ——貴方と一緒に……いき——」

言葉が途切れた。彼の腕が力を失い、ツァドキエルの体が床に落ちた。彼女は胸を押さえ、目を見開いたまま事切れていた。

「ガブリエル」

柱に杖で縫い留められ、倒れることさえ出来ない彼の体。光を失った目から一筋の涙が流れ落ちる。

「——ガブリエルッ！」

返事はない。

沈黙——死の沈黙。

その中に俺は一人立ちつくした。

動けなかった。泣くことも、叫ぶことも出来なかった。何も考えられない。まるで心の一部が死んでしまったようだ。

「——！」

声にならない悲鳴が降ってきた。頭を殴られたような衝撃。ビリビリと部屋が震動する。

リグレットが叫んでいる。凄まじい憎悪のエネルギーに島が軋んでいる。死んだのは俺ではない。でも彼女は俺が死んだと思っている。

「リグレット！」

俺は天井に向かって叫んだ。

「聞け――聞いてくれ――俺は、まだ生きてる！」

彼女を取り巻く憎悪の意識。それが強すぎて、思念が彼女に届かない。

大気を震わせて、絶叫のようなリグレットの歌が響き渡る。世界を愛することをやめた『世界《エマ》』の歌声。呪われた『解放の歌《リベルタカントゥス》』と『鍵の歌《クラヴィスカントゥス》』。聖域を維持してきた二十二の刻印が次々と裏返り、力を失っていくのを感じる。

彼女から溢れ出る負のエネルギーが、暗雲となって渦を巻き始める。『世界《エマ》』の絶望がこの世界を壊し始めている。

俺はもう一度、ガブリエルを見た。その死に顔は穏やかで、微笑んでいるようにさえ見えた。

「ガブリエル――約束する」

俺は彼の瞼に手を当てて、それを閉ざした。

「もし来世で再び巡り会えたなら――その時は必ず、必ずお前を連れていく」

俺は彼に背を向けた。水飛沫を上げて走り出す。

刻印の間の出入り口で『本』を拾うと、俺は螺旋の廊下を駆け上がった。塔の頂上へと向かうエレベータを見つけ、それに乗り込む。

塔の頂上で発生した膨大な思考エネルギーが、ラファエルを介し、巨大コンデンサーに怒濤《どとう》のごとく流れ込んでいく。まったく途方もない。とても人の手に負えるものじゃない。

エレベータの扉が開いた。

塔の頂上には、エネルギー波の嵐が吹き荒れていた。凄まじいエネルギーの狂乱。悲しみと憎しみと絶望の嵐に、目を開くことさえ出来ない。少しでも気を抜けば、狂気の奔流に呑み込まれる。

激情の渦の中心にリグレットが立っていた。虚ろな瞳で天井を見上げ、彼女は歌い続ける。

その傍に一人の男が立っていた。第七聖域のラファエルだ。

「そうだ！　呪え！　憎しみを解き放て！」

彼は哄笑した。叫び続けた。その意識は絶望に染まり、虚無の暗闇に呑み込まれていく。

「止められないぞ！　止められない。もう誰も止められない。止められない止められない止められない……！」

リグレットが負の刻印の『鍵の歌《クラヴィスカントゥス》』を歌う。渦巻くエネルギーが負の刻印という形を得て、次々と世界に解き放たれる。二十五番目の『傲慢』が、沃素山《イオディーン》に向かって消えていく。二十六番目の『憤怒』は西の平原《プラトゥム》に。二十九番目の『忘却』は思考渓谷《コギタティオ》に。

「リグレット！」

俺は『本』で目を庇い、ジリジリと前進した。

「やめろ、リグレット！　俺は生きてる。俺はここにいる！　リグレット！　もう歌うな！」

彼女は歌い続ける。その心は絶望に閉ざされ、俺の声も届かない。呪いの刻印が次々と大地に刻み込まれていく。

俺は一歩ずつ、リグレットに近づいていった。悲しみと憎しみの念が俺を押し潰そうとする。肺が潰れ、呼吸が出来ない。もう体が動かない。絶望が虚無の刃《やいば》となって、容赦なく襲いかかってくる。

『お前は大勢の命を奪った』

『その罪は決して許されない』

『何もかも、もう手遅れだ』

『このまま虚無に呑まれてしまえ』

『諦めろ。諦めてしまえば楽になれる』

俺は床に膝をついた。

負の刻印が散っていく。三十二番目の『背信』は不安定山脈《アンスタビリス》に。三十三番目の『破壊』はルーフス族首長《チーフ》の羽根飾りに焼きついた。

もう声が出ない。呻くことさえ出来なかった。どんなに呼びかけても、彼女に俺の声は届かない。

ここまで来たのに、みんなが身を挺して俺を助けてくれたのに、俺は彼女を止めることが出来ない。

チクショウ……だめなのか。

やはり未来は変えられないのか。

滅びゆく世界を、変えることは出来ないのか。

「諦めるのか？」

冷ややかな声が聞こえた。

俺は目を開いた。『本』の上からアザゼルが俺を見上げている。

「今度はアザゼル《お前》が、滅びない未来を観測したアザゼル《私》を、観測するのではなかったのか？」

俺はぐっと唇を噛んだ。

そうだ――俺はまだ生きている。この命は俺だけのものじゃない。俺を救うために死んでいった仲間達の命でもあるんだ。ここで諦めてしまったら、あの世で連中に合わせる顔がない。

俺は歯を喰いしばって立ち上がった。

荒ぶる力に　頼る者は
荒ぶる力に　滅ぼされん
傷には傷を　死には死を

狂気の獣を　解き放て

四十三番目の『暴力』は、全滅したルーフス族の谷へと落ちていく。

昏《くら》き虚無が　　世界を蝕《むしば》み
すべてのものは　息絶える
後に残るは　　滅びの歌声
汝らを呪う　　怨嗟《えんさ》の声

四十四番目の『滅亡』がエルラブンタ族の村の灯籠《とうろう》に落ちていく。

リグレットまでのあと数歩の距離が、果てしなく遠い。絶望が重い枷《かせ》となって体にまとわりつく。

体が、足が動かない。チクショウ、動け。彼女を守りたい。彼女を失いたくない。

俺はもう誰も――誰も失いたくないんだよ！

我が憎しみは　　汝らを狂わせ
我が悲しみは　　世界を滅ぼす
我は其を嘆き　　虚空に漂い
世界のすべては　虚無へと還る

四十五番目の『後悔』は、刻印の間にいるガブリエルの左目に吸い込まれた。

次の歌を歌おうと、リグレットが口を開く。

その喉が声を紡ぎ出そうとした瞬間——俺は彼女の腕を摑んだ。

憎しみが津波のように押し寄せてくる。こんな運命など認めない。彼のいない世界など一瞬たりとも認めない。こんな世界、滅びてしまえばいい。この悲しみも、憎しみも、私も、世界も、何もかも滅びてしまえばいい！

「『世界《エマ》』！　もう一度、もう一度だけ、俺に目を向けてくれ！」

俺は彼女を抱きしめた。まだ温かい。俺も、彼女も、生きている。まだ生きているんだ。

「聞いてくれ！　目を開けてくれ『世界《エマ》』！　俺の自由《リバティ》！」

絶望の渦が俺を吞み込む。

その寸前——俺は彼女にキスをした。

13

頭が割れるように痛い。

意識が飛んだのは、ほんの数秒。なのに長い間、息を止めていたように苦しい。咳き込むたびに、鋭い痛みが右目に走る。閉じた瞼の上から右目を押さえる。

「アンガス！」

姫の声に顔を上げる。

ジョニーとレッドが、アークを床に押さえつけているのが見えた。自動人形《ドール》の銀の左手には赤く輝く文字《スペル》がある。

Greed

「『Greed《強欲》』だ！」姫が叫ぶ。「急げ、アンガス！　四十ページだ！」

アンガスは床を這い、『本』を手に取った。震える指でページをめくる。

心の底から　求めても
我が手に入らぬ　ものならば
何も見なくて　すむように
壊してしまえ　何もかも

自動人形《ドール》が二人の男を振り払った。翼を広げ、塔の頂上から飛び降りる。

「待て――！」

塔の縁にジョニーが駆け寄る。その脇をかすめるようにして、赤い光の矢が飛来した。それは上空で放物線を描き、『本』の上に着地する。

パン……！　と『本』が跳ね上がる。

白紙だった四十ページに黒い文字《スペル》が焼きついた。

その間に、銀の左手を継承した自動人形《ドール》は建物の陰へと姿を消した。

「チクショウ、逃げやがった！」

ジョニーの悪態に、地響きが重なる。

ぐらり……と床が傾く。

「うわ、やめて、傾いてる傾いてる！」

ジョニーが悲鳴のように叫んだ。柱の外側に広がる市街地――さらに遠くに見える島の縁。その向こう側にはイオディーン山の雪冠が輝いている。

アンガスは制御装置《コントローラー》を見た。台座の上にあった球体は破片の直撃を受けて割れていた。球体を失った台座からは、虚しく水が噴き上がっている。

「制御装置《コントローラー》が壊れた」

淡々とした声で、レッドが言った。

「このままでは思考エネルギーが暴走する」

「ここまで来て、そりゃねえだろう！」

ジョニーは弟の襟を摑み、必死の形相で彼を揺さぶる。

「何か、何か手はねぇのかよ！」

レッドは無表情で首を横に振った。

「オレ達は天使じゃない。制御装置《コントローラー》なしに、島を動かすことは出来ない」

「いや、まだ手はある」

アンガスはエレベータを指さした。

「早く乗って――急いで！」

「ああもう、何が何やら……」

ジョニーはレッドを立たせた。弟に肩を貸し、エレベータへと乗り込む。それに続くと見せかけて、アンガスは一歩手前で足を止めた。

「先に回転翼機《ジャイロ》で脱出してください」

「先に脱出って、お前はどうすんのよ？」

「回転翼機《ジャイロ》は二人乗りです。どのみち誰かは残らなきゃならない」

「んな、バカな」ジョニーは不機嫌そうに鼻を鳴らした。「おい、デイヴ。お前の乗ってきた回転翼機《ジャイロ》はどこにあるんだ？」

「壊した」

「に、にゃんだと〜！」

「この島はオレの墓なんだよ。帰りの足は必要ない」

レッドはアンガスに目を向けた。暗く虚無に閉ざされた灰色の瞳。文字《スペル》が刻まれた左手を失ってもなお、その呪いは彼の心を蝕んでいるようだった。

「お前、オレを殺すんじゃなかったのか？」

挑発するように、レッドは言う。

「どうせ地上に戻っても縛り首になるだけだ。お前がオレを殺しても、誰も文句は言わねぇよ」

アンガスはレッドを睨みつけた。

この男はバニストンを炎上させ、ウォルターを殺した。この男のせいで、アウラやヘルムやカクメンの人々は死んだ。こいつのせいで、世界は滅びようとしている。一度は抑えこんだ怒りが、再び胸中に蘇ってくる。

『怨んではいけないのです』

セラの声が、聞こえた気がした。

『憎しみは何も生み出さないのです』

そうだ――憎しみは暴力を生み、暴力は新たな憎しみを生み出す。

世界は今、分岐点にいる。

生か死か、存続か滅亡か。

選ぶのは――僕だ。

「出来ることなら、殺してやりたい」

「なら――」

「でも殺さない」

アンガスはレッドの襟首をぐいと摑んだ。

「いいか。よく覚えとけ。僕はお前を許したわけじゃない。今はまだ、お前が許せない。だから僕がお前を許せるようになるまで、お前には生きて貰う。お前がその暗闇から立ち上がって、再び歩き出すまで、お前には生きて貰う」

レッドはアンガスを見つめた。腫れ上がり、血の滲んだ口元に自嘲の笑みが浮かぶ。

「呆れるほど、気の長い話だな」

アンガスはレッドの襟から手を離した。

「行け――死んだら承知しないからな！」

「待てよ、アンガス！」ジョニーが大声で喚いた。「お前はどうすんだよ？　回転翼機《ジャイロ》もなしにどうやって脱出するつもりなんだよ？　なんか奥の手があんのか？　まだ何か隠してんのか？」

そんなものあるわけがない。だがアンガスは笑ってみせた。

「僕を信じろ」

「信じろって……」

「早く行け、これ以上島が傾くと回転翼機《ジャイロ》が離陸出来なくなる」

「だって……だってよぅ」

「二度と弟を見捨てないって言っただろ？」

アンガスは不器用に片目をつぶった。

「咄嗟に弟を庇ったジョニー、すごく格好良かったよ？」

「うう……チクショウめ！」

ジョニーは泣きそうな顔で叫んだ。

「死ぬなよ、アンガス！　お前がいなくちゃ、愉快な仲間達は始まらねぇんだからな！」

アンガスはエレベータの扉に手を当て、閉じろと命じた。

「待ってるからな！　オレはお前にまだ何も――」

ジョニーの声が途切れた。

アンガスは目を閉じ、エレベータの扉に額を押しつけた。長かった旅の記憶が浮かんでは消えていく。辛いことも苦しいこともあったはずなのに、思い出すのは楽しいことばかりだ。

ガタガタ震えながら、何度も危機を救ってくれたジョニー。最後までつき合ってくれた賢い二頭の馬。お節介なほど親身になって仲間達の面倒を見てくれたアーク。ウォルターと再会を祝って飲み干したコーヒー。トマトの味がしたセラとのキス。乱暴で高飛車でワガママで、それでいてとても温かく、優しくみんなを見守ってくれた姫――

いつだって仲間が傍にいてくれた。彼らがいなかったら、ここまでこられなかった。多くの人の助けがあったからこそ、僕はこうして生きている。

彼らを守りたい。もう誰も失いたくない。

憎しみの連鎖を終わらせるのだ。

まだ誰も観ていない未来を摑むために。

アンガスは目を開いた。足を引きずりながら、壊れた制御装置《コントローラー》に向かう。レッドに撃たれた右腿の銃創からは、まだ出血が続いていた。目がチカチカする。貧血と痛みで気が遠くなりそうだ。

「何をするつもりだ？」

姫が尋ねた。心配そうな顔で彼を見上げる。

「本当は奥の手などないんだろう？」

「そんなことありません」

アンガスはにこりと笑ってみせた。

「確証はないけれど――わかるんです」

吹き荒ぶ風が彼の白い髪をなびかせる。制御を失った思考エネルギーが溢れ出し、塔の周りに渦を巻いている。

「姫――」

穏やかな声で、アンガスは言った。

「貴方が『世界《エマ》』だったんですね」

姫ははっとしたように顔を上げた。眉を寄せ、呻くような声で尋ねる。

「なぜ、お前がそれを知っている？」

「そんなの……」何を今さらというように、アンガスは苦笑した。「アザゼルの受け売りに決まってるじゃないですか」

「ふ……ふざけるな！」

「世界は滅びる。その真実を知れば、人々は絶望してしまう。それを防ぐために真実《ウェリタス》は自分自身を封じ——そこに『希望《僕》』が生まれた」

アンガスは自分の胸を指さした。

「真実《ウェリタス》は裏返り、『完全なる消去《アザゼル》』となって、僕の中にいたんです。僕が生まれた時から、ずっと一緒にいたんですよ」

アンガスは周囲を見回した。空が暗い。上空には真っ黒な雷雲が渦巻いている。

「しかし私が『解放の歌《リベルタカントゥス》』を歌ったら……」

「姫——『解放の歌《リベルタカントゥス》』を歌ってください」

「大丈夫です。あの時とは状況が違います」

すべてはそのための旅だった。文字《スペル》とは『世界《エマ》』の意志。『世界《エマ》』によって撒かれた悪意。それを集め、記憶を集め、それでもまだ人を救いたいと思えるか。それを確かめるための旅だった。

「姫は世界を滅ぼしたいですか？」

「ば、馬鹿なことを言うな！」姫は眉をつり上げて叫んだ。「そんなこと、思うわけがなかろう！」

「そ……ですよね」

アンガスは微笑んだ。

「なら、大丈夫。姫が完全な『解放の歌《リベルタカントゥス》』を慈愛の心で歌えば、暴走した思考エネルギーを制することが出来る。それを使って——島は上昇を開始するはずです」

「上昇する？」

「ええ」アンガスは頭上を指さした。「空高く——大気圏の外側までね」

「しかし、お前はどうするんだ？　回転翼機《ジャイロ》はもうないんだぞ？」

「ここで、最後まで見届けますよ」

そう言って、アンガスは床に座り込んだ。

ふう……とため息をつく。

「どのみち、もう歩けそうにないですしね」

耳鳴りがする。目の前が暗くなる。ここで気を失ったら、もう二度と目覚めることはないだろう。

「歌ってください」アンガスは言った。「まだ誰も観測していない未来を切り開くために、歌ってください。大丈夫、彼がネットワークを繋いでくれているはずです。どうか彼を——アザゼルを信じてください」

姫は息を呑んだ。その顔が悲痛に歪む。

「アザゼルは死んだのだ。渦巻く憎しみの嵐に呑み込まれて——彼は死んだ」

「いいえ、死んでいません。文字《スペル》は姫の意志なんです。もし彼が死んでいたら——」

アンガスは自分の右目を指さした。

「『希望《僕》』が生まれるはずがない」

唖然《あぜん》としたように姫はアンガスを見つめた。口がぱくぱくと動くが、声は出ない。

「——でしょ？」

アンガスは首を傾げる。

それを見て、姫はふ……と笑った。

「お前、いつの間に、そんな偉そうな口を叩くようになったんだ？」

「まだまだ姫ほどじゃないですよ」

「当たり前だ。私に並ぶには千年早い」

島がグラリと揺れた。震動が激しくなる。

姫はぐっと拳を握りしめた。

数秒間の逡巡――その後、彼女は顔を上げた。

「お前には、最後まで損な役回りをさせるな」

「損な役回りと思ったことはありません」

アンガスはにっこりと笑った。

「姫と一緒に旅が出来て、楽しかった」

「私もだ」

姫も笑った。すべてを包み込むような慈愛に満ちた笑みだった。

「始めるぞ！」

「はい――！」

彼女は背筋をピンと伸ばした。

姫の美しい歌声が、静かに空に響き渡った。

14

「アザゼル！」

遠くから、声が聞こえる。

「諦めるな！　希望はまだ死んではいない！」

懐かしい、愛しい声。

誰かが俺の手を摑んでいる。温かい腕が俺を抱きしめる。懐かしくて泣きそうになる。切なさが胸を締めつける。

この腕を知っている。この抱擁を知っている。彼女をとても——とても愛していた。

けれど、思い出せない。

彼女の名前が思い出せない。

「私は『世界《エマ》』だ」

エマ……？

「お前の自由《リバティ》だ。目を覚ませ、この馬鹿者！　乙女の唇を奪っておいて、忘れたとは言わせないぞ！」

温かい息吹を感じる。唇から温かな生気が流れ込んでくる。

俺は——目を開いた。

目の前に、涙を浮かべた顔がある。黒い瞳の歌姫。それは生ける『世界《エマ》』の姿。

「リグレット……？」

「もうその名で呼ぶな」彼女はぎゅっと俺を抱きしめた。「私はもう後悔はしない。もう二度と後悔はしない。生きていくことがどんなに辛くても、現実から目をそらしたくなっても、私はもう二度と後悔はしない」

ああ——そうだ。

俺も、もう後悔はしない。過去も未来も関係ない。今、お前が傍にいること。それがすべてだ。

リバティ——俺の自由。

「聞いてくれ、アザゼル」

リバティは抱擁を解き、俺を見上げた。

「負の文字《スペル》は解き放たれてしまった。人の身である今の私には、あれらを封印することは出来ない」

俺は改めて周囲を見回した。

床に第七聖域のラファエルが倒れている。溢れ出る思考エネルギーを自動人形《ドール》の輪に送り込み続けた彼は、負の意識に呑まれてしまっていた。息はしていても心が死んでいる。眠り病患者と同じだ。島を浮かせていた二十二の刻印は裏返り、すでに力を失っている。刻印の力を失えば、聖域は例外なく地に落ちる。今、この島が浮かんでいられるのは蓄積された負のエネルギーのおかげだ。ラファエルが島のコンデンサーに送り込んだ思考エネルギーが、皮肉なことにこの島を支え続けているのだ。

「間に合わなかったのか」

真っ赤に染まった空を見つめ、俺は呟く。

絶望の嵐は負の刻印となって世界に撒き散らされてしまった。負の刻印は人の心を荒廃させる。そう遠くない未来――人々は争い、互いに殺し合うようになるだろう。

即死は免れたが、滅びを先送りしたにすぎない。かつて初代アザゼルがしたことと同じだ。いずれ世界は病み衰えて死んでいく。

「世界は……滅びるのか」

「いいや」リバティは首を横に振った。「人間は四十六の欠片から出来ている。文字《スペル》と『鍵の歌《クラヴィスカントゥス》』も、それと同じ数だけ存在する。島を浮かせていた文字《スペル》は二十二。私が撒いてしまった負の文字《スペル》は二十一。残る三つの文字《スペル》のうち、一つは私が持っている。もう一つはお前が持っている」

「俺が――？」

リバティは頷き、さらに続けた。

「まだ一つ、歌が残っている。最後の歌は、まだ誰にも観測されていない。私達が諦めなければ、きっと『希望』は生まれる。四十六番目の文字《スペル》となって、必ずこの世界に生まれてくる」

「言いたいことはわかる。が――どうすればいいんだ？　俺達は観測される側にいる。この世界に属する限り、誰も『希望』を観測することは出来ない」

彼女はそれには答えず、俺を見上げた。

「地上に撒かれた負の文字《スペル》。それを使って思考エネルギーを集めようとする者が出てくる。ここにいた天使達と同じように、世界を滅ぼそうとする者が生まれてくる。もしその時が来たら、私は『解放の歌《リベルタカントゥス》』を歌う。憎しみでも呪いでもなく、今度こそ慈愛を込めて――未来を信じて、それを歌う」

神秘的な黒い瞳。遠い未来もはるかな過去も見通す『世界《エマ》』の瞳。彼女は何かを知っている。最後の切り札を隠している。

「そのエネルギーを使って、この島を空に打ち上げたい。そのために必要なネットワークを、お前に構築してほしいのだ」

「そんなことをしたら島は大気圏を飛び出す。歌っているお前も一緒に大気圏外に放り出され――」

言いかけて、俺はその矛盾に気づいた。

「お前――その時まで、どうやって生き存えるつもりなんだ？」

彼女は俺が持っていた『本』を手に取った。

「こいつに『世界《私》』を保魂する」

「なん……だって？」

「私はこの『本』に文字《スペル》を封じる。『大地の歌《テッラカントゥス》』を歌い、我が身に文字《スペル》を宿すことが出来るのは『世界《エマ》』だけ――この私だけなのだ」

魂を失えば、肉体も滅びる。魂を失っては、肉体は生きていけない。

「だめだ」

呻くように俺は言った。

「俺はお前を救うためにここまで来たんだ。お前を失ったら、俺は――」

「案ずるな」

俺の言葉を遮って、彼女はその唇に自信に満ちた微笑みを浮かべた。

「過去と現在と未来。思考原野ではそれが同時に存在する。過去は運命、現在は存在、そして未来は必然だ。お互いに影響を及ぼし合う」

前に同じような言葉を聞いた気がする。

過去と現在と未来。それは本に書かれた物語と同じだ。一つの時間軸上において、それらは並列して存在する。

「だが未来を変えることは出来ない。ページの先を書き換えることが出来ないように、未来もまた変えることは出来ない」

「確かに未来を変えることは出来ない。けれど、選ぶことは出来る」

彼女は俺を見上げ、宣言した。

「『希望』を観測し、まだ誰も観たことのない未来を観測して、私は戻ってくる」言葉を切り、力強く頷く。「約束する。必ずお前の元に戻ってくる」

後悔しない。もう後悔はしない。そのために今、出来る限りのことをする。彼女の眼差しから、強い信念が伝わってくる。

だめだと叫びそうになるのを、奥歯を噛みしめて堪えた。行かせたくなかった。世界など滅びてもかまわない。心縛してでも彼女を連れて帰りたい。だが俺はスクァーレルに約束した。二度と心縛は使わないと。それに、今ここでリバティの意志をねじ曲げたら……俺は永遠に彼女を失う。

「わかった」

呻くように、俺は答えた。

「お前を信じる」

「そう言ってくれると思った」

彼女は背伸びをして、俺の唇に唇を重ねた。一瞬だけのキス。柔らかい唇の感触とともに、温かな思いが伝わる。

「お前が大好きだ。戻ったら、私と婚儀を挙げてくれるか？」

今、俺もそう言おうとしたのに、先を越された。

「その答えは、お前が帰ってくる時までお預けだ」

「む？　そうきたか」

彼女は残念そうに顔をしかめた。

「いいだろう。では戻るまで預けておこう」

リバティは『本』を開いた。

初代アザゼルが立ち上がる。俺には徹底した無表情しか見せなかったくせに、彼はリバティに向かって微笑んだ。

「『世界《エマ》』――よくご無事で」

「言っただろう？　今は見えなくても、きっと道はあると。私はよりよき道を選んでみせると？」

そう答え、リグレットはにこりと笑った。

「長らく辛い思いをさせた。交替しよう。お前を解放する」

『本』の上のアザゼルはゆっくりと首を横に振った。

「人々を絶望させる真実を秘匿することにより、『希望』は生まれるのです。私は『希望』の裏側で、絶望を観測し続けます。いつか貴方が四十六の『鍵の歌《クラヴィスカントゥス》』を歌い、完全なる『解放の歌《リベルタカントゥス》』を歌い、すべての刻印が『世界《エマ》』の慈愛となって、すべての大地に降りそそぐ……その時まで」

リバティは頷いた。彼女は『本』のページに手を置いた。決意に満ちた目で俺を見つめる。

「行ってくる」

口を開けば、引き止めてしまいそうだった。

だから俺は何も言わず、ただ頷いた。

彼女は目を閉じて、ゆっくりと歌い出した。それに合わせて、初代アザゼルが同じ歌を歌う。

失われし　我が吐息
砕け散りし　我が魂
帰り来たれ　悔恨の淵へ
いま一度　我が元へ

美しいコーラス。初めて耳にする歌。これが『大地の歌《テッラカントゥス》』。刻印をその身に宿らせる歌。

その後に続く『鍵の歌《クラヴィスカントゥス》』も聞いたことのない歌だった。

なのに、どこか懐かしい。

それは『世界《エマ》』の『鍵の歌《クラヴィスカントゥス》』だった。

リバティの体から七色に輝く蝶《ちょう》が現れた。それは宙を舞い、『本』の表紙に着地する。

虹色の光が『本』に吸い込まれる。彼女の手から『本』が落ちる。俺はそれを受け止め、倒れかかる彼女を支えた。リバティの体からは、魂の波動が感じられない。叫び出したい衝動を喉の奥で押し殺し、静かに彼女を横たえた。

その胸の上に『本』を置いて立ち上がる。

島の浮遊装置に細工をするには、ネットワークに繋がる必要がある。悪意渦巻く思考エネルギーの中に再び潜っていかなければならない。つけ入る隙を見せたら呑み込まれる。

頼れるのは希望だけ。

未来を信じる強い意志だけだ。

彼女は約束を守る。彼女はきっと戻ってくる。

ならば俺も、彼女との約束を果たしてみせる。

第七聖域の制御装置《コントローラー》である半透明の球体。俺は意を決して、それに手を当てた。

15

歌が聞こえる。

穏やかな声。温かい、慈愛に満ちた歌声。

この歌が届けばよいのだが
偉大なる魂の御元に
愛する貴方の元に
この歌が届けばよいのだが

波が押し寄せてくる。
それは抗《あらが》う間もなく、一瞬で彼の意識を呑み込んだ。穏やかなうねりに抱かれ、彼は母の腕の中にいた時のことを思い出した。温かく、懐かしい――眠気を誘う心地よさ。

私は祈ろう
たとえ今は
触れることさえ叶わなくても
私は祈ろう
貴方の歩む　その道程が
光に溢れているように

還っていく――
そこから生まれたものは、巡り巡って、再びそこに還っていく。喜びも悲しみも、笑いも後悔も叫びも、みんなみんな無に還っていく。『無意識』……すべての魂、すべての意識が還る場所――

私は祈ろう
たとえ今は
会うことさえ叶わなくても
私は祈ろう
貴方に至る　全てのことが
正しく行われるように

今、彼にはすべてを見ることが出来た。
過去も現在も未来も、すべてがそこにあった。死んでいった者、今生きている者、これから生まれ来る者。それらの命が歌っていた。未来を信じる強い意志が彼を支え、大きな流れとなって、事象の地平を突き破る。

祈りを込めて　私は歌おう
この歌が届くように
偉大なる魂の御元に
愛しい貴方の元に
祈りを込めて　私は歌おう

下方に海が見える。その先に大陸が見える。未知の大陸。荒れ果てた地表。生きる物のない、乾燥した死の大地。
そこに水が湧き出した。小さな芽が顔を出し、みるみるうちに大地を緑色に染め上げる。どこまでも続く草原。草を食《は》む山羊達。丘を横切っていくバイソンの群れ。じゃれ合って遊ぶオオカミの子供達。風が木々の若葉を揺らし、湧き水が川となって流れ出す。
豊かな実りの季節を迎えたトウモロコシ畑。さわさわと揺れる葉陰に人が立っている。肌の黒い者もいる。金色の髪を持つ者もいる。彼らは収穫の手を止めて、空を仰いだ。
澄みきった空高く、白い鳥が飛ぶ。

（ああ、世界はこんなにも美しい）

空を漂いながら、彼は呟いた。

（セラ——やっと君の所に戻れるよ）

16

聖域の基底部に埋め込まれたライドライト鉱。島を支える浮遊装置に最後のスイッチを繋ぎ、俺は意識をネットワークから切り離した。
やれることはすべてやった。『世界《エマ》』が歌う『解放の歌《リベルタカントゥス》』を合図に、この島は上昇を開始する。すべてのエネルギーを使い果たすまで止まらない。

激しい目眩が襲ってくる。心臓が胸の奥で暴れている。一歩も動いていないのに、全身汗だくになっていた。

疲れきっていた。

もう動きたくない。

だが、休んでいる暇はない。過剰なエネルギーを抱えた聖域は不気味な震動を続けている。断続的な揺れが襲ってくる。ここにいるのは危険だ。

俺は意識のないリバティに『本』を抱かせ、その体を抱え上げた。幸いなことにエレベータは動いた。俺はホールを抜け、建物の外に出た。

「アザゼルさん！」

目の前でビークルが停車した。降りてきたのは、回転翼機《ジャイロ》で待機しているはずの天使の一人だった。

「ご無事でしたか！」彼は俺に駆け寄った。「他の方々は？」

その問いに、俺は無言で首を横に振った。

「――そうでしたか」

天使は無念そうに俯いたが、すぐにまた顔を上げた。

「急ぎましょう。ビークルに乗ってください。高エネルギーの影響で、島の周りに乱気流が発生しています。これ以上激しくなると、回転翼機《ジャイロ》では脱出出来なくなります」

彼が乗ってきたビークルにリバティを乗せた。その隣に俺も乗り込む。天使が扉を閉じた。音もなく、ビークルは走り出す。

人のいない市街を走り抜ける。たび重なる震動に耐えかねたのか、建物の外壁にヒビが入る。清掃用の自動機械が慌ただしく右往左往している。

あの自動機械達はこれからも聖域の維持に奔走し続けるのだろう。誰かがこの島に再上陸し、負のエネルギーを解放する禁断の鍵を開けるその日まで。

ビークルは公園に到着した。残っていた天使達が回転翼機《ジャイロ》のエンジンを回し始める。俺は天使の手を借りて、リバティを回転翼機《ジャイロ》の後部席に座らせた。その腕に『本』を抱かせてから、俺は操縦席に着いた。

「先に行け！」と命じてから、俺は回転翼機《ジャイロ》の動力を入れた。エンジンが力強い咆哮《ほうこう》をあげる。三枚の羽根が頭上で回転し始める。

待機していた回転翼機《ジャイロ》が次々と離陸していく。すべての回転翼機《ジャイロ》が無事離陸したのを見届けてから、俺は機体を滑走路に進めた。

スロットルを開く。エンジンの回転数が上がっていく。震動が激しくなる。機体の揺れだけではない。島全体が震動しているのだ。

車輪が地表を離れた。機体がふわりと浮き上がる。島の縁を越えた。夕日に赤く染まった不安定《アンスタビリス》山脈が見える。その向こうには、広大な高原地帯が広がっていた。どこまでも続く空。はるか彼方まで広がる大地。呪いの刻印が振り撒かれたというのに、世界はこんなにも美しい。

機体が、がくんと揺れた。乱気流だ。

俺はペダルを操り、なんとか機体を安定させようとした。けれど揺れはますます激しくなる。方向《ほうこう》舵《だ》がまるで役に立たない。機体が傾く。

後部座席から何かが落ちるのが見えた。

『本』だ。

俺は操縦桿を前に倒した。高度を下げ、操縦席から身を乗り出し、『本』に向かって手を伸ばす。だめだ。届かない。革表紙に赤い文字《スペル》を焼きつけた『本』は深い深い渓谷へと落ちていく。それを追って、さらに高度を下げようとした瞬間——激しい揺れに機体が軋んだ。メリメリッという音がする。方向舵が吹き飛んだのだ。

機体後部のプロペラに負荷がかかり、ギシギシと嫌な音を立て始める。まずい、このままでは空中分解する。不時着出来そうな場所を探して、俺は眼下に目をこらした。

行く手に紺碧《こんぺき》の湖が見える。あれは母湖《マーテル》だ。その先に広がるのは赤茶けた荒野。山羊を飼い、薬草を摘む、ラピス族が暮らす荒野だ。

「帰るぞ、リバティ」

俺は操縦桿を握りしめた。

「一緒に帰ろう。あの荒野へ、俺達の故郷へ」

機体ががくんと降下する。断末魔の悲鳴をあげて、羽根の一つが弾け飛んだ。浮力を失った機体は錐揉《きりも》み状態で落下する。後部席からリバティが機外へと放り出される。

「リバティ！」

彼女を追って俺は機体から飛び出した。落下していくリバティに手を伸ばす。指先がその腕に触れる。彼女の腕を摑み、彼女の体を抱き寄せる。

眼下に迫る母湖《マーテル》の湖面。第十三聖域から身を投げた時の記憶が蘇る。あの時、俺に翼を与えてくれたのは『世界《エマ》』だった。『世界《エマ》』の思いが俺を助けてくれた。

けれど今、彼女はいない。

この高さから落ちたのでは、助からない。

「迷わないで」

聞き覚えのある声が応えた。

「飛べるわ。貴方、飛べるのよ！」

その声は——ツァドキエル？

「大丈夫、お前達は助かる」

「オレ達がついてるんだからな」

——サンダーボルト、ベアハート
「お前は生き延びてリバティと結ばれるのだ」

——ウォルロック
「刻印の意志を正しく受け継ぐ者よ」

「幸せにおなり」

——ミカエル、レミエル婆《ばあ》さん
彼らの気配をすぐ傍に感じる。

彼らが俺達を支えてくれるのを感じる。

「娘を頼んだ」とブラックホークが言った。

「リバティを泣かしたら承知しないぞ」ペルグリンが言った。「オレ達はここにいる。ここでオマエ達を待ってる。慌てることはない。ゆっくりと来ればいい」

胸の中に熱いものが込み上げてくる。

ああ——そうか。

みんな、ずっと傍にいてくれたんだな。俺は一人じゃない。みんなに支えられて生きている。

俺達は死なない。絶対に死なない。

腕の中にしっかりとリバティを抱きしめた。

湖面が迫ってくる。

背中に風を感じた。

「飛べ！　リベルタス！　お前なら飛べる！」

大きな翼に風を孕《はら》み――

俺は、空を飛んだ。

17

夕日に染まった空をラティオ島が上昇していく。

島は激しい震動を繰り返し、そのたびにガラスの破片が降ってくる。

「どこまで昇るつもりなんだよ！」

回転翼機《ジャイロ》の操縦席でジョニーが悪態をついた。

「チクショウ、燃料が保たねぇ。着陸するぞ！」

彼は回転翼機《ジャイロ》を高原に向けた。高度を下げる。車輪が芽吹き始めた草を蹴散らす。土塊《つちくれ》に乗り上げ、機体が弾む。乾いた音を立てて車軸が折れた。

「し、しっかり摑まれ〜っ！」

回転翼機《ジャイロ》は大地に叩きつけられた。バウンドし、横転し、横滑りしながら大地を削る。羽根が吹き飛び、機体が歪む。大破した回転翼機《ジャイロ》は灌木《かんぼく》の藪《やぶ》に激突し――そこでようやく停止した。

「う〜」

頭を振りながら、ジョニーはよろよろと操縦席から這い出した。

「デイヴ、無事か〜？」

答えはない。その代わり、潰れた後部座席の外壁を蹴《け》る音がする。ジョニーはそれに手を貸して、歪んだ外壁を引きはがした。

「――下手クソ」

憎まれ口を叩きながら、レッドが出てくる。額が切れて血が出ていたが、どうやらそれ以外に怪我はないらしい。

「おお、無事だったか！」

ジョニーは両手を広げ、弟を抱きしめようとした。が、レッドはするりと身をかわし、ジョニーは勢いあまってつんのめる。

「うう……避《よ》けることたねぇだろ？」

ジョニーは恨めしげに弟を振り返った。そんな彼には目もくれず、レッドは空を見上げている。

血を流したように赤い空。薄い雲が真っ赤に燃えている。その雲のはるか上――上昇し続けていくラティオ島は砂粒のような黒点と化していた。

「見えなくなっちまう」独り言のように、レッドは呟いた。「これじゃ帰ってこれねぇな」

「馬鹿言え、あいつは絶対に戻ってくる」

ジョニーはレッドと肩を並べて空を見上げた。二人の影が長く地を這う。太陽がゆっくりと西の地平に沈んでいく。茜色《あかねいろ》に染まった空は紺から濃紺へ、濃紺から漆黒へと色を変えていく。やがて彼らの頭上には、星がひとつ、またひとつと輝き始めた。

ラティオ島はすでに目視出来ない。

それでも二人は待ち続けた。

残照が消え、東の空に大月《カリタス》が姿を現しても、黙って空を見上げていた。

一瞬、空が白く光った。

「あ！」

ジョニーが声をあげ、西の空を指さした。

夜空を横切って星が流れる。それを追うようにして、もうひとつ。さらにひとつ。次々と流れ星が降ってくる。白く長い尾を引いて、いくつもいくつも、星が流れる。

息を呑むほど美しい流星雨。

それはラティオ島の欠片だった。

「アンガ〜スッ！」

夜空に向かい、ジョニーが叫んだ。

「お〜い！　帰ってこ〜い！」

それに応えるかのように――

星の雨は降り続けた。

第十三章

1

未曾有の流星雨が観測された夜――

東部の都市ハーパーでエイドリアン・ニュートンは目を覚ました。開口一番に彼女がアンドリュー・パーカーに言った言葉。それは「新見聞《ニュースペーパー》を刷るぞ」だった。

その後、彼らはバニストンに戻り、手作業で新見聞《ニュースペーパー》を刷った。復活記念第一号の一面には『希望の勝利』を伝えるスタンプが躍っていた。

まだ焼け跡も生々しいバニストンで、トーマス・ヴィッカーズとアイヴィ・アーチャーは本屋を再開した。焼け残った木材を組み合わせただけの仮店舗に、あり合わせの本を並べる。それでも人々は先を争って本を買い求めた。

日夜、本の修復に奮闘するアイヴィに、いまだにトムは自分の想《おも》いを切り出せずにいる。彼の片想いは、もうしばらく続きそうだ。

壊滅的な被害を受けたバニストンも、少しずつ復興の道を歩み始めた。そこに暮らす人々は、焼け跡から材料を集め、家を建てた。

大切な人や物を失った悲しみはまだ癒えてはいない。けれど生き残った人々は、希望を失っていなかった。『東部の華』と謳われたバニストン。それを再び蘇らせようと、彼らは互いに励まし合い、寝る間も惜しんで働き続けた。

それでも月の明るい静かな夜には、寂しくて、悲しくて、涙が止まらなくなる。そんな時、彼らはあの歌を口ずさんだ。戒厳令下の街に響いた美しい歌声。それを思い出し、彼らは小声で歌った。

立ち上がれ、我が兄弟
お前は一人ではない
そうだ、我らは一人ではない――

セラとダニーは傷が癒えるのを待って、カネレクラビスに戻った。ネイティヴ達は躍り上がって彼らの帰還を喜んだ。

文字《スペル》が失われた今、もう『解放の歌《リベルタカントゥス》』を守り伝えていく必要はなくなった。カネレクラビスは外に開かれ、ネイティヴ達は外界人との交流を始めた。やがては彼らを隔《へだ》てる心の壁もなくなっていくことだろう。

とはいえ、歌姫はネイティヴ達の心の支えだ。昔も今もこれからも、歌は世界の魂として受け継がれていく。セラは次代の歌姫を育てるべく、奮闘を始めた。

ネイサン・エヴァグリンは再び連盟保安官《リーグ・マーシャル》に任命された。バニストン炎上から後、混乱に乗じて各都市で事件が頻発した。彼は騎兵隊を指揮し、その取り締まりに忙殺された。

エヴァグリンが休暇を得て、故郷の地プラトゥムに戻ったのは、流星雨の夜のおよそ一年後。豊かな水を取り戻したスペクルム湖を見下ろす緑の丘に、彼はバニストンで命を落とした青年の遺骨を埋めた。

「見よ。素晴らしい眺めであろう?」

眼下に広がる美しい光景を見て、彼は呟いた。

「いつの日か、友がお前に会いに来る。その時には、どうか緑の草原となって出迎えてやってくれ」

もう一人の連盟保安官《リーグ・マーシャル》ジェームズ・テイラーは、エヴァグリンと同じく、各都市の治安維持に奔走していた。相変わらず無表情で、近寄りがたい印象を与えてはいたが、彼の部下達はテイラーの実直で誠実な人柄に惚れ込み、彼の手腕に絶大なる信頼を寄せていた。

それはいつしか市民にも伝わり、テイラーは多くの人に頼られ、尊敬を集めるようになっていった。最近では「声が素敵」「時折見せる笑顔がたまらない」と、特に女性に受けがいい。

が、当の本人は、まだそれに気づいていない。


ジョニーことジョナサン・ラスティは、エイドリアンの下で再び修繕屋の修業を始めた。が、一ヵ月もしないうちに「お前は修繕屋に向いていない」と宣告された。

ちょうどその頃、バニストンを慰問していた旅の演劇団と出会い、ジョニーは彼らと一緒に旅立っていった。本人の言を借りれば「これぞ運命の出会い」だったらしい。

舞台に上がる前は「失敗する失敗する」とガタガタ震えているくせに、いざ舞台に上がれば実に堂々と英雄を演じてみせる。最近は主役を務めるまでになっていると聞く。まともな格好をすれば、かなりの色男な彼のこと。若い娘達の心を摑むのに、そう時間はかからなかったようだ。

彼にとって、これが何度目の「運命の出会い」だったかはわからないが、どうやら今度こそ本物だったらしい。

ジョニーと時を同じくして、演劇団に加わった隻腕《せきわん》の男がいる。この男——舞台の上でも下でも顔を白く塗り、ブカブカの道化の衣装を身に纏《まと》っていた。

得意技は抜き撃ち。拍手が多ければ飛び撃ちや逆撃ちも披露する。百発百中の腕前は子供達に大人気だ。

彼は滅多に口を開くことはなかったが、一度だけ、ジョニーにこう言ったことがある。

「今までさんざん人を泣かせてきたからな。これから先は、さんざん人を笑わせてやる」

それは許されざる罪を背負った男が、自分自身に科した贖罪だったのかもしれない。

2

荒れはてた野にも、春は訪れる。

冬が過ぎ、わずかな雨の季節が訪れた後、荒野には若葉が芽吹く。赤茶色だった丘は見違えるほど美しい緑の野へと姿を変える。

晴れ渡った空の下、俺はリバティを連れて草原に向かった。緑の丘には小さな白い花が咲き乱れている。花々の中に彼女を横たえ、顔にかかった髪を払ってやる。目を閉じた顔に血の気はなく、ずいぶんとやつれてしまっていた。

「いい天気だぞ」

俺は彼女に呼びかけた。

「天使が降ってきそうなくらいに、いい天気だ」

リバティはまだ目を覚まさない。胸に耳を当てれば心音が聞こえる。生きている。息もしている。

だが——それだけだ。

何も言わず、自ら動くこともない。丘一面に咲き乱れている、この小さな花々と同じだ。

俺は彼女の隣に寝転がり、頭の後ろで両手を組み、目を閉じた。

あの戦いが、まるで嘘だったかのような平穏な日々。だがこの平和は仮初めだ。第七聖域に貯め込まれた思考エネルギーは膨大だが、決して無限ではない。あの島はいつか必ず地に落ちる。もし沃素山《イオディーン》を直撃したら、大惨事を引き起こす。遠くへ流れていってくれればいいものを、命令する者を失ってもなお、なぜか不安定山脈《アンスタビリス》の上空を離れようとしない。まるで島を沃素山《イオディーン》に落とそうとした、あのツァドキエルの思念が宿っているかのように。

不安は他にもある。

第七聖域を除くすべての聖域は地に落ちた。けれどそれ以前に、不安定山脈《アンスタビリス》のどこかに着地した第十七聖域『歓喜』には、まだ俺のきょうだいが残っている。生き残ったハイブリッド、第十七聖域のツァドキエル。奴が何を仕掛けてくるかわからない。世界を滅ぼすことに反抗し、ハイブリッド達のリーダー格だった第十三聖域のツァドキエルに刃向かった彼だが、それでも大地の人の味方とはとてもいえない。この先、彼が大地の人々を心縛し、聖域の復活を企む可能性も大いにあり得る。

「また、むつかしいこと考えてるね？」

俺は目を開いた。目の前にクロウの顔がある。

「あんまり悩むとハゲるというよ？　目覚めた時、アザゼルがハゲてたら、リバティはきっと悲しむと思う」

「悲しむもんか」俺は寝返りをうって、眠り続けるリバティの横顔を見た。「彼女のことだ、きっと大笑いするに決まってる」

「そうか……そうだね。じゃあ余計アザゼルがハゲるのはよくないね。一族を笑わせるのは道化師《ヘヨカ》であるオレの仕事。人の仕事を奪うの、喰い物を奪うのと同じくらいよくないね」

「ああ――わかったわかった」

俺は再び目を閉じた。遠くからゴートとドリーミングの声が聞こえてくる。どうやら薬草を摘みに来たらしい。

「俺は寝る。あっちに行ってゴート達を手伝え」

生き残ったラピス族は、故郷の地に帰る準備を始めていた。多くの仲間を失っても、彼らは希望を失っていない。その強さに、俺は感動すら覚える。

ラピス族だけではない。カネレクラビスに集まっていた大地の人は、それぞれの故郷に戻っていった。聖域から逃げ出してきた天使達もまた、彼らと一緒に各地へと散らばっていった。

大地の人と天使達――この二つの種族はこれからもいがみ合うことなく、共存していくことが出来るだろうか。

ハイブリッド達と俺は同じ天使族であり、大賢人の血を分けたきょうだいでもあった。なのに俺達は憎み合い、殺し合うことしか出来なかった。あのツァドキエルに対する怒りは、今でも俺の胸に燻り続けている。あいつを許すことなど、永遠に出来はしないだろう。

けれど――こんなに晴れた美しい春の日には、考えずにはいられない。

もし俺がハイブリッド達と対話することを選んでいたら、どうなっていただろうか。

ガブリエルはツァドキエルに言った。「貴方はかわいそうな子だ」と。もし俺が心を開いて、奴らの苦悩や悲しみを理解しようとしていたら、こんなにも多くの命が失われることはなかったのかもしれない。ともに暮らすことは出来なくても、相手の領域を侵さないように折り合いをつけて生きていくことは出来たかもしれない。今までずっと、大切な人を守るためには戦うしかないのだと思っていた。しかし——本当に戦うしかなかったのだろうか？

見知らぬ相手をまずは受け入れ、理解しようと努力する。それこそが本当の勇気なのだということを、ラピス族は俺に教えてくれた。なのに俺は、そこまで強くはなれなかった。

ああ、どうして——どうして俺は、きょうだい達への憎しみを止めることが出来なかったのだろう。誰かを傷つけずにはいられなかったのだろう。

憎しみが憎しみを呼び、世界には災いの種が蒔かれてしまった。これからも人々は諍い、争い、多くの血が流されるだろう。大勢が傷つき、たくさんの人間が死ぬだろう。この世界は、緩慢な死を迎えるだろう。

それに対抗するには歌と歌姫が必要だ。歌姫を守るため、カネレクラビスには四つの種族が残った。カプト族、メンブルム族、コル族——そしてオルクス族だ。だがリバティの魂を封じた『本』は失われてしまった。このままリバティが目覚めなければ、歌は滅びるしかない。

本といえば……第十三聖域のラジエルはカネレクラビスの近くに居をかまえ、本格的にトケイソウの栽培を始めた。どうやら彼は、俺の本を作るという野望をまだ諦めていないらしい。

彼の作る本がどんな結末を迎えるのか。悲劇のまま終わるのか。それともハッピーエンドを迎えるのか——俺にはわからない。俺は観測される側にいる。いつか誰かが『本』を開いてくれることを、祈り続けるしかない。

リバティは、まだ目覚めない。

俺は彼女の手を握った。温かく柔らかな指先を、ぎゅっと握りしめる。

「戻ってきてくれ、リバティ」

あの時、俺は誓った。もう後悔はしないと。どんなに重い過去も背負っていこうと、どんなに暗い未来も切り開いて生きていこうと、俺は誓った。
だからどうか——戻ってきてくれ。あの誓いを守らせてくれ。お前を行かせてしまったことを、俺に後悔させないでくれ。

3

翼の彫刻の前に、アンガスは立っていた。

眼下に湖を望む岩の上。初めて『本』の上に姫の姿を見た、思い出の場所だ。

ここまでくるのに一年以上かかってしまった。

時代とともに気候は変化し、マーテル湖は失われてしまった。ラピス族の村がどこにあったのか。カネレクラビスのネイティヴでさえも、それを知らなかった。ましてや彼の墓がどこにあるのかなど、今となっては誰にもわからなかった。

だが、彼らは手がかりを残してくれた。

それは西部に伝わる歌物語だった。バニストンに向かう坑道でテイラー連盟保安官《リーグ・マーシャル》が歌ってくれたあの歌だ。長い長い放浪の果て、人の娘が愛する者を見つけ出した場所。それは『平和の眠る丘の上』だった。

ミッドレイ湖の西。第十八聖域『平和』の遺跡。初めてここに来た時、湖畔にある一対の翼のオブジェを見て、墓石だと直感した。

そう——答えは最初から目の前にあったのだ。

「なんで気づかなかったんだろう？」

アンガスの独り言に、姫が答えた。

「あの時はまだ『Quest《探索》』の文字《スペル》を持っていなかったからな。文字《スペル》の気配を感じることが出来なかったのだ」

「ううん、そういう意味じゃなくて——」

言いかけて、アンガスはその言葉を呑み込んだ。

左右の翼、その真ん中に塡め込まれた赤い石。よくよく見れば、そこには小さな白い文字《スペル》が刻まれている。

アンガスは思った。この文字《スペル》はきっと今だからこそ観測出来るのだ。もし僕が途中で死んだり、諦めたりしてたら、この文字《スペル》は現れず、誰にも観測されなかったに違いない。僕が生き延び、世界が存続を選んだからこそ、この文字《スペル》はこうして観測されたのだ。

Liberty

「二十三番目、『Liberty《自由》』だ」

姫の声に、アンガスはぷっ……と吹き出した。

「笑うなッ！」

振り返り、姫は叫んだ。

「なぜ笑う！　なんで笑う！　何がおかしい！」

叫びながら地団駄を踏む。その顔は耳朶《じだ》まで真っ赤に染まっている。

「下僕のくせに、笑うんじゃない！」

「はいはい」

『はい』は一度でいい！」

それでもアンガスはくすくすと笑い続ける。

「好きな人の心臓に自分の名前を刻むなんて——乙女ってスゴいなぁ」

「やかましい！　それ以上何か言ってみろ。お前の頭に雷《いかずち》を落とすぞ！」

それは勘弁してほしい。アンガスは『本』のページをめくった。残った白紙のページは二枚。二十三ページは、そのうちの一枚だった。

「はい、開きましたよ」

「ううう……」

威嚇《いかく》する猫のような声で唸った後、姫は彼に背を向けた。

失われし　　我が吐息
砕け散りし　　我が魂
帰り来たれ　　悔恨の淵へ
いま一度　　我が元へ

翼のオブジェに填め込まれた拳大の赤い石——

アザゼルの心臓に向けて、歌声が響く。

汝の心に　我が名を刻まん
汝が我を　求めるように
我が汝を　求めるように
名を求めよ　命をかけて

ピシリと音を立て、赤い石が二つに割れた。その断面から虹色の蝶が舞い上がる。それは軽やかに空を飛び、アンガスの手にある『本』の上に、ふわりと優しく着地した。

足下に焼きついた『自由』の文字《スペル》を見下ろし、姫は感慨深げな声で呟いた。

「これで——四十五個」

残す文字《スペル》は、あと一つ。

それがどこにあるのか。アンガスにはわかっていた。初めてこの『本』を見つけた時から、それはわかっていた。探す必要はない。最後の文字《スペル》はここにある。

姫は回収を急がなかった。『本』の上で背伸びをし、きょろきょろとあたりを眺める。

「ところで、アークはどこへ行った？」

「そういえば姿が見えませんね。本の欠片を探しに行くって言ってたけど……」

アンガスも周囲を眺めた。崩れ落ちた建物がそこここに残っている。が、自動人形《ドール》の姿は見当たらない。

「どこまで行っちゃったのかな？」

「最近、あやつもずいぶんと勝手に振る舞うようになったな」

呆れたように姫は呟く。

アンガスはくすっと笑った。

「でも、そうしろと言ったのは姫なんでしょう？」

上昇を続ける第七聖域、その中心にある塔の頂上にアークが舞い戻ってきたことを、アンガスは知らない。貧血で気を失っていたからだ。

アークは姫に尋ねたそうだ。

「私はどうすればいいのでしょう？」と。

「私の中には、今なお相反する思いが存在しています。彼を殺したいというツァドキエルの心と、彼を助けたいというガブリエルの心です」

軋みを上げる最後の聖域で、自動人形《ドール》は尋ねたそうだ。

「私は誰の声に従えばいいのでしょう？」

それに――姫はこう答えた。

「どの声にも従う必要はない。お前の心に従えばいい」

「私の……心――？」

「そうだ。お前の望む通りにすればいい」

アークは右手を胸に当てた。機械で出来た自分の『魂』に、問いかけるように。

「私は――」

ささやくような声で彼は答えた。

「ご主人様と一緒にいたい」

そしてアークはアンガスと姫を抱きかかえ、第七聖域から救い出してくれたのだった。

「まぁ、いいじゃないですか」

アンガスは空を見上げ、深呼吸した。爽やかな風が吹く。新緑の匂いがする。白い鳥が雲の間をゆっくりと飛んでいく。

「アークが自分の意志で道を選択してくれたからこそ、僕はこうして生きていられるんです。感謝しなくちゃ」

それに――と、小声で続ける。

「アークは見たくなかったのかもしれません。アザゼルの心臓を、アザゼルの死を、目の当たりにしたくなかったのかもしれません」

「でなければ、気を利かせたのかもしれないぞ？　最後の時をお前と私が二人きりで過ごせるように、わざと姿を隠したのかもしれない」

最後の時――

それを少しでも先に引き延ばしたくて、アンガスは口を開く。

「覚えてます？　初めて会った時のことを？」

「ああ、覚えている。お前は泣き虫の、たった十歳の小さな子供だった」

言い返す言葉もなく、アンガスは苦笑した。

「姫が止めてくれなかったら、僕はここから飛び降りていました。姫と旅をすることも、仲間達と出会うこともなく死んでいました」

その言葉に、姫はフフンと鼻で笑った。

「私が止めなくても、お前は死ななかったと思うぞ？」

「――どういう意味です？」

姫は彼を見上げ、悪戯っぽく目を輝かせた。

「お前の右目に、なぜ『希望』が現れたと思う？」

「真実《ウェリタス》が……裏返った『真実』が、僕に憑《つ》いていたからじゃないんですか？」

「違うな」

姫は両手を腰に当て、得意げに胸を張った。

「この世界に生きる他の誰よりも、お前がそれを望んでいたからだ。だからこそ『真実』は裏返ってお前に宿り、お前は『希望』となったのだ」

そうかもしれない。

けれど、それだけじゃないこともわかっていた。

多くの人がそれを望んだから、この奇跡は起きたのだ。すべての人の意識は無意識で繋がっている。未来を望む大勢の人の意志が支えてくれたからこそ、僕は道を踏み誤らずにすんだのだ。

多くの人の意志と命に支えられ、この世界は存在している。それを思うと胸が熱くなる。涙が出そうになって、アンガスは目をしばたたいた。それをごまかすために、ミッドレイ湖へ目を向ける。

「アザゼルは――僕に憑いていた方のアザゼルは、どこへ行ったんでしょう？」

「さあな」

呟くように答え、姫も湖に視線を向けた。

「『希望』の文字《スペル》がお前から離れた瞬間に、彼の魂も解放された。おそらく無意識に還ったのだろう」

はるか昔――彼は『本』を抱えて第十三聖域から身を投げた。文字《スペル》が刻まれていた『本』は無事でも、生身の彼が助かったとは思えない。たとえ彼が自分の時代に戻れたとしても、その肉体は、もうこの世に存在していないだろう。

「なんだか……かわいそうですね」

「同情することはない。誰でも一度は必ず死ぬ。人の魂は無意識に還る。そしてまた、この世界に生まれてくるのだ」

アンガスは、気を失っていた時に見た夢を思い出した。不毛の大地に水が湧き、草が生《は》え、命が芽吹く。

あれは、はるか過去のことなのだろうか。

それとも遠い未来のことなのだろうか。

文字《スペル》があったからこそ、この大地には生命が宿った。文字《スペル》とは『世界《エマ》』の魂。世界の意志が、目に見える形となって具現化したものだった。だからこそ文字《スペル》は時間に支配されず、物理的な力に破壊されることもなかった。

そうやって『世界《エマ》』は大地を見守り続けてきた。惜しみない慈愛をそそぎ、時に運命を呪いながらも、ずっとこの世界に生きる者達を見守ってきたのだ。

「すべての文字《スペル》が消えてしまったら、この世界はどうなるんでしょう?」

「それはお前達しだいだ」

きっぱりと、姫は言いきった。無責任なようでいて、どこか寂しそうな声だった。

「どんな子供もいつかは旅立つ。子供は、母の手を離れていくものなのだ」

「そうですね――」

大きな深呼吸をしてから、自分に言い聞かせるように、アンガスは呟いた。

「お別れですね、姫」

「そう辛気《しんき》くさい顔をするな」

彼を見て、姫はニヤリと笑う。

「別れの言葉は必要ない。私は『世界《エマ》』だ。いつでも、どこでも、私は周囲に溢れている」

アンガスは頷いた。

言いたい言葉はたくさんあった。けれど、どんなに言葉を並べても、この感謝の気持ちは言い尽くせない。だから彼は何も言わなかった。沈黙が何よりも雄弁に、胸中を物語ることだってある。何も言わなくても、きっと姫には伝わっている。

アンガスは『本』のページをめくった。最後に残った白紙のページ、二十四ページを開く。

姫は背筋を伸ばし、アンガスに向き直った。その唇が優しく微笑む。

「みんなによろしく伝えてくれ」

「姫も——彼によろしく」

「伝えよう。ただし、覚えていたらな」

最後の歌が始まった。

失われし　我が吐息
砕け散りし　我が魂
帰り来たれ　悔恨の淵へ
いま一度　我が元へ

美しい歌声が高らかに響く。

心を震わす力強い響きが、青い青い空に吸い込まれていく。

立ち上がれ　目を開け
我らは　　一人ではない
時が果てる　その日まで
私は汝と　　ともにあろう

それは『世界《エマ》』の『鍵の歌《クラヴィスカントゥス》』だった。

『本』の表紙に、くっきりと文字《スペル》が浮かび上がる。

World

緋色《ひいろ》の文字《スペル》は七色に輝き、虹色の蝶となって舞い上がった。蝶はアンガスの周囲をひらひらと舞い、そして、白いページに舞い降りた。

四十六──すべてのページに文字《スペル》が焼きついた。

『本』はその質量を失ったかのように、アンガスの手からふわりと浮き上がった。かと思うと、それはみるみるうちに白い炎に包まれる。雨にも炎にもびくともしなかった『本』が白い灰になっていく。

最後の炎のゆらめきが、人の形となってアンガスの前に立った。それは彼よりも少し背の低い、華奢な女性の姿だった。

「──リバティ？」

呼びかけると、彼女は笑った。微笑みながら両手を伸ばし、彼を優しく抱きしめた。

一瞬の抱擁――

彼女はアンガスの体をすり抜けた。その姿は薄れ、青い空へと溶けていく。

残されたのは、優しい温もり。

アンガスの胸に切なくも誇らしい思い出を残し、姫は還っていった。かの時かの地で彼女を待つ――唯一人の伴侶のもとへ。

4

「チョウチョだ!」

クロウの声に、俺は目を覚ました。いつの間にか本当に眠ってしまったらしい。春とはいえ、日差しは強い。陽に灼けた鼻の頭がヒリヒリする。

「待て、待て!」

クロウは草原を駆け回る。それを見てゴートが笑い、その隣でドリーミングも微笑んでいる。

「にょわぁ!」

蹴《け》躓《つまず》いて、クロウが転んだ。

やれやれ。いつになっても落ち着かない奴だ。

俺は立ち上がり、クロウの元へと歩いていった。手を貸して、彼を立ち上がらせる。膝頭《ひざがしら》に泥をつけたまま、クロウはきょろきょろと気配を探す。

「あれ、チョウチョ、どこ行った?」

「さぁな」俺は肩をすくめた。「お前の目は特別だからな。幻でも見たんじゃないのか?」

「違うよ。ホントにいたんだよ。キレイな虹色のチョウチョが飛んでたんだよ」

虹色の——蝶?

あの時、リバティの体を離れた『世界《エマ》』の刻印は、まるで虹色の蝶のように空を舞った。

俺は彼女を振り返った。

リバティは白い花の中で眠り続けている。

その唇が……かすかに動いた気がした。

見間違い、だろうか?

「う……ん」

声が聞こえた。幼子《おさなご》のようにリバティが身じろぎする。俺は彼女の元へと駆け戻り、その体を抱き上げた。

「リバティ!」

細い肩を揺さぶる。

「目を覚ませ、リバティ!」

「うう……?」

不機嫌そうに呻いて、リバティはゆっくりと瞼を開いた。ぼんやりとした目が俺を見上げる。琥珀《こはく》色の瞳が焦点を結ぶ。

「——んん?」

怪訝そうに眉根を寄せる。

「アザゼル——お前、なんで泣いているんだ?」

知らねぇよ。泣くつもりなんてないのに、涙が止まらないんだよ。

「長い夢を見ていた」

呟いて、彼女は目を閉じた。唇が笑みを刻む。何かを面白がっているような、懐かしんでいるような、不思議な微笑み。

「よく覚えていないんだが――お前によく似た男の子が出てきた気がする」

彼女は目を開いた。優しい眼差しが俺を見上げる。

「私達に男の子が生まれたら、『選ばれし者《アンガス》』と名づけよう」

「俺は――」

声が掠れた。

咳払いをし、息を整えてから続けた。

「まだ、答えていないぞ」

「聞かなくともわかる。お前の心など、とっくにお見通しだ」

勝ち誇ったようにリバティは笑う。

「だが、特別に訊いてやろう。アザゼル――私と子を生す勇気はあるか？」

「ラピスの男に勇気を問うか？」

俺は彼女にキスをした。力一杯、彼女を胸に抱きしめる。

「まず受け入れてみなければ正しい判断は出来ない。ならばどんな未来が待っていようが、俺はそれを受け入れる。それが……ラピスの勇気だろう？」

この世界はどこに向かっている？　絶望か？　破滅か？　それとも希望の未来に繋がっていくのか？

そんなこと、誰にもわからない。

未来のことなど誰にもわからない。

だからこそ希望が生まれる。だからこそ人は、今、この時を生きていく。

そうだろう――アザゼル？

5

「アンガ～ス！」

セラの声を聞いた気がして、アンガスは顔を上げた。目元を拭ってから、声のした方を振り返る。

緑の斜面を小さな人影が駆け上ってくる。セラだ。空耳ではなかったのだ。

「アンガス！　捜しましたわ！」

手に持った本を元気よく振り回す。その弾けるような笑顔には、一片の曇りもない。

バニストンでの事件は、彼女の顔に痛々しい傷跡を残した。若い娘が顔に傷を負ったのだ。辛くないはずがない。

なのに彼女は泣かなかった。少なくとも表面上は、悲しんでいる姿を見せなかった。セラが涙を見せたのは一度きり。ウォルターの死を聞いた時だけだった。

そんなセラの強さが眩しかった。今は無理だけれど、彼女がこれからもずっと一緒にいてくれたなら、いつかレッドを許せるようになるかもしれない。

それでもいいかい――？

アンガスは心の中で問いかけた。

この先、セラと一緒に生きてもいいかい？　いつかはレッドのこと、許してしまってもいいかい？

僕が無意識に還るその時まで——ウォルター、そこで待っていてくれるかい？

息を弾ませながら、セラはアンガスの元に辿り着いた。そこでようやく、アンガスが『本』を持っていないことに気づいたらしい。

「姫は——もう行ってしまわれたのですね」

「うん、ついさっきね」

セラはきゅっと眉根を寄せた。

「一言、お別れを申し上げたかったのに……残念ですわ」

「別れの言葉は必要ないって言ってたよ」アンガスは空を見上げた。「彼女は『世界《エマ》』——いつでも、どこでも、僕らの傍にいてくれる」

「そうです——けど……」

セラは唇を噛んだ。その目から、ぽろりと涙の粒がこぼれる。アンガスは手を伸ばし、彼女の頬を伝う涙を拭った。指先が赤い傷跡に触れる。もう完治しているが、それでもやはり痛々しい。

それが表情に出てしまったらしい。セラはアンガスを見上げ、陰のある微笑みを浮かべた。

「この傷——醜《みにく》いですか？」

「ううん、ちっとも。泣き顔もかわいいなぁって、改めて惚れ直してたとこ」

そう言って、アンガスは微笑んだ。

「でも笑顔の方が、セラには似合うと思う」

セラは、その大きな目を真ん丸に見開いた。

「アンガスってば、しばらく会わないうちに口が達者になったのですわ。もしかしてジョニーの悪影響ですの？」

悪態をつきながらも頬を赤らめる。あんな恐ろしい目に遭ったというのに、そういうところはまったく変わっていない。

「大好きだ」

今までどうしても言えなかった一言が、呆気ないほど簡単に口をついて出る。

「セラ、君のことが好きなんだ。これからもずっと——ずっと一緒にいてほしい」

「もちろんですわ」

セラはにっこり笑うと、背伸びをして、彼にキスをした。その頬を赤く染め、輝くような笑顔を見せる。

「アンガスの口からその言葉が聞けて、とても嬉しいのですわ。ここまで来た甲斐があったというものですわ」

セラの笑顔が嬉しくて、思わず頬が緩みそうになる。それをごまかすために、アンガスは早口に問いかけた。

「そういえば、どうしてここに？　カネレクラビスで次代の歌姫を猛特訓してるって聞いたけど？」

「ええ、その通りなのですわ！」

セラは大きく首肯した。

「先日、ローンテイルさんがすごいものを届けてくださったんですの」

「すごいもの？」

「ええ、オルクス村に残っていた遺跡の中から新たに発見したそうですわ——って、説明するよりも、見せた方がてっとり早いですわね」

セラは持ってきた本を、アンガスの前に差し出した。

「これですの」

アンガスはその本を受け取った。古ぼけた茶色の革装。手触りも重さも姫の『本』と同じくらいだ。

「装幀が――『真ラジエルの書』に似てるね」

彼は表紙を開いた。「スタンダップ」を唱えず、まずは模様《パターン》を眺める。これは修繕屋の習性だ。

ページには色鮮やかな模様《パターン》が躍っている。保存状態もよく、紙も劣化していない。それらを眺めているうちに、アンガスは気づいた。

この模様《パターン》の並びには見覚えがある。彼は本を閉じ、その表紙をまじまじと見つめた。

「これ、もしかして『堕ちた天使の書』？」

「ええ、そうなんですの！」

「――やっぱり！」

アンガスは本の装幀を撫で回した。

「すごい、完本じゃないか。よく残ってたなぁ！」

掌にしっくりと収まる手触りと重さ。きっとこの中に姫がいる。この本には姫と、彼女が愛した天使の物語が書き込まれている。

「セラはもう読んだの？」

「いいえ」

ワクワクした表情で、セラはアンガスの顔を覗き込む。

「アンガスと一緒に読みたくて、ここまで駆けつけてきましたの」

「早く読みたい？」

「ええ、今すぐにでも！」

「僕もだ」

緑の丘に、彼らは隣り合わせに腰を下ろした。膝に本を載せ、アンガスはその表紙に右手を置く。

彼の手に、セラがそっと手を重ねた。

「準備はよろしいですの？」

悪戯っぽい微笑みを浮かべ、セラは上目遣いにアンガスを見た。

アンガスは頷いた。

互いの顔をじっと見つめ、二人は同時に言った。

「――スタンダップ！」

終章

この世界は、言うなれば本のようなものだ。

お前は本を読む時、まずは表紙を開き、最初のページから物語を読み進めていくだろう？

世界もそれと同じだ。表紙をめくった瞬間に世界は始まり、ページをめくるにつれ、時間は流れる。今日は昨日になり、過去は歴史という物語になる。

過去と現在と未来。それは本に書かれた物語と同じだ。一つの時間軸上において、それらは並列して存在する。まだ開いていないページに物語の続きが書かれているように、まだ見ぬ未来もすでに存在している。

本の筋書きが最初から決まっているように、世界の終わりもすでに決まっている。ページの先を書き換えることが出来ないように、未来もまた変えることは出来ない。


そう、お前に出来るのは、選ぶことだけ。


すべての本は読まれるために存在する。本が読まれなければ物語は始まらない。読まれない物語は、存在しないに等しい。

お前は本を読みながら、数多《あまた》ある筋書きの中から、無意識に、たった一つの結末を選んでいる。それはお前にとって唯一の結末となり、その他の結末をお前が目にすることはない。読まれない本は、存在しないに等しいからだ。

世界も同じだ。観測する者がいなければ、その世界は存在しない。言いかえるならば、観測する者がいるからこそ世界は存在する。そしてこの世界の未来もまた、観測者によって選択される。

すべての意識を根底で繋ぐ無意識。それこそが大いなる意志。大いなる意志が望んだからこそ、私は死ななかった。

そう——私は死ななかったのだ。

私は大地の人に拾われ、命を存えた。私は彼らに伝えた。世界は私達を見放してはいない。世界はまだ希望を残している。私達がそれを信じ、祈ることにより、その希望を目覚めさせることが出来るのだと。

そして私は、いつか生まれ来る『世界《エマ》』のため、大地の人に歌と『本』を残した。

彼らは語り継ぐだろう。『世界《エマ》』が人として生まれる日まで。彼女が唯一の伴侶である『自由《リベルタス》』と出会うその時まで。

人として生まれた『世界《エマ》』は『自由《リベルタス》』と出会い、子孫を残す。そして遠い未来、彼らの血筋に一人の男子が生まれる。真実を裏返し、『希望』の文字《スペル》を右目に宿した『選ばれし者《アンガス》』という名の男の子が生まれる。

それこそが奇跡——

未来は人の意志によって選択される。強く揺るぎない意志の力は、事象の地平さえ飛び越えて、百億分の一の可能性をも摑み取る。

もう、わかっただろう？

大いなる意志——それはお前の意志だ。

お前がそれを望み、力を貸してくれたからこそ、新たな事象は開かれたのだ。

お前がいなければ、この世界は存在しなかった。

お前に読まれなければ、この未来は存在しなかった。

絶望の観測者である私や『自由《リベルタス》』や『世界《エマ》』では、見ることの出来なかった未来。それをお前は観測してくれた。お前の祈り、お前の願い、お前の意志が、事象を変える力となり——この奇跡を起こしたのだ。


この世界を観測してくれた、お前の存在に感謝する。絶望ではなく希望を望んでくれたお前に、私は心から感謝する。

この喜びは、言葉には出来ない。

どんなに言葉を尽くしても、この感謝の気持ちを言い表すことは出来ない。

だから——今度は私が、お前に力を送ろう。

お前のために、私は謳おう。

夢を胸に抱きながら、今もなお、暗闇に座す者よ。私がお前の力となろう。お前が私達を支えてくれたように、今度は私が、お前を支える力となろう。たとえ未来が闇に閉ざされ、不安がお前を押し潰そうとしても——諦めるな。そこに必ず希望はある。暗闇に一人きり、今は何も見えなくても——忘れるな。お前は一人ではない。


お前が歩き続ける限り、希望はお前の頭上に輝き続ける。

立ち上がれ、兄弟。
希望はまだ、死んではいない。

多崎 礼
（たさき・れい）

2006年、『煌夜祭』で第2回C★NOVELS大賞を受賞しデビュー。
著書に「血と霧」、「レーエンデ国物語」シリーズなど。

〈本《ほん》の姫《ひめ》〉は謳《うた》う
4

2024年4月23日　第1刷発行

著者　多崎《たさき》 礼《れい》
発行者　森田浩章
発行所　株式会社講談社
〒112-8001
東京都文京区音羽2丁目12-21
電話　編集　03-5395-3506
販売　03-5395-5817
業務　03-5395-3615

本文データ制作　講談社デジタル製作
印刷所　株式会社KPSプロダクツ
製本所　株式会社国宝社

定価はカバーに表示してあります。

本書は2008年9月に中央公論新社C★NOVELSから刊行された
同タイトルの作品を新装版として加筆・修正したものです。

ISBN978-4-06-534809-3
N.D.C. 913 303p 19cm

KODANSHA